ELLA DANZ

# Ballaststoff

**SCHWERE LAST** Ein traumhafter Sommertag in der Lübecker Bucht. Am Ufer eines Wasserhindernisses im feinen Lubeca Country Golf Club liegt eine Leiche. Kurze Zeit später steht die Identität des Toten fest: Kurt Staroske, 62 Jahre alt, wohnhaft auf dem Graswurzelhof, einem Ökobauernhof bei Lübeck.

Sind die gealterten Rockmusiker Holger und Peggy, die ebenfalls in einer der Katen des Graswurzelhofs leben, deshalb so nervös? Was hat der schottische Greenkeeper des Golfklubs mit dem Toten zu tun? Will Ökobauer Henning vor seiner Frau Gesche etwas verbergen? Und sagt Kurts Chef Hauke Bohm, erfolgreicher Betreiber einer Biosupermarktkette, die ganze Wahrheit?

Bei ihren Nachforschungen stoßen der Lübecker Kommissar Georg Angermüller und sein Kollege Jansen auf so manch einen, der ein Geheimnis mit sich herumschleppt, denn das Leben auf dem Lande funktioniert schon lange nicht mehr so harmonisch, wie es von außen scheint …

© Sarah Koska

*Ella Danz, gebürtige Oberfränkin, lebt seit ihrem Publizistikstudium in Berlin. Ihr spezielles Interesse gilt der genauen Beobachtung von Verhaltensweisen und Beziehungen ihrer Mitmenschen. Außerdem wird in ihren Büchern stets ausgiebig gekocht und gegessen sowie das Zusammenleben ihrer Protagonisten mit Genuss und Ironie durchleuchtet. Ella Danz ist aktiv bei Slow Food und sie hat Kommissar Georg Angermüller erfunden, einen sympathischen Oberfranken im Lübecker Exil, der nicht nur gegen das Verbrechen, sondern auch gegen schlechtes Essen kämpft. Die Geschichten um den Genießer im Polizeidienst haben ihr bei der Kritik den Titel »Agatha Christie des Gourmetkrimis« eingebracht.*

# ELLA DANZ

# Ballaststoff

## ANGERMÜLLERS SECHSTER FALL

GMEINER

Immer informiert

Spannung pur – mit unserem Newsletter informieren wir Sie
regelmäßig über Wissenswertes aus unserer Bücherwelt.

Gefällt mir!

Facebook: @Gmeiner.Verlag
Instagram: @gmeinerverlag
Twitter: @GmeinerVerlag

Besuchen Sie uns im Internet:
www.gmeiner-verlag.de

© 2011 – Gmeiner-Verlag GmbH
Im Ehnried 5, 88605 Meßkirch
Telefon 0 75 75 / 20 95 - 0
info@gmeiner-verlag.de
Alle Rechte vorbehalten
1. Auflage 2022

Lektorat: Claudia Senghaas, Kirchardt
Herstellung: Mirjam Hecht
Umschlaggestaltung: U.O.R.G. Lutz Eberle, Stuttgart
unter Verwendung eines Fotos von: © Martin Braun / fotolia.de
Druck: Custom Printing Warschau
Printed in Poland
ISBN 978-3-8392-1112-0

Den Kindern!

Dank an W. für Kritik, Anregungen und Geduld ...

# PROLOG

*Ich beobachtete ihn, wie er da im Laden stand. Es war einfach unerträglich, wie er sich spreizte. Jedermann musste ihn für den Chef halten. Er schaute milde lächelnd über seine Lesebrille, was seinem Blick Wichtigkeit und Seriosität verlieh, und strahlte eine Selbstsicherheit aus – unglaublich. Auf alle Fragen, ob von Kunden oder Kollegen, hatte er eine Antwort, und was er sagte, war zweifelsohne der Weisheit letzter Schluss. Man durfte dankbar sein, dass er einen an seiner Kompetenz teilhaben ließ. Gleichzeitig verbreitete er grenzenlos gute Laune, und jeder seiner Gesprächspartner freute sich, wenn er das Wort an ihn richtete und seine dummen Scherzchen mit ihm trieb.*

*Hätten ihn die Leute genauer beobachtet, dann hätten sie irgendwann bemerkt, dass sie und ihre Fragen ihn eigentlich gar nicht interessierten. Für ihn war das nur die perfekte Gelegenheit, sich in Szene zu setzen, den allwissenden, weisen Meister zu geben, sich selbst seine Großartigkeit zu beweisen. Diese Selbstverliebtheit ließ ihn sein ganzes Leben, das in Wahrheit eine einzige Folge von Pleiten und Niederlagen war, durch eine rosarot gefärbte Brille sehen. Deshalb war er auch stets bester Stimmung. Er war sich selbst der Größte. Leider habe ich – und nicht nur ich – das und alles andere erst viel zu spät bemerkt.*

*Wahrscheinlich war er nicht einmal ein böser Mensch, jedenfalls nicht einer, der anderen Böses zufügt und sich daran ergötzt. Nein, er war lediglich der Mittelpunkt sei-*

nes Sonnensystems. *Was für ihn gut war, das war auch für die anderen gut, das war sein einziger Maßstab. Was er brauchte, nahm er sich, es stand ihm einfach zu. Dinge zurückzugeben, Schulden zu begleichen oder sich für einen erwiesenen Gefallen zu revanchieren, gehörte nicht zu seinem Wertekanon. Hätte man ihm vorgehalten, dass er seine Mitmenschen belog, ausnutzte, verletzte, die Schwächsten sogar peinigte, ja quälte, ihnen das Leben zur Hölle machte, hätte er das nicht verstanden. Um Verzeihung zu bitten, wäre ihm nie in den Sinn gekommen – er hätte ja gar nicht gewusst, wofür.*

*So hat er seine Tage und Jahre im Kokon seines Narzissmus verbracht, ein lustiges Haus, ein fröhlicher Faun. Die Notwendigkeit, irgendetwas an sich oder seinem Leben zu ändern, existierte nicht für ihn. Oh Gott, sein riesiges, selbstverliebtes Ego erlaubte ihm, sich gewissenlos an schutzlosen Wesen, auf übelste Weise schuldig zu machen, und das immer wieder und wieder. Deshalb musste man ihn stoppen. Deshalb ist geschehen, was geschehen ist.*

# KAPITEL I

Die Frau schloss die Augen, ließ ruhig den Atem fließen und dachte an ihre letzten Schläge. Sie waren allesamt perfekt gewesen, und jeder hatte sie ihrem Ziel ein Stück näher gebracht. Dieser Tag sollte ihr Tag werden. Nur immer im Rhythmus bleiben, auf die eigene Mitte konzentrieren, im entscheidenden Moment alle Gedanken an Vergangenes wegschieben, Tunnelblick. In ihrem Inneren wurde sie vollkommen leer. Sie platzierte den Ball auf dem Tee, hob den Kopf und sah einfach nur in die Weite, ohne etwas von der großartigen Umgebung wahrzunehmen. Dann nahm sie die Position zum Abschlag ein, stellte den Blick scharf und fokussierte das Fairway. Sicher lag der lederbezogene Griff des Drivers in ihren Händen. Schwung holen. Mit einem leichten Zischen sauste das Holz gegen den Ball, der sich in die Luft hob, einen weiten, eleganten Bogen flog und am hinteren Ende des Fairways landete.

Zufrieden schob sie den Schläger in das Golfbag. Zwei Schläge noch und Sibylla Graf würde einlochen. Höchstens zwei Schläge, einer unter Par – wenn ihre Partnerin sie weiterhin in Ruhe ließ. Dass ausgerechnet Henny Kortner als ihre Flight-Partnerin bei diesem Turnier ausgelost worden war, stellte den einzigen Unsicherheitsfaktor auf dem Weg zum fünften Sieg bei der jährlichen Klubmeisterschaft der Damen dar. Henny war unglaublich redselig, machte ein miserables Spiel, kommentierte jeden Schlag und konnte extrem taktlos sein. Jetzt klatschte sie, auf ihren Schläger gestützt, beeindruckt in die Hände und ließ einen anerkennenden Pfiff hören – was dem Benimm auf dem Platz in keinster Weise entsprach. Bloß nicht den Ärger über diese Person hochkommen lassen, sonst wäre es mit der Konzentration vorbei.

Henny trat an den Abschlag. »Hoffentlich pflügt sie nicht wieder den ganzen Rasen um«, ging es der angehenden Rekordmeisterin durch den Kopf. Früher hatte es solche Leute im Klub nicht gegeben. Englischlehrerin! Masse statt Klasse. Das war eben der Preis, den die Öffnung dieses wunderbaren Sports für jedermann forderte. Mit einem heftigen Schlag in, nun ja, sehr individueller Technik, beförderte ihre Partnerin den Ball auf seine Flugbahn und er landete – oh Wunder – ein ganzes Stück vor Sibyllas eigenem, kurz hinter dem Sand des zweiten Fairway-Bunkers.

»Das war doch gar nicht so schlecht, oder?«, konstatierte Henny zufrieden.

Zufall. Sibylla Graf verzichtete auf eine Antwort, griff mit ihrer Linken, die in einem weißen Handschuh aus feinstem Ziegenleder steckte, nach ihrem Trolley und begann, energischen Schrittes den Abhang zum Fairway hinunterzugehen. Aus dem Augenwinkel sah sie, wie ihre Partnerin in den albernen schwarz-rosé karierten Bermudas sich nach dem Tee bückte, hastig das Holz in das Golfbag packte und ihr folgte. Wie man sich mit dieser Figur so kleiden konnte, war Sibylla Graf ein Rätsel.

Als die amtierende und hoffentlich zukünftige Klubmeisterin der Damen, die im Klub ehrfurchtsvoll ›die Gräfin‹ genannt wurde, ihren eigenen Ball auf dem Fairway erreicht hatte, griff sie nach dem Siebener Eisen, in dem sicheren Bewusstsein, direkt aufs Green zu spielen. Wieder richteten sich all ihre Sinne auf den Ball vor ihr, sie wurde quasi eins mit dem Schläger in ihren Händen. Es war ein Augenblick höchster Anspannung. Sie fixierte das Green, das in ungefähr hundert Meter Entfernung leicht erhöht vor ihr lag, und holte in einem kraftvollen Schwung aus.

Schrill ertönte eine Telefonklingel.

»Ach du meine Güte! Hab tatsächlich vergessen, mein Handy auszuschalten.«

Henny, die inzwischen neben ihr angekommen war, vom schnellen Gehen etwas kurzatmig, fummelte an ihrem Mobiltelefon herum. Der Ball flog unterdessen in einer unschönen Kurve nach rechts ins Rough, wo hinter einem Wasserhindernis ein kleines Wäldchen lag. Wut war ein viel zu kleines Wort für das, was die Gräfin in diesem Moment fühlte. Sie biss ihre Zähne so fest zusammen, dass es im Kiefer knackte, und krallte sich an ihrem Golfschläger fest. Auch wenn Henny über eine unglaubliche Ignoranz verfügte: dass der verschlagene Ball ihre Schuld war, wusste selbst sie.

»Ich mach schnell meinen Schlag, und dann helf ich dir suchen. Oder nimm doch einfach einen anderen Ball.«

Sie schaute sich um.

»Das merkt doch gar keiner. Ist niemand zu sehen.«

»Dass Fairplay für dich ein Fremdwort ist, überrascht mich nicht. It's your turn«, entgegnete Sibylla Graf kühl. Mit rotem Kopf zog Henny weiter zu ihrem Ball, griff nach dem nächsten Eisen und platzierte die weiße Kugel mit einem bilderbuchmäßigen Schwung direkt auf dem Green. Die Gräfin konnte ein leises, abfälliges Schnauben nicht unterdrücken und machte sich umgehend mit ihrem

Trolley auf den Weg zum Rough, wo das ungemähte Gras, in dem ihr Ball verschwunden war, bis zu einem halben Meter hoch stand.

»Warte doch, ich helf dir suchen!«, rief ihr Henny nach.

»Untersteh dich«, war die klare Antwort auf dieses freundliche Anerbieten. »Sieh lieber auf die Uhr.«

Vergeblich bemühte sich Sibylla Graf, wieder ruhig zu werden, während sie mit dem Pitching-Wedge in der Hand am Rand des Wäldchens zwischen den wuchernden Gräsern den Boden nach ihrem Ball absuchte. Keine Spur davon. Hoffentlich war er nicht in dem kleinen Weiher gelandet, dem sie sich näherte, denn in dessen Wasser versunken, war der Ball verloren, und sie müsste einen Strafschlag machen.

Der Ball lag nicht im Wasser. Er lag auf dem Rücken einer Person, die wiederum halb im Wasser auf dem Bauch am leicht abschüssigen Ufer des Weihers lag und von einem Schwarm fliegender Insekten umschwirrt wurde.

»Oh nein!«, sagte Sibylla Graf voller Entsetzen zu sich selbst, denn ihr wurde soeben klar, dass sie die Klubmeisterschaft für heute vergessen konnte.

Ungeduldig wippte der Mann in seinen Sebago Dockers auf und ab. Sie waren aus Lack- und Glattleder in Schwarz, Blau und Weiß kombiniert und hatten strahlend weiße Sohlen, passend zum ebenfalls blendenden Weiß der Hose, die sich daran anschloss. Das darüber sitzende Polohemd nahm in unterschiedlich breiten Streifen die Farbkombination der Schuhe wieder auf. Perfekt gebräunt, wie auch die nackten Arme, war das – ja, fast war man versucht zu sagen: aristokratisch geschnittene – Gesicht, gekrönt von glatt nach hinten gekämmten blonden Haaren gleicher Länge, auf denen die zurückgeschobene Designersonnenbrille saß.

Mit seiner schlanken, hochgewachsenen Figur hätte der Mann auf den Laufstegen in Paris oder Mailand sicherlich brillieren können. Darüber hinaus war sein Benehmen als ausgesprochen zuvorkommend und von verbindlicher Freundlichkeit zu bezeichnen. Bisher jedenfalls. Jetzt zeigte sein edles Gesicht deutliches Missfallen. Er hatte wohl Besseres zu tun, als hier in diesem Mietshaus in St. Lorenz-Nord den Sonnabendvormittag zu vergeuden. In der rechten Hand klimperten die Schlüssel seines Cabrios. Demonstrativ sah er auf die Breitling, die sein linkes Handgelenk zierte.

Angermüller war bemüht, sich von der wachsenden Ungeduld des anderen nicht irritieren zu lassen. Mit der Routine des Profis sah er sich in aller Ruhe um. Im Treppenhaus waren ihm als Erstes das schön geschwungene Treppengeländer und der gepflegte Holzfußboden des um 1930 erbauten Gebäudes ins Auge gefallen. Die Wohnung, in der er nun stand, hatte drei Zimmer, Küche und Bad, und er maß mit den Augen die Größen, prüfte die Helligkeit, suchte nach Spuren der ehemaligen Bewohner. Die Küche war nicht sehr geräumig, besaß aber alles, was nötig war, und verfügte über direkten Zugang auf einen Balkon, den man wahrscheinlich sogar nutzen konnte, da dieses Wohngebiet verkehrsberuhigt war.

Der Kommissar sah sich allerdings auch deshalb so gründlich um, weil er gar nicht recht wusste, was er hier sollte. Er wollte einfach ein bisschen Zeit schinden. Der Tipp war überraschend heute Morgen von Steffen von

Schmidt-Elm gekommen, und eigentlich war Anger-müller auf so eine Aktion gar nicht vorbereitet gewesen. Trotzdem hatte er die Telefonnummer angerufen, die sein Freund ihm gegeben hatte, und sich spontan zu diesem Treffen verabredet. Nicht nur die Hitze, die hier im dritten Stockwerk, dem letzten unterm Dach, herrschte, brachte ihn deshalb ins Schwitzen. Eine blöde Situation. Von dem Gedanken, gleich eine Entscheidung treffen zu müssen, fühlte er sich leicht überfordert.

Das Handy! Selten hatte er sich so über die Melodie seines Diensthandys gefreut.

»Angermüller.«

»Moin. Wo steckst du?«

»Claus, guten Morgen. Was gibts denn?«

»Tscha, leider ruf ich nicht an, nur weil ich deine Stimme hören will. Es gibt Arbeit.«

Angermüller fragte nach Einzelheiten.

»Du holst mich ab? Okay, dann warte ich Triftstraße, Ecke Helgolandstraße, auf dich. Bis gleich.«


Bedauernd blickte Angermüller zu dem schönen Menschen, konnte aber in dessen Gesicht keinerlei Reaktion lesen, da dieser seine Sonnenbrille wieder über die Augen geschoben hatte.

»Sie haben es mitbekommen? Ich muss sofort weg. Tut mir leid, wenn ich Ihnen nichts sagen kann, aber Sie müssen verstehen ...«

»Kein Problem. Sie haben ja meine Nummer.«

Der Sonnenbebrillte hatte zu seiner anfänglichen Zuvorkommenheit zurückgefunden und zeigte sein makelloses Gebiss mit einem filmreifen Lächeln.

»Vielen Dank für Ihre Zeit auf jeden Fall, und ein schönes Wochenende«, beeilte sich Angermüller, schon halb im Gehen begriffen, noch zu sagen.

»Danke, desgleichen, und grüßen Sie Doktor von Schmidt-Elm von mir.«

Wortkarg und konzentriert lenkte Claus Jansen den Dienstwagen – schneller, als es dem lebhaften Ferienwochenendverkehr angemessen gewesen wäre – über die Autobahn. Eine Menge Wohnmobile und Wohnwagengespanne war unterwegs, auch viele Pkw aus Skandinavien, die in Richtung Heimat rollten.

»Wat machst du denn in St. Lorenz-Nord?«, war eine der wenigen Äußerungen, die Jansen von sich gab.

»Ach, ich hatte da was zu erledigen.«

Erstaunlicherweise gab sich sein Kollege mit dieser nichtssagenden Antwort zufrieden. Jansen schien heute mit sich selbst beschäftigt, und Angermüller war froh, nichts Näheres erläutern zu müssen. Durch die geschlossenen Scheiben sah er in den flirrend hellen Sommertag. Die Landschaft, die unter einem Himmel von zartem Blau lag, hatte etwas Unwirkliches. Verstärkt wurde dieser Eindruck durch die Kühle, die im Wagen herrschte, da Jansen die Klimaanlage wieder auf 18 Grad eingestellt hatte.

»Du weißt, wie wir da hinkommen?«, fragte Angermüller nach einer Weile.

»Ich denk schon. War mit Vanessa auf dem Weg zum Strand, als der Anruf kam. Hatte keine Zeit, noch so'n albernen Wisch für ein Leihnavi auszufüllen! Hab die Strecke kurz bei Google Maps gecheckt. Außerdem werden da bestimmt Wegweiser sein.«

Wenig später nahmen sie die Ausfahrt Eutin.

»Wat hab ich gesagt?«, brummte Jansen zufrieden, als sie an die erste Kreuzung kamen.

›Hof Lubeca – Country Golf mit Ambiente‹, las Angermüller auf dem Hinweisschild. Sie bogen auf eine Landstraße ab, die sie malerisch durch kleine Ansiedlungen und lichte Laubwälder am Süseler See entlangführte. Dann öffnete sich linkerhand eine schmale, von Kastanien dicht an dicht gesäumte Allee. Rechts duckten sich kleine Strohdachhäuser hinter blühenden Bauerngärten, und auf der anderen Seite konnte man zwischen den Bäumen auf eine weite Rasenfläche sehen. Die unzähligen weißen Punkte darauf, die er erst für Blumen gehalten hatte, erkannte Angermüller schließlich als Golfbälle. Von einer Art überdachten Galerie am einen Ende der Grünfläche wurden diese von Golfspielern in unregelmäßigem Rhythmus durch die Luft auf den Rasen geschlagen.

Der Passat hüpfte über die unebenen Pflastersteine auf eine Einfahrt zu, deren weiße Torflügel weit offen standen. Dahinter herrschte lebhafte Geschäftigkeit. Zahlreiche Autos standen auf Parkplätzen neben den geklinkerten Gebäuden des alten Gutshofes, auch ein Streifenwagen, wie Angermüller registrierte. Dazwischen fuhren Golfcars, und liefen Menschen, von denen viele Säcke mit einer Schlägersammlung auf der Schulter schleppten oder in einem Rollwagen hinter sich herzogen.

»Na, hier is ja wat los.«

Jansen manövrierte den Wagen flott in eine Lücke zwischen einem dicken BMW und einem Kleinwagen. Ein leichtes Lüftchen wehte im Schatten der alten Bäume und Angermüller empfand die Wärme im Freien als sehr angenehm.

›Driving Range, Caddygaragen, Putting Green‹, las Jansen kopfschüttelnd auf dem Schilderbaum neben dem Parkplatz. »Wat dat nich alns givt.«

»Guten Tag. Sie sind bestimmt die Herren von der Kriminalpolizei. Kiki von Demwalde, Zweite Präsidentin.«

Eines der Golfcars, leise von einer Batterie betrieben, hatte direkt neben ihnen Halt gemacht. Die zierliche Person, die am Lenkrad saß, streckte schwungvoll den Arm aus und drückte den Kommissaren mit festem Griff die Hand.

»Gut, dass Sie da sind, meine Herren! Wir haben heute eines unserer wichtigsten Turniere der Saison. Ich hoffe, Sie geben das neunte Fairway bald wieder frei. Wir können uns nämlich zeitlich überhaupt keine Verzögerung leisten.«

Die energische Dame, die irgendwas zwischen 50 und 70 sein mochte, trug einen perfekten Kurzhaarschnitt und war dezent gebräunt. Ihr sportliches Outfit war von Schuhen und Söckchen über Bermudas, Polohemd und einer Sonnenblende nur in Weiß und Bordeaux gehalten. Adrett war das Wort, das Angermüller sofort zu ihr einfiel, und dass sie gut dem Bekanntenkreis seiner hanseatischen Schwiegermutter angehören könnte. Wohl wissend, dass er dem Wunsch der Zweiten Präsidentin, möglichst bald das Turnier fortsetzen zu dürfen, nicht würde entsprechen können, stellte er Jansen und sich erst einmal höflich vor und bat sie um ihre Mithilfe.

»Wenn uns jemand zum Fundort bringen könnte, wäre das sehr hilfreich.«

»Kommen Sie, meine Herren. Ist vielleicht ein bisschen eng, aber ich fahr Sie hin.«

Der eher ranke Jansen rutschte in die Mitte der schmalen Sitzbank des Cars, und Angermüller zwängte sich daneben, was bei seinen 1,95 und der recht kräftigen Statur nicht ganz einfach war. Kiki von Demwalde drehte den Schlüssel und kurvte schwungvoll an der großen Scheune und dem Gutshaus vorbei. Hier endete der Schotterweg, und sie gelangten auf den Rasen in freies Gelände, wo sich plane Flächen und unterschiedlich hohe Hügel abwechselten, umstanden von Baumgruppen und Buschwerk, begrenzt von Knicks, ab und an ein Teich oder Wassergraben, manchmal eine oder mehrere Sandkuhlen dazwischen. Und überall Rasen in unterschiedlichen Höhen, von dicht und teppichkurz bei den Fahnen, an anderen Stellen etwas höher, bis naturwüchsig hoch an den Rändern.

Noch nie hatte sich Angermüller mit Golfspielen oder Golfplätzen beschäftigt. Als sie mit dem Fahrzeug einen der Hügel erklommen hatten, sah er in der Ferne die Ostsee glitzern. Ab und an standen ein paar gepflegt gekleidete Menschen beisammen oder bewegten sich, die Rollwagen mit ihrer Ausrüstung ziehend, gemächlich über den Platz. Hin und wieder fuhren Golfcars vorbei. Die ganze Anlage wirkte wie ein großer Landschaftspark. In diesem grünen Paradies seine Freizeit zu verbringen, das konnte Angermüller sich schon erholsam vorstellen – auch ohne Golfspiel.

»Wir sind gleich da. Hier oben ist der Abschlag von Bahn neun und da unten, sehen Sie die Fahne?«

Die Beamten nickten. Ihre Fahrerin stoppte für einen Moment.

»Das ist das Green, das Grün mit dem Loch. Für Herren 299 Meter, für Damen 243 Meter vom Abschlag, Par vier.«

»Was bitte?«, fragte Jansen.

»Ach so. Sie spielen nicht«, kommentierte die Zweite Präsidentin leicht enttäuscht.

»Sehr gute Spieler brauchen vier Schläge für dieses Loch. Ich benötige hier in der Regel fünf bis zum Einlochen.«

»Echt?«

Jansen warf einen erstaunten Blick auf die Dame neben sich. Die lächelte und sagte nur: »Handicap 16.«

Die Erklärung half Jansen leider nicht. Aber er bekam keine weitere.

»Sie haben es wahrscheinlich schon gesehen: Da unten rechts im Rough, da befindet sich das Malheur. Da stehen auch Ihre Kollegen, sehen Sie?«

In flottem Tempo ließ Kiki von Demwalde das Gefährt den Hang hinabrollen. Die Streifenpolizisten hatten bereits das rot-weiße Flatterband an Bäumen und einem Busch befestigt. Sie standen im Schatten einer Eiche und schienen sich gut zu unterhalten. Gerade schlug sich der eine amüsiert auf den Schenkel.

»Die beiden Damen dort haben übrigens die Entdeckung gemacht.«

Mit einer Hand wies ihre Fahrerin zu zwei Cars, die etwas entfernt von dem kleinen Wäldchen parkten und wo ein paar Leute herumstanden.

»Die rechte von beiden, das ist Sibylla Graf, unsere amtierende Klubmeisterin bei den Damen, Seniorchefin vom Autohaus Graf, kennen Sie ja vielleicht. Ach, da ist ja sogar mal der Herr Gutsbesitzer.«

Die Zweite Klubpräsidentin fuhr einen rasanten Bogen und hielt direkt neben dem Flatterband. Angermüller und Jansen bedankten sich, gingen zu den Streifenpolizisten und zeigten ihre Ausweise.

»Dat is ja man ne schöne Bescherung«, begrüßte einer der beiden die Kommissare und zeigte auf die Gestalt, die am Rand des kleinen Gewässers lag. Aus unerfindlichen Gründen hatte er dabei ein breites Grinsen im Gesicht.

»Der licht man schon länger hier. Dat wimmelt nur so von Fliegen und anderem.«

»Und was ist daran so lustig?«, fragte der Kriminalhauptkommissar bissig, der sich bei dem Gedanken an die genauere Untersuchung des Opfers ziemlich unwohl fühlte. Der Uniformierte, ein noch junger Mann, bekam einen roten Kopf, und Angermüller machte erst einmal auf streng dienstlich, ließ sich die genauen Zeiten des Alarms und der Ankunft der Streife auf dem Platz angeben und fragte nach dem Namen der zweiten Zeugin. Zum Glück hatte Jansen sich schon die Einweghandschuhe übergezogen und die genauere Inaugenscheinnahme übernommen. Er hatte sich auf die Uferschräge neben den Toten gehockt, tastete vorsichtig die Gesäßtaschen der ausgewaschenen Jeans ab und fasste hinein.

»Tscha, leider leer. So weit ich dat in dieser Lage feststellen kann, is dat 'n Mann. Umdrehen will ich ihn jetzt aber nich, da sollen erst mal Rechtsmedizin und Kriminaltechnik 'nen Blick drauf werfen.«

Angermüller, der etwas entfernt stehen geblieben war, stimmte ihm dankbar zu. Trotz der vielen Jahre, die er in diesem Beruf schon hinter sich hatte, löste der Anblick eines toten Menschen bei ihm jedes Mal wieder eine Art von Beklemmung aus. Er sah sich den umliegenden Boden an und stellte nur fest, dass das hohe Gras rund um die Fundstelle niedergetreten war. Sonst konnte er auf den ersten Blick nichts Auffälliges entdecken. Ein Wassergraben mündete rechts in den Weiher und trat auf der gegenüberliegenden Seite wieder aus. Der Kommissar schaute auf das Schilf, die Weidenbüsche, die sanfte Hügelarchitektur unter dem makellosen Sommerhimmel. War dies ein guter Ort zum Sterben? Oder zum Töten – wenn es überhaupt ein Tatort war?

»Puh«, machte Kommissar Jansen und stieß die Luft aus. »Nach Veilchen riecht er nich g'rade.«

Sein Kollege verspürte plötzlich den Wunsch, an einem anderen Ort zu sein. Die Füße des Toten waren nackt. Einer davon war nicht mehr ganz vollständig, und genau dort sammelten sich besonders viele Fliegen. Es krabbelte und wimmelte, ebenso wie an einer Stelle am Hinterkopf, wo ein Kranz kurzer, grauer Haare saß. Angermüller wollte das gar nicht so genau sehen und konzentrierte sich auf den Oberkörper. Der steckte in einem verwaschenen olivfarbenen T-Shirt, das ein Stück hochgerutscht war. Die nackte Haut, die darunter zum Vorschein kam, hatte einen unschönen Grünschimmer. Und ein Golfball lag darauf.

»Sach ma, ham wirs hier mit einem bedauernswerten Opfer des Golfsports zu tun?«, fragte Jansen.

»Keine Ahnung. Denkst du das?«

»Kann man doch nicht ausschließen, oder? Ein scharfer Ball an den Kopp, oder noch besser, so 'n Prügel, mit dem die hier spielen. Weiß man's?«

»Na ja, stimmt schon. Aber sollen lieber die Kollegen von der Kriminaltechnik damit weitermachen und lass uns hören, was die Rechtsmedizin sagt, bevor wir hier irgendwelche waghalsigen Theorien aufstellen. Komm, wir sprechen erst mal mit den Leuten da drüben«, schlug Angermüller vor und kroch unter dem Absperrband durch.

»Guten Tag zusammen. Kripo Lübeck«, sprach er das Grüppchen an, das in einiger Entfernung mit dem Rücken zu ihnen stand. Die Leute drehten sich um und gaben den

Blick auf eine große, korpulente Frau frei, die auf der Bank des einen Golfautos saß. Sie war vielleicht um die 50, und ihre recht kräftigen Beine schauten aus einem Paar Bermudas hervor, die ein auffälliges rosa-schwarzes Karomuster hatten. Angermüller registrierte, dass auch diese Dame ein weinrotes Poloshirt trug. Und dass sie ziemlich blass und elend aussah. Dafür hatte er Verständnis.

»Wir würden gern mit den beiden Frauen sprechen, die den Toten gefunden haben.«

Die drei Männer, Kiki von Demwalde und die andere Frau ließen Angermüller und Jansen näher herantreten und zogen sich nur so weit zurück, dass sie das Geschehen bequem weiter verfolgen konnten.

»Sie sind Frau Henny Kortner?«

Die Frau mit den karierten Bermudas nickte nur, sah ihn mit schreckgeweiteten Augen an und presste sich ein Taschentuch auf den Mund.

»Hauptkommissar Angermüller, mein Kollege Kommissar Jansen. Sie haben den Toten gefunden. Könnten Sie uns bitte genau schildern, wie das vor sich ging?«

»Nein, das kann sie nicht. Ich war das, meine Herren. Ich habe den Mann gefunden.«

Angermüller drehte sich nach der Stimme um. Sie klang tief und rauchig und gehörte der nicht sehr großen Dame, die neben dem Golfcar stehen geblieben war und ebenso alterslos wirkte wie die Klub-Vizepräsidentin. Ihre in goldenen Braun- und Blondtönen gesträhnte Frisur saß perfekt, ihr Teint war sonnenverwöhnt, und das bordeauxfarbene Poloshirt, das in ihrer weißen Hose steckte, passte ausgezeichnet zu ihrer sportlich schlanken Erscheinung.

»Mein Name ist Sibylla Graf«, stellte sie sich den beiden Beamten vor.

»Henny hatte nur das Handy dabei, von dem aus wir bei Ihnen angerufen haben.«

Sibylla Graf warf einen geringschätzigen Blick auf ihre Klubkameradin.

»Gut, dann erzählen Sie uns bitte, wie Sie auf den Toten gestoßen sind.«

»Haben Sie es denn nicht gesehen?«, fragte die Frau mit einem ärgerlichen Unterton. »Ich habe meinen Ball darauf geschlagen.«

»Ach so? Woher wissen Sie denn, dass es Ihr Ball ist?«

Auf diese Äußerung hin sah Sibylla Graf den Kommissar an, wie man jemanden ansieht, der es eigentlich nicht verdient, dass man das Wort an ihn richtet.

»Weil ich ihn markiert habe, Herr Kommissar«, erklärte sie dennoch gnädig und wies dann auf eine etwa 60, 70 Meter entfernte Stelle.

»Von da drüben wollte ich meinen Ball mit dem Siebener Eisen auf das Green spielen. Eigentlich ein Routineschlag. Doch während ich mich darauf vorbereitete, wurde ich vom Klingeln eines Handys gestört. Ein eingeschaltetes Handy auf dem Platz!«

Wieder erntete Henny Kortner einen vernichtenden Seitenblick.

»Und wegen dieses bösen Fauxpas habe ich verrissen. Der Ball ist hierher ins Rough geflogen und dort liegen geblieben. Und bevor Sie jetzt fragen, ob es mein Ball war, der den Mann in diese missliche Lage brachte: Nein, denn erstens war niemand zu sehen, als der Ball hier landete, und zweitens scheint der Mann ja schon länger da zu liegen.«

Sibylla Graf sprach ziemlich laut und schien mit keinem Widerspruch zu rechnen.

»Und für heute können wir das Turnier ja vermutlich vergessen«, fügte sie noch an und schlug wie zur Bestätigung mit dem Golfschläger, den sie die ganze Zeit in der rechten Hand gehalten hatte, gegen ein paar Grashalme. Der Ärger über ihr Missgeschick war offensichtlich grenzenlos.

»Was? Nein, das will ich doch nicht hoffen!«, meldete sich Kiki von Demwalde bei dieser Feststellung und schaute besorgt zu den Kommissaren. »Oder, meine Herren?«

»Nun ja«, Angermüller räusperte sich und blickte auf seine Armbanduhr. »Es ist gleich eins. Die Kollegen von der Kriminaltechnik werden bestimmt bald eintreffen, auch die Rechtsmedizin ist informiert. Aber die Untersuchung des Fundortes wird sich eine Weile hinziehen ...«

»Wie lange?«

»Also, so zwei, drei Stunden können's schon werden«, antwortete Angermüller vorsichtig.

»Wirklich? So lange? Schneller geht das nicht?«

Der Kommissar schüttelte bedauernd den Kopf. Alles Verrückte hier, dachte er, außer ihrem Golfturnier interessiert die scheinbar gar nichts.

»Na, das war's dann wohl. Das ist das endgültige Aus für unser Turnier. Oh Gott, wie furchtbar, wie peinlich!«, konstatierte die Zweite Klubpräsidentin erschüttert und sprang nach einer Schrecksekunde in das Golfcar.

»Eine Katastrophe ist das! Ich fahr sofort los und blas alles ab.«

»Können wir vielleicht noch einmal zur eigentlichen Frage zurückkehren?«, wandte sich Angermüller unterdessen an Sibylla Graf. »Sie haben Ihren Ball verschlagen und ihn dann gesucht, nehme ich an?«

»So ist es. Ich bin am Rande der Bäume da langgegangen. Die Chance, meinen Ball wieder zu finden, war natürlich äußerst gering. Sie sehen ja, wie hoch hier das Gras steht. Das wurde seit Wochen nicht gemäht. Aber manchmal hat man ja Glück. Ich heute leider nicht. Mein Ball musste ausgerechnet auf dem Rücken dieses Unglücksmenschen landen.«

Die Frau machte eine unwillige Bewegung mit ihrem Golfschläger. Angermüller fragte sich, ob Sibylla Graf die Leiche einfach ignoriert hätte, wenn ihr Ball nicht zufällig direkt darauf gelandet wäre – zumindest bis nach dem Turnier.

»Ich weiß, von hinten ist nicht viel zu erkennen«, sagte er. »Kann es trotzdem sein, dass Sie wissen, wer der Mann ist?«

»Aus dem Klub ist er nicht.«

Sibylla Graf sagte das mit absoluter Bestimmtheit.

»Sie kennen ihn also?«

»Ich wüsste nicht, dass ich Derartiges behauptet hätte. Sehen Sie sich einfach seine Kleidung an. Solche Leute gibt es hier nicht auf dem Platz.«

Das ist auch eine Art Logik, dachte Angermüller.

»Frau Kortner, dann darf ich Sie fragen: Können Sie vielleicht etwas zur Identität des Mannes sagen?«

Niedergeschlagen schüttelte die Frau den Kopf.

»Sie haben ja selbst gesagt, von hinten ist eh nicht viel zu erkennen. Ich hab auch gar nicht so genau hingesehen, tut mir leid«, jammerte sie mit einer dünnen Stimme, die überhaupt nicht zu ihrem walkürenhaften Aussehen passen wollte.

»Na gut. Claus, nimmst du schon mal die Personalien auf? Und wenn Sie bitte so freundlich sind und noch ein Weilchen hier bleiben. Rechtsmedizin und Kriminaltechnik sind auf dem Weg, und vielleicht brauchen wir Sie zu einem späteren Zeitpunkt.«

Angermüller trat auf die drei Männer zu, die mit aufmerksamen Mienen an dem anderen Car lehnten.

»Und Sie haben sich auch den Toten angeschaut?«

Alle drei nickten.

»Aber klar, Herr Kommissar. Man möchte ja schließlich wissen, wer da auf dem Platz so rumliegt«, antwortete der Mann in dem ausgeblichenen grauen Overall, lachte und sah auffordernd zu seinen beiden Nachbarn. Er war um die 60, der älteste von den dreien, schätzte Angermüller, trug eine Brille mit einem auffälligen schwarzen Gestell und ein weinrotes Basecap auf dem Kopf. Neben ihm standen ein gepflegter, jüngerer Typ in hellgrauen Bermudas und bordeauxfarbenem Polo und ein kräftiger, gedrungener Mann im gleichen Polo und Jeans, mit rotblondem Haar. Beide hatten ihr Gesicht bei den Worten des Älteren zu einem schiefen Lächeln verzogen.

»Verraten Sie uns auch, wer Sie sind und was Sie hier zu tun haben?«

Zumindest der Mann im Overall konnte kein Golfer sein, nach dem, was Angermüller von Sibylla Graf über die Kleidervorschriften auf dem Golfplatz gelernt hatte. Jetzt streckte der ihm die Hand hin.

»Gunther Therhagen. Mir gehört der Laden hier.«

»Der Golfklub?«, fragte Jansen, dem er ebenfalls die Hand schüttelte, leicht erstaunt.

»Nee. Vor zwölf Jahren hab ich den Hof Lubeca gekauft und zum Golfplatz umgebaut. Der Lubeca Country Golf Club hat die Anlage von mir gepachtet. Und der junge Mann da ist mein neuer Verwalter Walter.«

Therhagen lachte laut.

»Gut, was? Verwalter Walter. Ich glaube, ich hab den Herrn Sigmund nur seines Vornamens wegen eingestellt. Und das ist Mister Rob Higgins, der Gott des Rasens, unser Head Greenkeeper.«

»Wie sieht's denn aus? Hat jemand von Ihnen eine Idee, wer der Mann da sein könnte?« Angermüller sah die Männer fragend an. Die schüttelten die Köpfe.

»Sie haben ja selbst gesagt, dass in dieser Lage wenig von ihm zu sehen ist. Vielleicht können wir ja weiterhelfen, wenn wir ihn auf seine Schokoladenseite drehen«, meinte Therhagen unternehmungslustig.

»Das überlassen wir mal lieber unseren Fachleuten von der Spurensicherung, die werden ja bald hier sein.«

Wie aufs Stichwort erschienen am Waldrand am anderen Ende des kleinen Weihers drei Männer in Begleitung zweier Streifenbeamtinnen. Im Gänsemarsch kamen sie durchs hohe Gras langsam näher.

»Bleiben Sie bitte hier in der Nähe, um vielleicht später zur Identifizierung beizutragen«, forderte der Kriminalhauptkommissar den Gutsbesitzer und seine beiden Begleiter auf und ging seinen Kollegen ein Stück entgegen.

»Hallo! Seid ihr auf einem geheimen Schleichweg hergekommen?«, begrüßte er die Kriminaltechniker.

»Tscha, wir haben mit denen von der Streife telefoniert, und die haben uns diese charmanten jungen Damen geschickt«, gab Friedemann zufrieden Auskunft und sah sich um. »Die haben uns direkt hierher geleitet. Is ja praktischer für unser Gepäck, wenn wir's nicht so weit haben. Moin erst mal. Da drüben isses, ja?«

Angermüller nickte. Friedemann war der älteste Kollege in der kriminaltechnischen Abteilung der Bezirkskriminalinspektion Schleswig-Holstein Süd. Er schleppte eine große Tasche und einen Spurensicherungskoffer und war genauso bepackt wie seine beiden Begleiter, die unter anderem noch zwei Laptops und eine Kamera transportierten. Der eine war Dario Striese, ein Student von der Polizeihochschule in Kiel, der schon seit ein paar Wochen bei der Kriminaltechnik sein Praktikum absolvierte, den anderen kannte Angermüller nicht.

»Bevor wir uns in den so beliebten Wochenend-Einsatz stürzen, möchte ich euch noch Mehmet Grempel hier vorstellen. In zwei Monaten bin ich weg, und dann darf der sich mit euch rumärgern.«

Die beiden Kommissare machten sich mit dem Neuen bekannt, der wahrscheinlich Anfang 30 war und ganz sympathisch wirkte.

»Gut, dann verkleiden wir uns mal kurz. Können wir eins von diesen Dingern hier als Ablage für unsere Sachen nutzen?«

Friedemann zeigte auf die beiden Golfautos.

»Aber bitte, machen Sie man! Unsere Polizei muss man ja unterstützen«, lachte Therhagen vergnügt und rieb sich die Hände. »Endlich ist in diesem öden Klub mal was los.«

Als er Sibylla Grafs indignierten Blick bemerkte, verstummte er und zog eine Grimasse, die alles andere als schuldbewusst aussah.

»Pardon, Gräfin. Ich hab nix gesagt.«

In die weißen Schutzanzüge gepackt, mit Handschuhen und Füßlingen angetan, umkreisten die Kriminaltechniker alsbald den Liegeort des Toten, vermaßen die Umgebung, stellten kleine Schildchen mit Nummern auf, machten Fotos, nahmen Proben, inspizierten jeden Winkel.

»Na, ob wir hier was finden«, murmelte Friedemann, der gerade am Rand des niedergedrückten Grases kniete,

»das wird in diesem Gelände nicht so einfach sein. Außerdem is hier ja bereits 'ne ganze Elefantenherde durchgetrampelt.«

»Hier! Ich hab was, ich hab was!«, meldete sich der Praktikant aufgeregt und hielt etwas in die Höhe. »Das ist schon der vierte Golfball!«

»Scherzkeks.«

Nur Dario Striese selbst freute sich über seinen Witz.

»Wo habt ihr Ameise denn heute gelassen?«, wollte Angermüller wissen.

»Der muss das ganze Wochenende Silberhochzeit feiern«, antwortete Friedemann mit Spott in der Stimme.

»Wie? Etwa seine eigene?«

Der Kollege nickte und schaute mit einem hämischen Grinsen vom Boden auf.

»Seine Frau hat auf einem Jubiläums-Flitterwochenende bestanden. Da konnte sich der gute Andreas nich gegen wehren. Jetzt isser mit ihr in einem Wellness-Hotel auf Sylt.«

»Da arbeite ich schon so lange mit dem zusammen und weiß nicht, dass der verheiratet ist.«

»Und wie! Der hat vielleicht 'ne Ische, sach ich dir!«

Friedemann schüttelte den Kopf.

»Ich weiß das auch erst seit ein paar Monaten. Ameise hält die, glaube ich, unter Verschluss, weil ihm das peinlich ist. Die hat nämlich zu Hause das Kommando, wie das aussieht.«

»Na, das ist ja wirklich ein Ding.«

Diese Neuigkeit aus Andreas Meises Privatleben beeindruckte Angermüller ungemein. Das erklärt manches, dachte er. Für einen Mann mit ziemlich geringer Körpergröße ausgestattet, gerierte sich Ameise immer gern als knallharter Macho, überzog Kolleginnen mit schmierigen Zweideutigkeiten, und sein Verhalten gegenüber Ausländern und Homosexuellen grenzte zuweilen an echte Diskriminierung. Auf der anderen Seite gab es niemanden in der Kriminaltechnik, der so exakt und so verbissen bei der Arbeit war wie er. Nie wäre es Ameise in den Sinn gekommen, sich nach kurzer Zeit zu erheben und kategorisch mitzuteilen, dass das heute keinen Sinn mehr hätte, sondern wäre so lange im Gras herumgerutscht, bis er irgendetwas gefunden hätte. Friedemann war da weniger gründlich. Ein leises Geräusch riss den Kriminalkommissar aus seinen Überlegungen.

»Das war wirklich sehr freundlich von Ihnen! Vielen Dank, dass Sie mich hierher chauffiert haben.«

Eines dieser elektrischen Golfautos hielt, und Steffen von Schmidt-Elm sprang heraus. Auch in seinem Schutzoverall machte der Rechtsmediziner eine ausgezeichnete Figur, und offensichtlich hatte er mit seinem Charme das Herz der Zweiten Klubpräsidentin erobert.

»Keine Ursache, Herr Doktor, das hab ich doch gern gemacht«, strahlte Kiki von Demwalde. »Und überlegen Sie sich das noch einmal mit dem Golfen. Das wäre genau der richtige Sport für Sie, da bin ich mir sicher. Unser Klub garantiert sportlich wie gesellschaftlich höchstes Niveau.«

»Ich werde darüber nachdenken, gnädige Frau. Ich wünsche noch einen angenehmen Tag«, verabschiedete sich Steffen mit einem verbindlichen Lächeln.

»Danke, desgleichen. Ich muss leider auch wieder. Die Pflicht ruft.«

Mit Bedauern im Blick wendete die Vizepräsidentin und rollte in ihrem Gefährt davon.

»Schorsch, ich grüße dich! Hast du dir das gut überlegt,

mich ausgerechnet heute in meiner Freizeit zu stören? Ich dachte, ich soll für dich kochen.«

Der Rechtsmediziner war einer der wenigen, der Angermüller hier im Norden mit der fränkischen Variante seines Vornamens Georg ansprach, obwohl sich das bei dem kultivierten Steffen immer ein wenig wie das französische Georges anhörte. Bei beruflichen Terminen hatten sie sich einst kennengelernt und bald entdeckt, dass sie dieselbe Leidenschaft für kulinarische Genüsse und die eigenhändige Zubereitung derselben teilten. In der Folge sahen sie sich hin und wieder im privaten Rahmen, und im Lauf der Zeit hatte sich eine enge Freundschaft zwischen ihnen entwickelt. Anfang des Jahres schließlich war Georg Angermüller Trauzeuge gewesen, als Steffen seine große Liebe David geheiratet hatte.

»Grüß dich, Steffen. Wenn's nach mir ginge, glaub mir, hätte ich dich nicht aus deiner Küche weggeholt.«

Steffen lächelte, und Angermüller deutete zum Weiher.

»Da drüben liegt dein Patient.«

»Ah ja. Dann will ich mich gleich mal an die Arbeit machen.«

Ein Ausdruck interessierter Konzentration legte sich auf Steffens Miene, er rückte seine elegante Brille zurecht und ging hinüber zu der bezeichneten Stelle. Angermüller fand es stets erfreulich, wenn sein Freund als zuständiger Rechtsmediziner am Einsatzort auftauchte, denn er kannte ihn als sehr engagierten Spezialisten, der äußerst präzise und zuverlässig arbeitete.

Inzwischen hatten sich noch ein paar neugierige Klubmitglieder mit ihren Golfcars eingefunden, standen jetzt zusammen und diskutierten eifrig miteinander. Fast alle trugen weinrote Polohemden, woraus Angermüller schloss, dass dies die Klubfarbe sein musste. Langsam, aber stetig schob sich das Grüppchen immer näher an die Fundstelle heran und jeder versuchte, einen Blick auf das dortige Geschehen zu erhaschen.

»Die netten Kolleginnen hab ich wieder zurück zum Nebeneingang geschickt, damit sie dort absichern. Aber wir sollten noch eine Streife für hier zum Absperren anfordern, wat meinst du?«, fragte Jansen seinen Kollegen. »Jetzt, wo sie nich golfen können, werden die Leute nur zu lästigen Gaffern.«

»Du hast recht. Ich glaub auch, das wär' nicht schlecht. Meine Damen und Herren, ich würd' Sie bitten, etwas zurückzutreten. Es gibt hier nichts für Sie zu sehen«, wandte sich Angermüller an die Umstehenden.

Ein allgemeines Gemurmel war die Antwort.

»Na hören Sie mal! Da liegt ein Toter in meinem Golfklub und Sie sagen, das geht mich nichts an?«, meinte ein Mann ziemlich aufgebracht.

»Mal abgesehen davon, dass ich das so nicht gesagt habe, haben Sie denn irgendwelche sachdienlichen Hinweise? Immer raus damit!«, forderte der Kommissar ihn auf. Worauf der Mann nur mit den Schultern zuckte.

»Okay, dann lassen Sie uns bitte einfach unsere Arbeit machen. Wenn wir Ihre Hilfe brauchen, sagen wir Ihnen Bescheid.«

»Und was ist mit dem Damenturnier? Schließlich ist das eines der wichtigsten für unseren Klub!«

Es war wieder derselbe Mann, und Angermüller wusste nun Bescheid, welches Kaliber er vor sich hatte.

»Ich habe keine Ahnung, wie das mit Ihrem Turnier hier weiter geht. Klar ist jedenfalls, dass diese Bahn eine ganze Weile gesperrt bleiben wird«, antwortete der Kommissar bestimmt, drehte sich um und ging zurück hinter das weiß-rote Band zu Friedemann, der sich gerade etwas notierte.

»Und jetzt soll ich den coolen Tatortspezialisten machen, oder wat? So fix wie im Fernsehen geit dat hier nich.«

Friedemann wirkte ein wenig gestresst. Die wenigen Wochen Dienst, die er noch tun musste, bis er sich in den Ruhestand verabschieden würde, schienen ihm zunehmend schwerzufallen. Angermüller war sich nicht sicher, ob das Abnutzungserscheinungen waren oder ob Friedemann überhaupt jemals für seinen Job jene Begeisterung empfunden hatte, über die Ameise bei all seinen kritikwürdigen Wesenszügen offensichtlich verfügte.

»Vielleicht kannst du wenigstens sagen, ob das hier der Tatort ist. Oder wie lange der Mann hier schon liegt?«

»Mann, is dat heiß in diesem ollen Anzug«, stöhnte der Kriminaltechniker erst einmal. »Also Tatort, kann sein, kann aber auch nicht sein. Aus der Wunde am Kopf schließen wir auf Fremdverschulden. Bisher haben wir hier jedoch nichts gefunden, was als Tatwaffe infrage kommt. Leider lag hier auch kein goldenes Feuerzeug mit Fingerabdrücken rum. Und bei diesem hohen Gras am Fundort sieht's mit Schuhabdrücken ganz mau aus.«

Friedemann wischte sich über die schweißglänzende Stirn.

»Hinter dem Wäldchen, wo unser Wagen steht, ist ein kleiner Parkplatz, nur über einen Schotterweg zu erreichen. Der liegt außerhalb des Golfplatzes. Wir werden da noch nach signifikanten Reifenspuren suchen, aber große Hoffnung hab ich nicht. Nach erster Inaugenscheinnahme liegt der Mann schon ein paar Tage hier. Und angesichts der Trockenheit ist der Untergrund auf dem Weg zwischen den Steinen wie Staub, und jeder, der drüberfährt, verwischt die Spuren des Vorgängers. So.«

Aus der großen Tasche, die neben seinem Spurensicherungskoffer stand, zog Friedemann eine Wasserflasche und ließ fast einen halben Liter in sich hineinlaufen. Dann stöhnte er erleichtert auf.

»Aber siehst du, da drüben?«

Er zeigte auf Dario Striese und Mehmet Grempel, die sich langsam auf Knien parallel in Richtung des Wäldchens bewegten.

»Da hat der Mehmet eine Schneise niedergedrückten Grases entdeckt. Der Ausdruck Trampelpfad wäre übertrieben, aber manchmal scheinen Leute diesen Weg zu nutzen. Falls das Opfer wirklich von dort hierher geschleppt wurde, finden die Jungs vielleicht irgendwas. Oh nee, ich muss jetzt erst mal 'ne Schattenpause machen.«

Friedemann verzog sich unter das Dach des Golfcars. Inzwischen fand auch Angermüller die Hitze ziemlich unangenehm. Trotz seiner hellen, leichten Hose und des weißen, locker sitzenden Hemdes freute er sich über jeden Luftzug, der ab und zu von der See heranwehte. Er sah sich nach Steffen um, der seinen Blick bemerkte und ihn zu sich winkte. Auch Jansen gesellte sich dazu.

»Dann fang ich schon mal mit ein paar Punkten an, wenn's recht ist«, begann der Rechtsmediziner.

»Sicher ist, dass er schon einige Tage hier liegt, mindestens vier bis fünf, würde ich sagen. Das habt ihr wahrscheinlich bereits an der gut erkennbaren Grünfärbung der Haut hier auf dem Rücken gesehen. Zudem ist der Körper deutlich aufgebläht, was bei den warmen Temperaturen der letzten Tage zur längeren Liegedauer passt. Eine exakte Methode, die den Todeszeitpunkt in einem Intervall mehrerer Tage genau belegen könnte, gibt es ohnehin nicht. Dieser Fall ist insofern noch speziell, da die Unterseite des Oberkörpers von relativ kühlem Wasser umspült wird, während der Rest der warmen Luft ausgesetzt war, die in der letzten Zeit nicht unter 16 Grad abkühlte. Aber ihr seht ja, was hier los ist.«

Steffen tippte mit einer Pinzette ganz vorsichtig auf den Rest des rechten Fußes des Toten und machte einen sehr zufriedenen Eindruck. Eine Schar Fliegen erhob sich in die Luft.

»Calliphora vicina. Oder weniger eindrucksvoll: Schmeißfliegen. Die helfen uns ganz wunderbar, zumindest für eine ungefähre Einschätzung der Liegezeit. Allerdings sollten wir uns dabei auf die Wunde am Hinterkopf konzentrieren, denn diese Verletzungen am Fuß sind mit ziemlicher Sicherheit post mortem zustande gekommen.«

Mit seiner im Latexhandschuh steckenden Hand zeigte er auf den Rand des kleinen Gewässers, in dem der Oberkörper des Mannes lag.

»Nämlich, als sich Fuchs und Bache hier einen guten Appetit wünschten. Diese zackigen, unregelmäßigen Wundränder und Scharten an den Knochen weisen klar auf Tierfraß durch Säugetiere hin. Im Uferbereich erkennt man ganz schwach noch die Abdrücke von Tierfüßen.«

»Könnte denn das hier ein Golfunfall sein?«

»Natürlich, Golfbälle können böse Waffen sein, die sogar zu Frakturen der Schädeldecke führen können. Durch den fortgeschrittenen Madenfraß ist die Morphologie der Wunde am Hinterkopf allerdings von hier aus nicht mehr zu beurteilen. Das muss ich mir im Institut genauer anschauen. Da kann ich dann sehen, ob der Knochen durch einen Schlag, Sturz oder vielleicht einen Golfball in Mitleidenschaft gezogen wurde.«

Steffen ließ seinen Blick einen Moment auf dem Körper ruhen.

»Der Mann könnte natürlich auch ertrunken sein. Nun ja, ich werde es herausfinden. Bis dahin müsst ihr euch gedulden.«

»Und wie siehst du das mit dem Tatort? Gleich Fundort?«

»Auch das kann ich zu diesem Zeitpunkt überhaupt nicht sagen. Lass mich erst mal den Menschen bei mir auf dem Tisch haben. Ich entnehme gleich noch ein paar Maden und Puppen von Calliphora vicina species und Lucilla caesar, der Kaisergoldfliege, die sich hier an der Futterstelle tummeln. Und dann werde ich anhand der Larvenstadien eine zumindest grobe PMI-Bestimmung durchführen können.«

Fast schien es, als würde den Rechtsmediziner beim Gedanken an die Arbeit, die vor ihm lag, Vorfreude überkommen. Er schob seine Brille hoch und hockte sich neben den Kopf des Toten. Mit einem Vergrößerungsglas vorm Auge, sammelte er mit zierlichen Bewegungen winzige Dinger in kleine Kunststoffbehältnisse.

»Ach, übrigens, wann, hatten wir gesagt, kommst du heute Abend zum Essen zu uns?«, fragte er dabei unvermittelt seinen Freund Georg.

»Acht Uhr, so weit ich weiß. Aber wenn dir das zu früh ist …«

Steffen hielt in seiner Tätigkeit inne und Angermüller vermeinte, in den Fängen der Pinzette etwas Winziges sich krümmen zu sehen.

»Nein, das passt wunderbar. Ich werde dich mit einem Fischgericht überraschen, das ist nicht so zeitaufwendig. Und alles davor und danach habe ich schon vorbereitet.

Ich denke, du wirst begeistert sein. David hat seine neueste Entdeckung kalt gestellt: einen herzhaften, trockenen Weißburgunder von einem kleinen Weingut aus der Saale-Unstrut-Region.«

»Das hört sich wirklich sehr gut an. Ich bin neugierig, womit du mich heute wieder verwöhnen wirst, Steffen. Ich freu mich drauf.«

Angermüllers Aussage entsprach nicht so ganz der Wahrheit. Angesichts des Anblicks, des Geruchs und der Fliegen lag ihm in diesem Moment nichts ferner als der Gedanke an genussvolle Tafelfreuden. Doch sein Freund war viel zu absorbiert von seiner Tätigkeit, als dass ihm das aufgefallen wäre.

»Die Larvenstadien kann man anhand der Anzahl der Atemöffnungen am Hinterteil erkennen«, erklärte er geradezu beglückt, während er weiter Material aus der Wunde am Hinterkopf sammelte. »Übrigens, wusstest du, dass Fliegenmaden tatsächlich bis zur Hüfte im Futter stecken können, da sie mit ihrem Hinterkörper atmen?«

»Nein, das war mir nicht bekannt«, antwortete Georg höflich, »ist ja wirklich interessant.«

Jansen verzog angeekelt sein Gesicht.

»So weit erst mal. Mehr kann ich euch nicht erzählen. Ach, Schorsch«, Steffen hörte auf, seine Gläschen und Döschen zu füllen und blickte hoch zu seinem Freund. »Wie war es denn eigentlich in St. Lorenz?«

»Äh«, machte Angermüller überrascht, »das erzähle ich dir heute Abend.«

Ein kurzer Blick von Jansen streifte ihn und Steffen, aber Angermüller kannte seinen Kollegen inzwischen lange genug, um zu wissen, dass es in dessen Kopf arbeitete. Wahrscheinlich würde irgendwann eine entsprechende Frage kommen.

»Nun gut. Wenn die Männer vom Beerdigungsinstitut mit dem Sarg da sind, können wir unseren Mann hier umdrehen und weitersehen«, stellte Steffen fest.

Ein kurzer Moment der Abwehr durchzuckte Angermüller und er sah auf seine Hände.

»Hier. Hab ich für dich mitgebracht.«

Als ob er seine Gedanken hätte lesen können, hielt Jansen ihm ein Paar Einweghandschuhe vor die Nase.

»Danke. Sehr fürsorglich«, murmelte Angermüller, während er die Latexhüllen in seine Hosentasche stopfte.

Eine durchsichtige Plastiktüte schwenkend, kam der neue Kriminaltechniker zu ihnen gelaufen. »Hier. Haben wir auf dem Trampelpfad gefunden.«

»Wat is dat denn?«, fragte Jansen und rümpfte die Nase.

»Ein linker Schuh, beziehungsweise so ein typischer Jesuslatschen«, antwortete Mehmet Grempel.

»Wie, war Er auch hier?«, staunte Jansen mit großen Augen.

Angermüller stieß seinen Kollegen mit dem Ellbogen an.

»Lass uns lieber mal schauen, ob die Größe passt.«

Sie hielten den Schuh mit der spurensicheren Verpackung an den unversehrten Fuß des Toten, und er schien von der Größe her genau richtig zu sein.

»Gut, Kollege. Sie überprüfen ja bestimmt noch die DNA-Spuren, damit wir Gewissheit haben. Aber immerhin, ein Anfang.«

»Klar«, nickte Mehmet Grempel, und die Freude über seinen Fund war ihm deutlich anzusehen.

»Komm, wir schauen uns ein bisschen die Gegend an«, forderte Angermüller seinen Kollegen Jansen auf. Sie ließen die Absperrung hinter sich, die inzwischen von zwei weiteren Uniformierten bewacht wurde.

»Herr Kommissar, wie lange wollen Sie uns eigentlich hier in der Hitze festhalten?«, war Sibylla Grafs tiefe Stimme aus der Gruppe der Golfer zu vernehmen, und sie klang ungehalten.

»Ach Gott, die Damen. Die hatt' ich ja ganz vergessen. Personalien und so haben wir doch, oder?«, fragte der Kommissar leise seinen Kollegen, der als Antwort nickte.

»Dann schicken wir jetzt alle nach Hause. So wie ich das sehe, sind die sowieso keine Hilfe bei der Identifizierung«, murmelte er.

Das Grüppchen der Neugierigen war kaum mehr angewachsen, es hatte sich nur in seiner Zusammensetzung geändert. Wahrscheinlich merkten alle Gaffer nach relativ kurzer Zeit, dass es hier wenig bis gar nichts Sensationelles zu beobachten gab und dass es nicht wirklich angenehm war, bei der Hitze stundenlang in der Landschaft herumzustehen. Sibylla Graf und Henny Kortner saßen, versorgt mit Sandwichs und Getränken, in einem Golfcar im Schatten. Henny Kortner hielt ein gefülltes Sektglas in der Hand und hatte sich vom Anblick der Leiche offensichtlich wieder erholt. Freundlich sah sie den Kommissaren entgegen. Als Angermüller das ungnädige Gesicht der Gräfin daneben bemerkte, setzte er sein gewinnendes Lächeln auf und sagte so charmant wie möglich: »Wir bedanken uns für Ihre Geduld und Ihre Hilfe, meine Damen. Sie können jetzt gern gehen.«

»Das hätten Sie uns schon vor einer Stunde mitteilen können. Das ist wirklich unglaublich dreist, wie Sie über die Zeit anderer Leute verfügen.«

Voller Empörung und ohne einen Gruß startete Sibylla

Graf das Golfgefährt, sodass die Umstehenden erschrocken Platz machten und der Sekt aus dem Glas ihrer überraschten Nachbarin schwappte.

Gunther Therhagen chauffierte Angermüller und Jansen mit seinem Golfcar nach ihren Wünschen durch die Umgebung des Fundortes, und als er merkte, dass seine neugierigen Fragen höchst einsilbig oder gar nicht beantwortet wurden, begann er von sich aus zu reden. Er erläuterte die genaue Lage des Gewässers und erklärte, dass es sich um gestautes Wasser aus der Drainage der Greens und Abschläge handelte. Das Wasser für die circa 100 Hektar Grün entnahm er eigenen Brunnen, und dieser Sommer würde ihn wohl an die Grenze des Machbaren bringen, wenn es so weiterging mit der Bullenhitze.

»Wir sind hier immer noch ökologischer als jeder Golfplatz am Mittelmeer, wo sie knapp an Trinkwasser sind, und trotzdem einen Platz nach dem anderen eröffnen, oder nich?«

Er würzte seine ökophilosophischen Betrachtungen mit einem herzhaften Lachen, das jeden Zweifel im Keim erstickte, und betonte, welcher Aufwand nötig war, den Lubeca Country Golf Club stets als die gepflegte, grüne Oase zu erhalten, die sie jetzt vor Augen hatten. Er nannte auch gleich die Summe, die die Anlage jedes Jahr verschlang. Was schon allein das Personal kostete!

»Mister Higgins ist ja nur der Chef. Insgesamt sind das fünf Greenkeeper! Können Sie sich das vorstellen? Fünf Mann nur für den Rasen!«

»Ist das Gelände des Golfklubs eigentlich rundherum eingezäunt?«, fragte Jansen mitten in Therhagens Monolog.

»Nur da, wo wir direkt an die asphaltierte Straße grenzen«, antwortete der sofort. »Ihre Kollegen sind ja auch über den kleinen Waldparkplatz gekommen, da gibt es keinen Zaun. Und sehen Sie, da unten, wo der Bach fließt: Das ist keine Drainage, sondern ein echter Bach. Der bildet die Grundstücksgrenze zum Nachbarbauern.«

»An wie viele Nachbarn grenzt denn Ihr Land?«, wollte Angermüller wissen und versuchte, ein wenig von seinem Nebenmann auf dem engen Sitz wegzurutschen, was kaum gelang, da er auf der anderen Seite sofort an Jansens knochige Figur stieß.

»An vier insgesamt. Wobei ich den meisten schon den Großteil ihres Landes abgekauft habe. Das Risiko, dass das Land von den Falschen erworben wird, ist zu groß, und wir können es gut gebrauchen. Bisschen hier vergrößern, bisschen da, immer mal wieder was Neues bauen.«

»Betreiben Ihre Nachbarn keine Landwirtschaft mehr?«

»Der eine, Matthiesen, war einer der größten Milchbauern hier in der Gegend, hatte überall riesige Flächen. Er hat die Milchwirtschaft eingestellt und das meiste Land inzwischen verkauft. Er lebt seit Langem das Leben eines wohlhabenden Pensionärs. Ob er damit glücklich ist, weiß ich nicht. Olaf Beyer hat 'ne Baumschule, und Nate und Gerhard Frings vermieten an Feriengäste. Der Einzige mit einer richtigen Landwirtschaft ist noch der Henning Langhusen mit seinem Graswurzelhof. Obwohl, richtige Landwirtschaft ist zu viel gesagt.«

Therhagens dröhnendes Lachen direkt neben sich fand Angermüller nicht sehr angenehm. Weitaus unangenehmer noch waren die deutlichen Schweißflecken unter den Achseln von Therhagens schmuddelig-grauem Overall und der kräftige Geruch, der ihnen entstieg.

»Graswurzelhof?«, fragte Angermüller etwas erstaunt. »Sehr spezieller Name.«

»Dat war vor Jahren irgend so 'ne Kommune. Und der Langhusen, dat is so 'n Öko-Sturkopp. Mit dem gibt's manchmal Ärger wegen unserer Rasenkosmetik. Der hat immer Angst um sein Unkraut, wenn meine Leute die Düsen mal büschen doll aufdrehen.«

Therhagen schien die Vorstellung zu gefallen, jedenfalls grinste er fröhlich bei seinen Worten. Von überall konnten Leute hier auf das Gelände gekommen sein, überlegte Angermüller, mit dem noch lebenden oder bereits getöteten Opfer, das machte die Sache nicht einfacher.

»Eigentlich kommen wir mit allen Nachbarn ganz gut aus. Ich bin ja nur an den Wochenenden und manchmal für einen Kurzurlaub hier, dann tobe ich mich als ungelernte Hilfskraft gern 'n büschen aus. Wenn Sie da noch mehr Fragen haben, muss ich Sie an Verwalter Walter und Rob Higgins verweisen.«

Sie erreichten gerade wieder den Fundort auf Bahn neun, als der schwarze Leichenwagen langsam heranrollte. Die Männer vom Bestattungsinstitut hatten sich offensichtlich von Kiki von Demwalde mit ihrem Golfcar hierher leiten lassen. Es wäre zudem etwas mühsam gewesen, den schweren Metallsarg mit dem Opfer zu Fuß kilometerweit durch die Landschaft zu schleppen.

»Danke, Herr Therhagen. Bleiben Sie bitte in der Nähe. Wir melden uns gleich noch mal.«

»Sehr gern, Herr Kommissar«, brummte Therhagen jovial.

Erleichtert rutschte Angermüller hinter Jansen von der heißen, kunstledernen Sitzbank des Golfcars. Jansen zog seine Latexhandschuhe aus der Hosentasche und wedelte damit vor Angermüllers Gesicht.

»Los, komm. Aktion Rollmops. Ich will am heiligen Sonnabend irgendwann mal Feierabend haben.«

Merkwürdig konturlos sah das aufgequollene Gesicht aus, flach und breit, die geschlossenen Augen nur am schmalen Wimpernrand und den buschigen Augenbrauen erkennbar. Die Lippen wirkten fischmaulartig aufgetrieben, erinnerten Angermüller irgendwie an einen Karpfen. Sie waren von kaum anderer Farbe als der Rest der Haut. Ein blasses Graugrün. Wie eine Maske aus einem künstlichen Material geformt erschien Angermüller die Physiognomie des Toten, und nicht so erschreckend, wie er es sich vorgestellt hatte. Ohne jedes Leben. Nun ja, so war es ja auch.

Steffen beugte sich interessiert über das Opfer.

»Ah, hab ich mir doch gedacht«, murmelte der Rechtsmediziner und zeigte auf eine Stelle am Hals.

»Im Genick war es nicht so klar zu erkennen. Aber hier vorn diese Flecken, das scheinen mir Würgemale zu sein. Gut, gut, wir werden dem nachgehen.«

An den übrigen Teilen des Körpers, die sichtbar waren, fanden sich keine besonderen Kennzeichen, keine Tätowierungen, kein fehlendes Fingerglied, beide Ohren waren vorhanden. Der Tote trug keinen Schmuck, keine Armbanduhr, und die vorderen Taschen der Jeans waren ebenfalls ohne Inhalt.

Das Alter des Mannes war schwer zu erraten. Grob geschätzt, zwischen 40 und 70. Eher im unteren Bereich, dem Zustand des Körpers nach zu urteilen. Da er nicht wusste, wie stark dieser Mensch sich im Tod verändert hatte, konnte der Kommissar auch nicht beurteilen, ob ihn jemand in diesem Zustand würde identifizieren können.

Ohne große Hoffnung fragten sie Therhagen und seine

beiden Mitarbeiter, ob sie bereit wären, sich das Opfer zu diesem Zweck anzusehen. Neugierig besah sich der Verwalter den Toten von allen Seiten, meinte jedoch, ihn bislang noch nie gesehen zu haben. Rob Higgins schien weniger Gefallen an der Situation zu finden und schüttelte nach einem kurzen Blick auf den Mann nur bedauernd seinen Kopf. Therhagen, der die Sache sehr genau nahm, musste schließlich auch passen.

»Nee, den kenn ich nich. Tut mir leid.«

»Da muss wohl wieder der Thomas ran mit der Vermisstendatei«, kommentierte Jansen, als die drei gegangen waren.

Angermüller nickte unkonzentriert und sah sich um. Die Sonne stand um diese späte Nachmittagsstunde noch ziemlich hoch. Es war heiß, doch nicht drückend, was an der frischen Brise lag, die stetig von der See hierher wehte und den salzigen Geruch mitbrachte. Es war immer noch ein perfekter Sommertag. Anders als im oft kargen Hinterland des Mittelmeers, gehörten hier oben sattgrüne Wiesen mit weidenden Kühen, wogende Felder, blühende Bauerngärten und Schatten spendende Bäume dazu. All das machte den Ostseesommer so besonders. Leider war so ein Bilderbuchwetter ziemlich selten.

Der Kommissar schob die müßige Frage, ob es nicht ziemlich ungerecht war, so einen Sahnetag im Dienst vergeuden zu müssen, schnell beiseite. Er hatte sich für diesen Beruf entschieden und würde es immer wieder tun. Auch wenn er hin und wieder ein Wochenende opfern musste, tagelang wenig Schlaf bekam, gezwungen war, unregelmäßig und womöglich schlecht zu essen und sich mit fürchterlichen Dingen zu befassen, von denen er eigentlich nie etwas hatte wissen wollen – und nicht zuletzt ständig Konflikte mit seiner Frau ausfechten musste. Er hatte sich für diesen Beruf entschieden.

Die Kriminaltechniker waren dabei zusammenzupacken. Ihre gründlichen Untersuchungen an diesem Ort hatten bis auf den mutmaßlichen Schuh des Opfers keine signifikanten Spuren, keine Hinweise zum Tathergang gebracht. Angermüller spürte eine gewisse Unzufriedenheit. Wenig bis gar nichts hatten sie zusammengetragen.

»Sicher findet Steffen bei der Obduktion noch irgendwelche eindeutigen Kennzeichen, oder die Fingerabdrücke des Mannes sind gespeichert. Und wenn wir die genaue Todesursache kennen, hilft uns das sicher weiter«, sagte Angermüller optimistisch zu seinem Kollegen, in dem Versuch, sich selbst zu motivieren. »Und, Claus, wie siehst du das, gibt es noch etwas für uns hier zu tun?«

Jansen schüttelte den Kopf.

»Wir sollten uns am besten vom Acker machen, oder?«

# KAPITEL II

Schwarz schnitten die Umrisse der Bäume ins Nachtblau des Himmels. Draußen stand die Luft, und die Vögel schwiegen. Mit energischen Bewegungen rührte Gesche mit einem Holzlöffel in dem großen Topf auf dem Herd, in dem sich dunkel und träge die Mischung aus roten und schwarzen Johannisbeeren drehte. Trotz des weit geöffneten Fensters staute sich unter der niedrigen Decke die Hitze. Das war auch kein Wunder, denn im Freien herrschten immer noch über 20 Grad. Einen Juli wie diesen hatten die Menschen an der Küste seit Jahren nicht mehr erlebt.

Pustend strich sich Gesche das kinnlange Haar hinter die Ohren. Obwohl sie nur ein leichtes Top und ihre abgeschnittenen Jeansshorts trug, fühlte sie einen klebrigen Film auf ihrer Haut. Marmeladekochen war eben genau die richtige Tätigkeit bei diesen Temperaturen, verspottete Gesche sich selbst. Vor allem, wenn man wie sie nach traditionellen Rezepten und ohne Gelierzucker arbeitete und fast eine halbe Stunde am Herd neben dem brodelnden Früchtebrei zubringen musste. Doch die Hitze und der Schweiß waren nicht der Grund, dass Gesche so unbehaglich zumute war. Wie schon des Öfteren in letzter Zeit hatte sie das Gefühl beschlichen, beobachtet zu werden, wenn sie sich am Abend in der erleuchteten Küche aufhielt. Auch heute. Henning hatte nur den Kopf geschüttelt, Quatschkram gesagt und spöttisch gelächelt, als sie ihm neulich davon erzählt hatte. Aber irgendetwas war da

46

draußen, das spürte sie. Nicht, dass sie ängstlich gewesen wäre. Sie fand es nur unangenehm, beobachtet zu werden und nicht zu wissen, von wem.

Wo Henning bloß so lange blieb? Eigentlich hatte er nur nach dem Abendessen zusammen mit Jonas den Weidezaun flicken wollen.

»Autsch!«

Ein dicker Klacks heißer Marmelade spritzte aus dem Topf und landete auf Gesches nacktem Arm. Das kam davon, wenn man nicht emsig und aufmerksam rührte, wie die Urgroßmutter, deren Namen Gesche trug, in ihrem Rezept geraten hatte. Trotzdem schweiften ihre Gedanken wieder ab zu Henning. Er war ein eher ruhiger Typ, machte selten viele Worte, und wenn er redete, hatte es Hand und Fuß. Allerdings war er ihr in den letzten Tagen noch stiller erschienen als sonst, fast verschlossen. Als sie ihn vorgestern darauf ansprach, hatte er wieder nur Quatschkram gesagt, jedoch ohne zu lächeln. Irgendwas hatte er.

Was für eine unglaublich heiße Nacht. Es war überhaupt ein Ausnahmesommer. Seit Wochen strahlte jeden Tag die Sonne, und das Wasser der Ostsee hatte sich auf fast 24 Grad erwärmt. So musste es sich an den Stränden der Karibik anfühlen, wo Gesche noch nie gewesen war. Micki, der mit ein paar Schulfreunden nach Spanien gefahren war, um dort das soeben bestandene Abitur weiterzufeiern, sandte neidische SMS. Hier oben an der Lübecker Bucht hatten sie das bessere Wetter!

Gesche war heute Nachmittag mit Thea und den anderen zum Strand bei Sierksdorf gefahren. Das Kind hatte fast die ganze Zeit im Wasser verbracht, mit den anderen gespielt und getobt und lag seit Stunden in seinem Bett in tiefstem Schlummer, obwohl es da oben bestimmt fast genauso heiß war wie in der Küche. Dominik war wie jeden Tag um halb zehn auf sein Zimmer gegangen. Das machte er sommers wie winters, es war eine der Regelmäßigkeiten, die ihm Sicherheit gaben. Auch Svenja hatte sich zurückgezogen. Sie hatte die Stunden am Meer scheinbar auch sehr genossen. Jedenfalls hatte Gesche sie schon lange nicht mehr so fröhlich und ausgelassen erlebt.

Ihre Gedanken landeten wieder bei Henning. Er schien ihr so grüblerisch und verschlossen wie oft in den ersten Jahren, nachdem sie den Graswurzelhof übernommen hatten. Die finanzielle Belastung durch die Kredite bereitete ihnen damals große Sorgen. Dann wurden ein paar Tiere krank, und zwei extrem trockene Sommer und eine Schädlingsplage machten ihnen zu allem Übel auch noch zu schaffen. Sie waren beide keine gelernten Landwirte und machten anfangs viele Fehler beim Wirtschaften. Doch inzwischen lief es, zumindest nach Gesches Eindruck, eigentlich ganz gut auf dem Hof.

Hatte sich Henning wieder einmal über Matthiesen geärgert? Ihr Nachbar pflegte stets sein Vorurteil ihnen gegenüber als einer Horde bekiffter Hippies, verbreitete Gerüchte über den Graswurzelhof und seine Bewohner und steckte mit Sicherheit hinter manchem überraschenden Besuch der Behörden oder der Ordnungshüter. Und mit dem neuen Verwalter des Golfplatzes gab es Meinungsverschiedenheiten wegen der Spritzmittel an den Grundstücksgrenzen, was natürlich eine Menge Zeit kostete. Aber Henning in seiner nüchternen Art ließ sich durch solche Dinge normalerweise nicht aus der Ruhe bringen.

Oder hing es zusammen mit Kurt, der sich die ganze Woche wieder nicht hatte blicken lassen, obwohl gerade so viel zu tun war? Nein, das war Quatsch. Dass Kurt sich vor der Arbeit drückte, wo er nur konnte, vor allem, wenn man ihn gut hätte brauchen können, war inzwischen hinlänglich bekannt. Er fehlte nicht wirklich auf dem Hof. Außerdem war es ganz schön, beim Essen sein eitles Geschwätz nicht hören zu müssen.

Vielleicht gab es wieder Ärger mit Holger und Peggy, den Altlasten, wie Henning sie mit Galgenhumor nannte. Die beiden hatten ständig Geldprobleme, saßen oft genug mit bei Tisch oder nahmen sich aus dem Kühlschrank, was sie brauchten. Der stillen Übereinkunft, dass man dafür etwas für die Hofgemeinschaft zu leisten habe, kamen sie widerwillig und nur höchst selten nach. Wenn sie völlig klamm waren, bedienten sie sich ohne Gewissensbisse aus der Gemeinschaftskasse, um davon Alkohol, Zigaretten und wer weiß was zu kaufen.

Ach ja, sie hatte sich doch immer ein Leben in einer großen Gemeinschaft gewünscht, spöttelte Gesche über sich selbst und seufzte. Endlich schien die richtige Konsistenz erreicht, und sie gab einen Löffel Marmelade auf eine Untertasse, die sie vorher extra in den Kühlschrank gestellt hatte. Die Masse gelierte. Schnell verteilte Gesche sie in die bereitgestellten Gläser, verschloss diese mit ihren Schraubdeckeln und stellte sie für kurze Zeit auf den Kopf. Genießerisch leckte sie die Reste der Johannisbeermarmelade vom Löffel. Köstlich, das frische Aroma der roten und schwarzen Früchte und genau die richtige Mischung aus Süß und Säuerlich. Jetzt hieß es nur noch, alle Gerätschaften und den Herd reinigen und dann endlich hinaus in den Garten mit einem schönen Glas Weißwein, darauf hoffend, dass die Nacht langsam kühler würde.

Ihr war, als höre sie Schritte auf dem Kies knirschen. War das Henning, der durch den Garten kam?

»Hallo?«

Gesche ging zur offen stehenden Tür, die aus der Küche in den Garten führte, und spähte angestrengt in die Dunkelheit. Außer einem unmutigen Grunzen von einem der Bunten Bentheimer aus dem Schweinekoben hinter dem Haus erhielt sie keine Antwort. Nero, der schwarze Neufundländer, der den Graswurzelhof bewachen sollte, schien ruhig in seiner Hütte zu schlafen.

Christos und Marianne, ihre direkten Nachbarn, waren am Morgen zu einem Familienbesuch nach München aufgebrochen. Durch die Holunderhecke neben dem Stall sah Gesche einen schwachen Lichtschein fallen. Wahrscheinlich saßen Peggy und Holger draußen vorm Haus. In der Kate von Tilde ging gerade das Licht an. Vielleicht war sie es, die sie gerade hatte kommen hören. Die neue Nachbarin war eine begeisterte Radsportlerin, trainierte regelmäßig und war ab und zu in der Dunkelheit unterwegs.

Schade, bisher hatte es kaum einmal eine Gelegenheit für einen entspannten Plausch unter Frauen gegeben. Tilde hatte seit ein paar Monaten die kleinste der drei Katen gemietet, die zum Hof gehörten, und obwohl sie quasi fast nebenan wohnte, begegnete man sich nur sehr selten, was Gesche bedauerte. Sie fand die Malerin sehr sympathisch, eine angenehm unkomplizierte Frau mit einer unaufdringlichen Art, und sie hatte auch das Gefühl, die Sympathie war beiderseitig. Es war lächerlich, doch leider hatte sie in den letzten Wochen nicht einmal die Zeit gefunden, die neue Nachbarin auf einen Kaffee einzuladen.

Endlich hatte Gesche alle Spuren der Marmeladenkocherei weggeputzt und saß mit ihrem Wein draußen im Garten. Sie genoss die Ruhe und die einzige Zigarette, die sie pro Tag rauchte und die sie sich nach wie vor nicht hatte abgewöhnen können. Nachdem sie das Licht in der Küche gelöscht hatte, nahm sie wahr, wie hell der Himmel um diese Uhrzeit noch war. Mittsommer war zwar schon ein paar Wochen vorbei, doch es würde eine ganze Weile dauern, bis es hier im Norden wieder eine richtig dunkle Nacht gab.

Eigentlich sollte sie zu Bett gehen, denn sie war ziemlich kaputt, und auch am Sonntag konnte sie meist nicht viel länger schlafen als sonst. Aber solange Henning nicht zurück war und sie ihn nicht gefragt hatte, was eigentlich mit ihm los war, würde sie sich eh nur ruhelos in den Kissen wälzen. Also goss sie sich ein weiteres Glas Wein ein.

Endlich hörte sie das Auto auf den Hof fahren.

»Nanu, seit wann bist du so eine Nachteule?«, fragte Henning überrascht, als er seine Frau im Garten sitzend entdeckte.

»Ach, es war so heiß und du warst nicht da, da hätte ich sowieso nicht schlafen können. Wo warst du denn so lange?«

Er sah sie an.

»Erst haben wir den Zaun repariert, und dann hab ich Jonas nach Lübeck gefahren. Der trifft sich dort mit irgendwelchen Kumpels.«

»Ach so. Komm, setz dich ein bisschen hierher zu mir.«

»Nee, Gesche. Ich muss schlafen, und auch du solltest vor allem an morgen früh denken. Du beschwerst dich doch immer, dass du am Sonntag so früh aufwachst.«

»Ja, ja, Boss.«

Gesche sah ihn prüfend an. Ihr Blick war vom Alkohol schon ein wenig glasig.

»Aber jetzt sag mir bitte, was los ist, mein lieber Mann. Du bist irgendwie so anders seit einigen Tagen. Ist etwas passiert?«

Henning schüttelte verwundert den Kopf. »Wie kommst du denn darauf? Gar nix ist los und nix ist passiert. Gesche, ich glaube, du hast ein bisschen zu viel Wein getrunken.«

»Mir kannst du nichts vormachen, lieber Herr Henning! Schließlich kenn ich dich seit fast 20 Jahren, und ich weiß, wenn was nicht stimmt bei dir. Komm schon, rück schon raus damit!«

»So, ich nehme jetzt die Flasche mit. Wer weiß, was meine kleine Schnapsdrossel noch alles behauptet, wenn ich sie mehr trinken lasse, nicht?«

Er strich ihr zärtlich über den Kopf.

»Aber irgendwie bist du ja niedlich dabei.«

Diese Art, sich über sie lustig zu machen, konnte Gesche partout nicht leiden. Das war stets Hennings Masche, wenn er einer Diskussion ausweichen wollte. Vor allem dieses Verhalten machte ihn für sie verdächtig.

»Jetzt bleib mal bitte ernst!«, fuhr sie ihn an und bewirkte lediglich, dass er ein nachsichtiges Lächeln zeigte.

»Gut Nacht, min Deern!«, sagte er, griff sich die Weinflasche, streichelte seiner Frau über das glatte, weißblonde Haar, drehte sich um und ging ins Haus.

Zurück blieb eine wütende Gesche, die sich augenblicklich sicherer war als zuvor, dass ihr Mann ein Problem hatte, über das er keinesfalls mit ihr reden wollte.

Unter den Bäumen im Garten der kleinen Villa, die in einer der Straßen hinter dem Burgfeld lag, war die Luft weiterhin sommerlich mild. Nach den langen Stunden auf dem Golfplatz und der anschließenden Sitzung im Büro genoss Angermüller die entspannte Atmosphäre. Eine Vielzahl brennender Kerzen tauchte den festlich gedeckten Tisch auf der Terrasse in ein warmes, lebendiges Licht, das sich in den hohen Weingläsern spiegelte und die Gesichter der Tafelnden erhellte. In einer Auflaufschale vor ihnen lagen drei silbrig schimmernde Fische, und um diese herum schmurgelten Tomaten, Zwiebeln und anderes Gemüse in einer köstlich duftenden Brühe.

»Natürlich hätte ich euch lieber einen unserer guten Ostseefische serviert«, erklärte Steffen bedauernd, »aber die neueste Hiobsbotschaft ist, dass selbst Hering inzwischen so weit abgefischt ist, dass man ihn lieber nicht verzehren sollte. Deshalb musste ich eine Alternative wählen.«

Georg Angermüller schaute neugierig auf den Tisch. »Und nun verwöhnst du uns mit Dorade?«

»Mit Mittelmeerdorade aus ökologischer Fischzucht – zertifiziert!«, betonte Steffen mit erhobenem Zeigefinger.

»Ah ja«, nickte Georg zustimmend.

»Allerdings muss ich sagen, es macht wirklich bald keinen Spaß mehr einzukaufen. Früher dachte ich zum Beispiel immer, gehst du in den Bioladen, dann machst du alles richtig. Heute musst du aber jedes Mal schauen, was sagt die Ökobilanz? Bioäpfel aus Neuseeland im Juli, eingeflogen über Tausende von Kilometern? Oder lieber deutsche Äpfel, die monatelang im Kühlhaus lagen und dabei $CO_2$ produzierten? Am besten gar keine Äpfel, dafür eben Rhabarber, Himbeeren, Pfirsiche und was der Sommer sonst so hergibt. Es heißt eben immer, erst nachdenken. So ganz spontan nach Lust und Laune den Einkaufskorb füllen, das ist lange vorbei.«

David lächelte fein. Ihn schienen die Gewissensfragen seines Partners beim Einkaufen eher zu amüsieren.

»Nachdem du jetzt mit deutscher Gründlichkeit ein ökologisch korrektes Abendessen für uns eingekauft und zubereitet hast, wollen wir es auf jeden Fall nicht kalt werden lassen, oder?«

Davids Deutsch war bis auf seinen starken Akzent perfekt. Als hoch spezialisierter Restaurator für Fresken und Malereien in Kirchen arbeitete der Engländer seit einigen Jahren überall im deutschen Sprachraum.

»Du hast übrigens vergessen, uns über die Nachhaltigkeit der Vorspeise aufzuklären. Wie war das denn mit der Herkunft der Jakobsmuscheln auf Rucola?«

Steffen grinste statt einer Antwort und machte sich ans Filetieren der Fische.

»Ich muss sagen, geschmeckt hat die Vorspeise einfach nur wunderbar«, seufzte Georg wohlig und nahm einen weiteren Schluck von dem trockenen Weißburgunder. Fasziniert beobachtete er, wie präzise und flink sein Freund mit Gabel und Löffel operierte, die Fischfilets von den Gräten löste, mit geschmortem Gemüse auf den Tellern verteilte und jeweils zwei, drei Löffel vom Jus aus der Form darübergab. Plötzlich hatte er wieder die Bilder des Nachmittags vor Augen. Er sah den Toten am Rand des kleinen Weihers liegen, sah die Fliegen und ihre Nachkommen sich tummeln und Steffen akribisch mit der Pinzette hantieren …

»Alles in Ordnung, Schorsch?«

Steffen schien ihm ein gewisses Unbehagen angesehen zu haben, und Georg beeilte sich zu sagen, dass alles ganz hervorragend war. Als sie vorhin die wahrlich erlesene Vorspeise verzehren wollten – gebratene Jakobsmuscheln mit hausgemachter Zitronenmayonnaise und süßem Tomatenconfit auf Rucola –, hatte Georg den Fehler gemacht, sich nach dem Fortgang der Arbeit in ihrem aktuellen Fall zu erkundigen. Daraufhin gab Steffen ihm kurz aus dem Kopf

Körpergröße, Gewicht und Augenfarbe des Mannes an, was Angermüller sich auf einen Zettel notierte.

»Da wir die große Obduktion ja noch vor uns haben, kann ich bisher außer einer auffälligen – vermutlich – Blinddarmnarbe leider keinerlei besondere Kennzeichen vermelden.« Und danach begann der Gastgeber mit einem begeisterten Vortrag über forensische Entomologie und schilderte sehr lebendig, wie er sich bereits um die Feststellung des Lebensalters der Larven der Calliphora vicina bemüht hatte. Seiner Meinung nach handelte es sich um das Larvenstadium drei im Übergang zu vier, wenn man ihre Größe, die Atemöffnungen und den halbwegs entleerten Darm berücksichtigte und von der momentan herrschenden Durchschnittstemperatur von 20 Grad Celsius ausging.

»Wir können also von einer mittleren Mindestliegezeit von fünf bis sieben Tagen ausgehen, unter Annahme einer sofortigen Besiedelung durch die Tierchen«, hatte Steffen ihm und David freudestrahlend mitgeteilt. Erst als David gebeten hatte, berufliche Themen nun bitte nicht mehr anzusprechen, schließlich sei dies eine private Runde, hatte Steffen seinen Vortrag beendet. Es war sonst gar nicht seine Art, bei Tisch derartige Unappetitlichkeiten auszubreiten, doch von diesem Fliegenthema schien er absolut fasziniert.

Nachdem Georg seine Gedanken an Steffens Profession energisch verdrängt hatte, mundete ihm die Dorade aufs Trefflichste, und er erkundigte sich sofort nach dem Rezept. Vor allem der Jus aus dem Gemüse, dem Wein, dem Fisch und bestem Olivenöl, einfach nur aufgetunkt mit einem Stück Weißbrot, war ein unvergleichlicher Genuss.

»Das hört sich wirklich nicht sehr aufwendig an und passt hervorragend zu diesem warmen Wetter. Muss ich demnächst auch mal probieren. Nur ob die beiden jungen Damen das mögen? Julia und Judith werden immer komplizierter mit ihren Essgewohnheiten«, seufzte Georg.

»Wie alt sind deine Töchter eigentlich genau?«

»Sie werden im September 14. Ich dachte immer, wenn die Kinder aus dem Gröbsten raus sind, wie man so sagt, langsam selbstständig werden, dann wird es einfacher. Bisher hab ich davon noch nichts gespürt. Vielleicht liegt das ja an den unterschiedlichen Auffassungen von Erziehung, Freiheit und Selbstständigkeit von Astrid und mir.«

»Womit wir beim Thema wären: Was war denn nun heute Morgen in St. Lorenz-Nord?«

»Ach, Steffen«, seufzte Georg, »die Wohnung war nicht schlecht, wirklich. Ich soll dich übrigens von dem Makler grüßen. Vielen Dank auf jeden Fall, dass du mir den Tipp gegeben hast. Aber wenn das mal alles so einfach wäre.«

»Du hast also noch gar nicht mit Astrid gesprochen«, stellte Steffen fest und sah Georg verwundert an. »Typisch ihr Heteromänner. Reden ist nicht euer Ding. Das könnte uns nicht passieren, was, Darling? Schwatzhafte Jungs, die wir sind.«

Schmunzelnd strich er mit der Hand leicht über Davids rote Locken, den die Aussage seines Partners offensichtlich belustigte. Der Ausdruck ›schwatzhaft‹ wäre Georg im Zusammenhang mit seinen Freunden nie in den Sinn gekommen, denn beide schienen ihm eher ruhig und zurückhaltend, aber vielleicht redeten sie untereinander wirklich mehr über ihre Beziehung. Steffen vermutete richtig, er hatte nicht mit Astrid gesprochen.

Als Steffen und David ihre Hochzeitsreise nachgeholt hatten, vor ein paar Wochen im Mai, hatte Georg während ihrer Abwesenheit das Haus gehütet. Astrid und er hatten nach Absprache eine kurze Auszeit von ihrer Beziehung genommen, um sich Gelegenheit zu geben, mit etwas Abstand über die sich häufenden Meinungsverschiedenheiten und Probleme in ihrer Ehe nachzudenken. Danach hatte Georg eigentlich geglaubt, zu einer Entscheidung gekommen zu sein.

Bei einem Essen zu dritt, kurz nach der Rückkehr der Freunde, hatte er ihnen noch euphorisch berichtet, wie heilsam diese drei Wochen allein in ihrem Haus für ihn gewesen waren und wie erkenntnisreich. Und dass er zu einer wichtigen Entscheidung gelangt war. Doch nachdem die Wogen des Alltags wieder über ihm zusammengeschlagen waren, hatte er sich der jahrelang geübten Routine ergeben. Wahrscheinlich musste der Leidensdruck noch größer werden, bevor er seine Bequemlichkeit endlich abstreifte, und es erforderte wohl auch mehr Mut. Natürlich hatte er Angst vor Astrids Reaktion, und was wäre mit den Kindern? Er hatte ja schließlich auch eine große Verantwortung den Mädchen gegenüber. Je länger er sich damit beschäftigte, desto komplizierter und unlösbarer erschien ihm die Sache. Plötzlich war er sich gar nicht mehr so sicher gewesen, und Zweifel hatten begonnen, seine vermeintlich unumstößliche Entscheidung zu durchlöchern.

»Ich weiß, ich hätte längst mit Astrid reden sollen«, nickte Georg ziemlich trübsinnig, »aber ich hab es bisher einfach nicht geschafft.«

»Das kann ich verstehen. Schließlich habt ihr ja einen großen Teil eures Lebens zusammen verbracht, das lässt sich nicht so von heute auf morgen beenden. Wie lange seid ihr jetzt zusammen?«

»Mehr als 15 Jahre.«

»Mein Gott! 15 Jahre. Fast so lange kennen wir uns ja schon, Schorsch. Ich weiß noch, wie du damals aus dem tiefsten Oberfranken hier in Lübeck aufgetaucht bist. Mit diesem speziellen Akzent und deinen ausgeprägten kulinarischen Vorlieben, die im Norden nahezu exotisch wirkten. Das war bestimmt nicht leicht für dich, allein unter all den Nordlichtern!«

»Also, aus dem tiefsten Oberfranken ist etwas übertrieben. Immerhin hatte ich ja in Würzburg Jura studiert!«, protestierte Georg gegen diese Darstellung seines Freundes, der verträumt zu seinem Partner sah.

»Ach, David, Liebster! Wenn wir zwei beide erst einmal 15 Jahre zusammen sind«, seufzte er theatralisch.

»Schorsch, ich kann dich wirklich verstehen. So eine Beziehung gibt man nicht so einfach auf.«

»Da hast du wohl recht«, nickte Georg gedankenschwer.

»Aber Schorsch, ich wollte dir wirklich nicht mit deinen Beziehungsproblemen den schönen Abend verderben!«

Steffen hob sein Glas.

»Lass uns mit diesem wunderbaren Wein, den David so genial ausgesucht hat, auf die Zukunft trinken. Du wirst dieses private Problem lösen, so wie du auch immer deine Fälle löst. Das wäre doch gelacht! Santé!«

»Ach, übrigens«, fuhr Steffen fort, nachdem sie angestoßen hatten, »ich soll dich herzlich grüßen. Von Derya.«

Auch das noch. Das war die Frau, bei der sich Georg längst hätte melden sollen. Unwillkürlich wanderte sein Blick hinüber zum Nachbarhaus, das hinter den alten Bäumen in der Dunkelheit lag.

»Es ist schon eine Weile her, dass ich sie getroffen habe. Sie ist noch bis Ende der Sommerferien mit ihrem Sohn in der Türkei. Aber sie schien mir etwas enttäuscht, dass du die ganze Zeit über nichts mehr von dir hast hören lassen. Immerhin habt ihr ja ein kleines Stück gemeinsame Geschichte. Und ein ziemlich aufregendes dazu.«

Kopfschüttelnd sah Steffen seinen Freund an.

»Mein lieber Schorsch, langsam musst du wirklich anfangen, dich um deine emotionalen Baustellen zu kümmern!«

»Du weißt ja, die Zeit ist immer knapp. Und jetzt, mit dem aktuellen Fall, da komme ich schon gar nicht zu anderen Dingen«, versuchte Georg, sich zu rechtfertigen, sah aber am süffisanten Lächeln seines Freundes, dass der sich von dieser schwachen Ausrede nicht beeindrucken ließ.

Der aktuelle Fall war mit der Aufklärung erst einmal in seinen Anfängen stecken geblieben. Am frühen Abend hatte Angermüller die Staatsanwaltschaft benachrichtigt. Lüthge, mit dem er am liebsten zusammenarbeitete, war im Urlaub, und die Stellvertreterin Frau Dr. Kunz war zum einen äußerst schlecht gelaunt, zum anderen hatte sie die Obduktion nicht gleich für Sonntag, wie er eigentlich erwartet hatte, sondern für Montagvormittag angesetzt. Das fand Angermüller zwar erstaunlich und nicht sehr hilfreich, doch sie hatte das Sagen, und angesichts seiner familiären Verpflichtungen war es ihm ganz angenehm.

Anschließend hatte er sich mit seinen Leuten im siebten Stock der Lübecker Bezirkskriminalinspektion zusammengesetzt, um die bisherigen Erkenntnisse zusammenzutragen und zu sichten. Wie er bereits befürchtet hatte, war die Ausbeute an richtungsgebenden Hinweisen mehr als mager. Natürlich hatten Friedemann und sein Team Dinge wie Zigarettenkippen, eine Getränkedose, einzelne Haare, ein Papiertaschentuch, auch einen Kaugummi im Umkreis des Toten gefunden. Doch ob diese Spuren irgendeinen Tatbezug hatten, war fraglich. Bisher wussten sie nicht einmal, wer der tote Mann vom Golfplatz war.

Das Einzige, worauf sich Mehmet Grempel, der neue Kriminaltechniker, bislang festlegen wollte, war, dass der Fundort nicht der Tatort sein konnte. Erstes Indiz war die gefundene Sandale, zweites Indiz für seine These war, dass sie die Umgebung der Leiche mehr als gründlich abgesucht hatten, und dabei seiner Meinung nach auf Hinweise hätten stoßen müssen, wenn der Mann dort getötet worden wäre. Sie hatten aber weniger als nichts an der Stelle entdeckt.

Thomas Niemann, der auf die Aktenführung im K 1 spezialisiert war, hatte ebenfalls nur unzufrieden den Kopf geschüttelt. Mit den wenigen Erkennungsmerkmalen, die sie bisher gesammelt hatten, wurde er in der Datei für Vermisste und unbekannte Tote vorerst nicht fündig. Deshalb hatten sie die Runde ziemlich bald aufgelöst. Es blieb nur die Hoffnung, der Gebissabgleich und die DNA-Untersuchungen oder sonst eine körperliche Besonderheit, die Steffen bei der Obduktion feststellen würde, könnten sie weiterbringen und bei der Identifizierung hilfreich sein. Als letzte Möglichkeit blieb ihnen, ein Foto vom Gesicht des Toten an die Öffentlichkeit zu geben.

»Dann nutzt dieses Wochenende und sammelt eure Kräfte, damit wir Montag so richtig loslegen können.«

Mit diesen Worten hatte Angermüller seine Kollegen und Anja Lena Kruse, die einzige weibliche Mitarbeiterin in seinem Team, in den Feierabend geschickt.

»Und, wat treibst du so am Wochenende? Schön kochen heut Abend für die Familie?«, hatte Jansen ihn im Fahrstuhl angesprochen. Eine sehr seltsame Frage aus Jansens Mund, fand Angermüller.

»Meine Familie isst heute Abend nicht zu Hause. In dem Segelverein, wo meine Töchter gerade ihren Schein machen, ist heute ein Sommerfest und Astrid ist mit ihnen dort. Ach ja, könntest du mich vielleicht in St. Lorenz absetzen? Da steht mein Fahrrad.«

»Klar, mach ich.«

Eigentlich hatte Angermüller sich bereits für die Nachfrage gewappnet, was er denn dort zu schaffen hatte, doch stattdessen fragte Jansen: »Hast du vielleicht Lust, noch ein Bier mit mir zu trinken?«

Erstaunt sah Angermüller seinen Kollegen an. Was war mit Jansen heute bloß los? Sie arbeiteten seit mehreren Jahren gut zusammen, aber privat ging bisher jeder seiner eigenen Wege. Jansen war fast zehn Jahre jünger als der 40-jährige Hauptkommissar, und ihre Interessen waren ziemlich unterschiedlich. Angefangen damit, dass Jansen mit Feinschmeckerei und Kochkunst überhaupt nichts am Hut hatte, interessierte er sich für Motorsport und Fußball, was beides wiederum nicht zu Angermüllers Vorlieben zählte. Und zumindest bis vor Kurzem hätte Angermüller auch Frauen als ein Hobby seines Kollegen bezeichnet, denn der wechselte sie immer im Rhythmus weniger Wochen und scheute nichts so wie eine feste Beziehung.

Um Gottes Willen nichts Ernstes, war Jansens Credo, ich will doch meinen Spaß haben.

Seit Anfang dieses Jahres allerdings hatte sich anscheinend etwas verändert, seit ein Mädchen namens Vanessa auf der Bildfläche erschienen war.

»Das mit dem Bier ist eine gute Idee, Claus. Aber du hast vorhin vielleicht gehört, dass ich bei Steffen zum Essen eingeladen bin.«

»Stimmt ja! Na, dann vielleicht ein andermal.«

»Klar. Das holen wir nach.«

Es war recht spät geworden bei Steffen und David. Als Dessert hatte Steffen eine luftige Zabaione – er nannte sie Zabaione del medico legale – auf dunklem Schokoladeneis serviert, und wenig später überraschte er mit einer kleinen Auswahl heimischer Rohmilchkäse. Dazu schenkte er einen beeindruckenden badischen Spätburgunder aus, der mit seinen an Kirschen und Mandeln angelehnten Aromen hervorragend mit dem nussigen Käsegeschmack harmonierte. Mitten in der Nacht hatte sich Georg zu Fuß auf den Heimweg in Richtung seines Viertels an der Wakenitz gemacht und sich gegen zwei Uhr in dem beruhigenden Gefühl, dass der nächste Morgen ein Sonntagmorgen war, ins Bett gelegt. An seine Töchter und deren unerschöpfliche Energie hatte er nicht gedacht.

»Guten Morgen, Papa, raus aus den Federn! Es ist Sonntag und wir wollen zum Strand! Alle zusammen!«

Die beiden waren immer noch Frühaufsteherinnen. Judith hockte neben dem Bett und versuchte mit nicht eben leiser Stimme, ihren Vater zum Aufstehen zu motivieren. Angermüller wusste, dass es keinen Sinn hatte, sich gegen diesen hartnäckigen Wecker zu wehren. Außerdem hatte er ja versprochen, mit an den Strand zu kommen.

»Super! Er ist wach!«, rief Judith die Treppe hinunter zum Rest der Familie. »So, jetzt komm, hopp, hopp, schnell ins Bad! Groß gefrühstückt wird hier nicht, wir picknicken am Strand.«

Ganz schön resolut konnte das Kind sein, genau wie seine Mutter.

Wenig später holte Georg seine Nusstorte aus der Speisekammer. Sie duftete berauschend. Er hatte sie bereits am Freitag für diesen Anlass gebacken und mit einem Schokoladenrumguss überzogen. Dann machten sie sich mit dem vollgepackten Picknickkorb, Sonnenschirm, Handtüchern, Luftmatratzen und sonstigen Badeutensilien auf den Weg nach Travemünde, wo Astrids Familie während der Saison traditionell ihre Strandkörbe stehen hatte. Die Aussicht auf einen Strandtag mit der ganzen Sippe war für Georg keine besonders erfreuliche. Außerdem spürte er, dass seine Laune ohnehin nicht die beste war. Doch so sehr ihn das ärgerte, er konnte nichts dagegen tun.

Es war gar nicht so einfach, in der Gegend um die Kaiserallee einen Parkplatz zu finden. Touristen und Einheimische, einfach jeder wollte bei diesem Wetter ans Meer. So war es nicht verwunderlich, dass das Meeresufer dicht bevölkert war, im Wasser tummelten sich die Badegäste und erzeugten den unverwechselbaren Geräuschpegel eines sommerlichen Strandtages. Tretboote schaukelten in Ufernähe, Surfer glitten über die Wellen, und Motorjachten und Segelboote fuhren weiter draußen über die Ostsee. Georgs Schwiegereltern und seine beiden Schwägerinnen mit Ehemännern thronten bereits in ihren Strandkörben. Astrid und Georg, die keinen Strandkorb gemietet hatten, ließen sich auf Handtüchern nieder, und Georg steckte den Sonnenschirm in den Sand. Wie immer gab es zur Begrüßung ein großes Hallo, als ob man sich ewig nicht gesehen hätte. Dabei hatten sie vor kaum zwei Wochen Johannas 77. Geburtstag gefeiert und sich bei Bergen von Torte und Kuchen – köstlichen, von Schwiegermutter Johanna selbst gebackenen – hauptsächlich gepflegt gelangweilt. Zwischendurch wieder ein wenig Geplänkel über die ewig gleichen kontroversen Themen, anschließend mehr Essen, Grillen im Garten, warmes Bier, das war's.

Im Moment versuchten sich Peter und Jochen, die beiden Schwäger, wie stets, in munteren Sprüchen über die späten Ankömmlinge zu überbieten, und hielten sich für ausgesprochen geistreich. Georg rettete sich erst einmal in die angenehm lauen Fluten und tobte mit Julia und Judith um die Wette, in der Hoffnung, dadurch seine Stimmung zu verbessern. Von den Cousins und Cousinen der beiden waren nur die siebenjährige Laura und der 13-jährige Philipp mit an den Strand gekommen, und da war ihnen ihr Vater als Kumpel zum Wettschwimmen, Tauchen und Ballspielen allemal lieber. Seine Töchter, die hin und wieder schon eine etwas zickige Damenhaftigkeit an den Tag legten, waren hier wieder nur ausgelassene Kinder, die planschten, prusteten und lachten, dass es eine Freude war.

»Na, Hunger?«

Sein Schwager Jochen klopfte Angermüller im Vorübergehen leicht auf den etwas vorstehenden Bauch, als dieser sich abtrocknete und hungrige Blicke zu dem Campingtisch warf, auf dem alle ihre mitgebrachten Esswaren aufgebaut waren.

»Ich hab noch nicht gefrühstückt«, erklärte Georg und ärgerte sich gleichzeitig darüber. Er musste sich bei seinem eitlen Schwager doch nicht entschuldigen! Jochen war der Mann von Astrids Schwester Sigrid und als Zahnarzt gut im Geschäft. Die beiden lebten in einem großen Haus, nicht weit von hier, in der Nähe des Travemünder Golfplatzes. Jochen ging auf die 60, joggte regelmäßig, spielte Tennis und ritt, war schlank, sportlich, durchtrainiert und wirkte tatsächlich viel jünger, als er war. Sein gutes Aussehen schien ihm unglaublich wichtig zu sein, und wenn man den Gerüchten glauben sollte, dann konnte – oder wollte – er sich vor Verehrerinnen kaum retten, was in regelmäßigen Abständen seine Ehe in Schieflage brachte. An interessante Gespräche mit ihm konnte Georg sich so gut wie nicht erinnern. Er interessierte sich nicht für Jochen, vor allem nicht für seine diversen sportlichen Aktivitäten, und da Georg selbst ungern über seine Arbeit sprach, sah Jochen in ihm nur einen trägen Beamten mit Übergewicht.

Angermüller verspürte Hunger. Doch das Picknickangebot reizte ihn nicht wirklich. Peter, der Hotelier und Gastronom, hatte anscheinend wieder die üblichen Großpackungen mit Würstchen und Bouletten sowie Kartoffelsalat aus dem Eimer beigesteuert und Sigrid irgendwelche fertigen Antipasti in Plastikschalen aufgetischt, dazu gummiartiges Baguette. So nahm er sich eins von Astrids belegten Vollkornbroten mit Käse, dazu ein Ei und Radieschen, und zum Nachtisch freute er sich über Johannas Grießflammeri mit Kirschsoße und auf ein Stück seiner Nusstorte.

Wäre er nicht am Vortag überraschend zum Einsatz gerufen worden, hätte er selbstverständlich noch etwas anderes zum Picknick beigesteuert, einen indischen Reissalat und kleine Tofuspießchen mit Erdnusssoße hatte er sich vorgenommen. Allerdings hatte Georg sich gefragt, ob für diese Truppe die Mühe überhaupt lohnte, denn was Genuss wirklich bedeutete, davon hatten sie, seiner Meinung nach, keine Ahnung.

Mit dem gefüllten Teller ging Angermüller zu seinem Schwiegervater, der mit einem zufriedenen Gesichtsausdruck allein in seinem Strandkorb saß.

»Na, ist hier noch ein bisschen Platz für mich, Heini?«

»Aber natürlich, mien Jung. Ik freu mich immer, wenn du mir Gesellschaft leisten deist.«

»Kann ich dir vielleicht irgendwas bringen? Magst du was essen oder trinken?«

»N beten wat zum Trinken is wohl nich schlecht. Der Dokter seggt ümmer, ik soll viel trinken. Un nich nur

Köm!«, scherzte der alte Mann. Georg freute sich, ihn heute so munter zu sehen. Vor ein paar Wochen hatten ihm Herzrhythmusstörungen zu schaffen gemacht, inzwischen schien er sich wieder etwas erholt zu haben. Er brachte ihm ein großes Glas Apfelschorle und setzte sich zu ihm.

»Und wie gehts dir bei der Wärme?«

»So lang ik hier ruhig in Schatten sitten kann, deit dat miene olen Knochen richtig gut. So 'n schönen Sommer hebbt wi schon lang nich mehr hier oben hat. Is dat nich schön?«

»Mmh«, nickte Georg zustimmend und biss in sein Vollkornbrot.

»Aber du musst man immer arbeiten, wat? Jedenfalls sühst du ut as son Leuchtturm zwischen all den brunen Menschen hier.«

»Oft war ich in diesem Jahr nicht am Strand, das stimmt. Aber das gute Wetter hält ja hoffentlich noch eine Weile an.«

Heini nickte und schaute mit einem verträumten Lächeln hinaus auf die Ostsee, wo im Dunst die mecklenburgische Küste lag.

»Wi hebbt dat man schön hier«, meinte er kurz darauf mehr zu sich selbst.

Georg mochte den alten Mann. Plötzlich ging ihm durch den Kopf, wie sich ein Leben ohne Astrids Familie wohl anfühlen würde. Gut, ihre beiden Schwestern und deren Ehemänner wären kein echter Verlust, aber seine Schwiegereltern? Legten sie wirklich Wert auf den Kontakt zu ihm?

Das Verhältnis zu seiner Schwiegermutter Johanna war anfangs ausgesprochen distanziert gewesen, ja, er hatte bis vor Kurzem unter ihrer kleinkarierten, strengen Weltsicht sogar ziemlich gelitten. Sie, die Hanseatin, die sich als Sprössling einer alteingesessenen Lübschen Familie immer für etwas Besseres gehalten hatte, musste sich mit einem Schwiegersohn begnügen, der trotz eines Jurastudiums wohl ewig nur Kriminalhauptkommissar bleiben würde, was sie für keine besonders glanzvolle Position hielt. Erschwerend kam hinzu, dass er einen eher unkonventionellen Kleidungsstil pflegte, seine widerspenstigen braunen Locken in keine adrette Frisur zwingen konnte und schon in jungen Jahren mit einer etwas barocken Figur ausgestattet war. Und außerdem hörte man ihm immer noch seine Herkunft aus Oberfranken an.

In letzter Zeit allerdings schlug Johanna ihm gegenüber wesentlich moderatere Töne an. Vielleicht lag es an der Weisheit des Alters, oder sie hatte sich mittlerweile an ihn gewöhnt – die nach wie vor sehr lebhafte alte Dame, die unbestritten das Oberhaupt ihrer Familie war, schien ihren Frieden mit Georg gemacht zu haben. Wie würde sich wohl die Beziehung zu ihr in Zukunft entwickeln?

Neben ihm war ein leises, rhythmisches Pusten zu vernehmen. Heini lehnte gemütlich in seiner Ecke des Strandkorbs und war eingeschlafen. Mit stillem Genuss löffelte Angermüller Johannas Grießflammeri mit der erfrischend fruchtigen Kirschsoße, vergaß für den Moment seine schlechte Laune und beobachtete seine Töchter, die nebeneinander auf ihren Handtüchern lagen. Betont cool, die Augen hinter riesigen Sonnenbrillen versteckt, taxierten und kommentierten sie die Leute um sich herum. Als ihr gleichaltriger Cousin Philipp sich zu ihnen gesellen wollte, verscheuchten sie ihn mit hochherrschaftlicher Geste, und gleich darauf begannen sie zu giggeln, bis ihnen fast die Luft wegblieb.

Nicht ohne Stolz stellte Angermüller fest, dass Julia und Judith zu zwei richtigen Schönheiten wurden, groß und schlank, mit Beinen, die noch immer länger zu werden schienen. In diesem Sommer konnte man den Mädchen fast beim Wachsen zusehen. Sie hatten erstaunlicherweise das helle Haar ihrer Mutter geerbt und, in reizvollem Kontrast dazu, Georgs braune Augen. Es war nicht zu übersehen, dass die Zwillinge die Aufmerksamkeit junger, aber auch älterer Herren auf sich zogen. Was dachten diese alten Kerle denn, wie alt die beiden waren? Er selbst konnte das sehr schwer einschätzen, für wie alt andere Leute sie halten würden. Mit 13 Jahren waren sie doch nach wie vor Kinder, oder? Aber man wusste ja, dass es viele Typen gab, die gerade auf so junge Mädchen standen. Vaterstolz auf die hübschen Töchter war das eine, Sorge um die beiden das andere.

»Na, worüber grübelst du?«

Astrid stand neben ihm.

»Aus Kindern werden Leute, oder?«

Immer wieder erstaunte es ihn, wie gut seine Frau ihn kannte, wie oft sie seine Gedanken erriet, ihm Dinge auf den Kopf zusagte, manchmal, bevor er sich selbst darüber so richtig im Klaren war. 15 gemeinsame Jahre hinterließen einfach ihre Spuren, im Positiven wie im Negativen.

»Von unseren kleinen Mädchen wird bald nicht mehr viel zu erkennen sein. Hast du gesehen, wie die Männer nach ihnen schauen?«

Seine Frau lachte ein wenig spöttisch.

»Ach, hast du das auch schon bemerkt? Leider ist davor kein junges Mädchen gefeit. Da müssen wir durch. Ich hoffe, wir haben sie so selbstbewusst und stark erzogen, dass sie damit umgehen können und sich gegen Übergriffe zu wehren wissen.«

Astrid machte eine kleine Pause, und als sie weitersprach, vermeinte Georg, einen leisen Vorwurf zu hören.

»Aber es wird nicht unbedingt einfacher, wenn Kinder größer werden, wie du vielleicht langsam erkennst, mein Lieber.«

»Tja«, machte Georg. Er hatte verstanden. Vor allem hatte er den Ton erkannt, den Astrid anschlug, und er mochte ihn gar nicht. So waren sie schon häufig in eine unschöne Diskussion gerutscht, die sie nicht weiterbrachte. Und mittlerweile war ihm auch klar, was da hartnäckig irgendwo in seinem Hinterkopf saß und verantwortlich für seine schlechte Laune war. Es war sein eigenes Versagen, sein Wankelmut, seine Unentschlossenheit. Er musste endlich Ordnung in sein Leben bringen und unbedingt die nächste Gelegenheit für ein klärendes Gespräch unter vier Augen beim Schopfe packen!

Judith war aufgesprungen, ganz und gar nicht wie eine abgeklärte, junge Dame, eher wie ein zappeliges, aufgeregtes Kind, und rannte winkend und rufend zum Wasser, wo eine Segeljolle gerade auf den Strand fuhr. Georg ließ sich im Strandkorb neben seinen Schwiegervater zurücksinken.

»Ich glaub, ich muss mich etwas entspannen«, murmelte er und schloss die Augen. Er musste nicht miterleben, wie Martin seine Ankunft feierte. Eigentlich hatte er gedacht, dass der Unvermeidliche heute einmal nicht auf der familiären Bildfläche erscheinen würde. Nein, nicht ärgern, nicht den schönen Tag verderben lassen, nahm Georg sich vor, und spürte dennoch, wie seine Laune mehr und mehr in den Keller rutschte.

»Papi?«

Er musste kurz eingeschlafen sein.

»Ja, was ist?«, blinzelte er und sah Julia mit seinem Handy vor sich stehen.

»Da ist Telefon für dich. Ich bin rangegangen, weil das lag in deiner Hose, da unten auf dem Handtuch, und du hast es nicht gehört.«

Manchmal kam so ein Anruf genau im richtigen Moment. Ein Kollege vom Kriminaldauerdienst hatte sich gemeldet.

»Ich hab da was vorliegen. Könnte vielleicht für euch interessant sein.«

Die Frau mit dem dichten, aschblonden Haar sah nicht so aus, als sei sie vom Leben bisher verwöhnt worden. Angermüller war richtig erschrocken, als er auf dem Bogen mit den Personalien entdeckte, dass sie gerade mal 30 war. Sie trug Shorts und ein knappes T-Shirt, war schlank, fast mager, und wirkte mindestens zehn Jahre älter. Unter den müden Augen hatte sie dunkle Ringe im ansonsten blassen Gesicht, und wenn sie lächelte, was sie nur selten tat, fiel eine unschöne Zahnlücke oben hinter dem rechten Eckzahn ins Auge. Zwei Mädchen, um einiges jünger als Angermüllers Töchter, klammerten sich rechts und links an ihr fest, die kleinere mit der olivfarbenen Haut und den gekräuselten, schwarzen Löckchen hatte den Daumen in den Mund gesteckt. Auch die beiden Kinder in ihren leichten Sommerkleidchen waren sehr zart und schmal und betrachteten die beiden Kommissare mit einer Art vorwurfsvoller Neugier.

»Mama! Kannst du mir die beiden nicht mal abnehmen?«

Träge erhob sich die Frau, die ebenfalls Shorts und ein knappes Top trug und Kaugummi kauend auf der Bank im

Flur des Behördenhochhauses gesessen hatte. Ihren rechten Knöchel schmückte ein goldenes Fußkettchen.

»Kommt mal her, Kinder, kommt zur Oma«, sagte sie ohne jedes Engagement. Sie war tief gebräunt und hatte auftoupiertes blondes Haar. Ihre Hand mit den pinkfarben lackierten Nägeln griff nach dem jüngeren Mädchen.

»Jetzt komm, Kimberly, und du auch, Maribelle. Die Mama muss mal kurz mit den Männern mitgehen.«

Wie zu erwarten, gaben die Mädchen nur beleidigte Unmutsgeräusche von sich und hängten sich noch fester an ihre Mutter, die halbherzig versuchte, sie von sich wegzuschieben. Die Frau, die kaum älter als die Mutter der Mädchen aussah, verdrehte die Augen und seufzte.

»Ihr wisst doch noch, wo Oma gleich mit euch hin will?«, fragte sie und zwinkerte mit ihren stark getuschten Wimpern den Beamten verschwörerisch zu.

»Zu McDonald's?«, kam es schon etwas interessierter von dem älteren, vielleicht elf Jahre alten Mädchen, das genauso aschblondes Haar wie seine Mutter hatte.

»Genau, meine Süße. Aber nur, wenn ihr jetzt ganz brav hier bei mir bleibt.«

Die beiden Kinder wechselten blitzartig die Seiten und schmiegten sich an die Oma, die ihre mit klimpernden Schmuckreifen behängten Arme um sie legte.

»Dann mach mal, Anke. Den ganzen Tag hab ich auch nicht Zeit.«

»So, Frau Mewes. Nehmen Sie bitte Platz«, lud Angermüller die junge Frau ein. »Möchten Sie vielleicht etwas trinken? Ich kann Ihnen ein Wasser anbieten.«

Anke Mewes schüttelte den Kopf und blickte nach draußen. Sie hatten sich in einen der Besprechungsräume gesetzt, dessen Fenster hier im siebten Stock einen beeindruckenden Blick über die Lübecker Altstadtinsel boten.

»Seien Sie bitte so nett und erzählen uns noch einmal, warum Sie sich an die Kollegen gewandt haben.«

»Was soll ich erzählen? Der Kurt ist weg. Das war's«, meinte sie mit einem Schulterzucken.

»Zumindest scheinen Sie sich ja Sorgen um ihn zu machen. Der Kurt«, Angermüller sah in das Protokoll der Kollegen, »Kurt Staroske ist Ihr Lebensgefährte?«

Sie antwortete mit einem Schulterzucken, was wohl irgendwie Ja bedeuten sollte.

»Und seit wann vermissen Sie ihn?«

»Sonnabend vor einer Woche, da ist er nach dem Frühstück gegangen, und seitdem hat er sich nicht mehr gemeldet.«

»Sie wohnen zusammen?«

»Nicht so richtig. Demnächst wollen wir zusammenziehen. Der Kurt wollte sich nach einer passenden Wohnung für uns vier umsehen.«

Sie sagte nichts mehr und presste die Lippen aufeinander. Jansen warf seinem Kollegen einen ungeduldigen Blick zu.

»Wie lange kennen Sie denn den Herrn Staroske schon?«, fragte er dann.

Anke Mewes starrte den Kommissar nur stumm an. Gerade wollte Jansen noch einmal nachfragen, da brach es aus ihr heraus.

»Ich hab immer ein Pech! Mein ganzes Leben schon. Kaum lerne ich mal einen vernünftigen Mann kennen, ist er plötzlich weg. Fast ein halbes Jahr sind wir jetzt zusammen. Und ich hab immer geglaubt, der Kurt ist anders. Der ist ja auch schon ein bisschen älter, hab ich gedacht, der ist zuverlässiger als die jungen Typen, die nur ihren Spaß wollen und bloß keine Verpflichtungen. Pah, und wenn sie dann mitkriegen, dass ich auch noch Kinder hab! Dann sind die aber ganz schnell wieder verschwunden. Nee, der Kurt ist anders«, wiederholte sie, wie um sich selbst zu ermutigen, »der will mit mir zusammen was aufbauen. Erst eine Wohnung und dann vielleicht selbstständig machen, mit einem kleinen Laden oder einem Café. Aber wo ist der jetzt? Warum meldet er sich nicht bei mir?«

»Was macht der Herr Staroske denn beruflich?«, versuchte es Angermüller in sachlichem Ton, um die Aufregung der Frau etwas zu dämpfen.

»Kurt ist Geschäftsführer bei Öko & Frisch«, antwortete sie etwas ruhiger, und der Kriminalhauptkommissar hatte den Eindruck, sie wirkte ein bisschen stolz dabei.

»Sie meinen, er ist Geschäftsführer bei dieser Biosupermarktkette?«

»Er leitet eine Filiale.«

»Und dort ist er nicht vermisst worden, obwohl er eine ganze Woche nicht zur Arbeit kam?«

»Ich hab da angerufen und die haben gesagt, er wär diese Woche sowieso nicht eingeteilt.«

Das fand Angermüller etwas eigenartig, aber vielleicht hatten die ja ein ganz spezielles Arbeitszeitmodell bei diesen Biomärkten. Hin und wieder hatte er Lobendes über den innovativen, jungen Gründer und Chef der Kette, der angeblich frischen Wind in die Lübecker Bioszene bringen wollte, in der Zeitung gelesen.

»Sie haben gesagt, so richtig wohnen Sie nicht mit Kurt Staroske zusammen. Was genau meinen Sie damit?«

Sie schüttelte den Kopf. »Na ja, in letzter Zeit war er schon meistens bei mir. Aber er hat noch ein Zimmer auf so einem Bauernhof. Da war er vorübergehend eingezogen, weil ihm die vorherige Wohnung zu laut war. Und wie gesagt, jetzt suchen wir ja sowieso zusammen eine Wohnung.«

»Wo ist dieser Bauernhof?«

»Irgendwo in der Nähe vom Süseler See. Ich bin nur einmal da gewesen. Bestimmt ist Kurt froh, wenn er da endlich ganz wegkommt. Ich fands ziemlich primitiv und dreckig. Und die Leute waren auch irgendwie komisch. Vor allem unfreundlich fand ich die.«

Die Kommissare horchten auf, als Anke Mewes die Nähe zum Süseler See erwähnte, und Angermüller fragte:

»Meinen Sie den Graswurzelhof?«

»Ja, ich glaube, so heißt der.«

»Haben Sie denn dort auch nachgefragt, ob Ihr Freund da ist?«

»Natürlich. Ich hab Mittwoch angerufen, und Freitag und gestern wieder. Es war aber immer jemand anders am Telefon, und die haben immer nur gesagt, wir haben den Kurt nicht gesehen.«

»Wieso haben Sie eigentlich so lange gewartet, bis Sie was unternommen haben, wenn Sie Ihren Freund Sonnabend vor einer Woche das letzte Mal gesehen haben?«

Diese Frage schien der Frau unangenehm zu sein, und sie wich dem Blick des Kriminalhauptkommissars aus.

»Ja, na ja«, sie kratzte sich nervös am Arm, »wir haben gestritten. Und der Kurt war ziemlich sauer, hat die Tür hinter sich zugeknallt und ist abgehauen. So hab ich ihn nie vorher erlebt.«

»Darf ich fragen, worum es ging?«

»Ich wollte eigentlich nur wissen, was er schon unternommen hat in Sachen Wohnung und Ladenräume, so ein bisschen genauer, weil wir schon so lange darüber geredet haben. Wollte wissen, ob er sich schon was angeschaut hat, wie groß, in welchem Stadtteil und was die kosten«, sie stockte, »und da ist er auf einmal ausgerastet. Er würde sich nicht von mir unter Druck setzen lassen, was ich mir einbilden würde und so. Das hätte er wirklich nicht nötig. Und dann hab ich ihm noch gesagt, dass ich das auch nicht nötig hab, weil er nicht der Einzige ist, der mit mir zusammen sein will, und dass sich der Robby immer wieder bei mir gemeldet hat.«

Sie schlang ihre dünnen Arme um sich, als ob sie plötzlich frieren würde.

»Hoffentlich ist dem Kurt nichts passiert«, sagte sie daraufhin und sah dabei sehr unglücklich, ja, verzweifelt aus. »Wissen Sie, ich will doch, dass meine Mädchen es später mal gut haben. Aus denen soll was werden. Aber allein und mit dem wenigen Geld? Ich schaff das nicht mehr. Ich versuch ja auch immer, Arbeit zu finden, aber wenn die schon hören: alleinerziehend, zwei Kinder …« Hilflos zuckte sie mit den Schultern.

»Meine kleinen Prinzessinnen sind mir wichtig, die brauchen mich. Und der Kurt, der mochte sie von Anfang an. So schnell finden Sie keinen Mann, der mit Kindern klarkommt, die nicht seine eigenen sind, das kann ich Ihnen sagen. Der Robby, mit dem ich vor Kurt zusammen war, das ist ein ganz Lieber, aber mit den Mädchen wollte der nix zu tun haben. Der Kurt ist anders«, versicherte sie zum dritten Mal, »und wenn wir uns selbstständig machen, dann kann ich mir das mit der Arbeitszeit so einteilen, dass ich mich auch um meine Kinder kümmern kann.«

Für einen Moment starrte Anke Mewes auf die Ansammlung von Dächern und Türmen draußen vor den Fenstern und schien sich ihrem Wunschtraum von einer glücklichen Zukunft hinzugeben.

»Gab es denn in letzter Zeit irgendwelche Besonderheiten, ist Ihnen irgendwas aufgefallen an Ihrem Freund?«, holte sie Angermüller zurück in die Gegenwart.

Sie schaute nur unsicher zu den Beamten und wusste dazu nichts zu sagen.

»Hatte er vielleicht Streit mit irgendwem?«

Nach kurzem Überlegen schüttelte sie den Kopf. »Ich habe ja die Leute, mit denen er sonst zu tun hatte, nicht gekannt. Erzählt hat er mir nichts über Streit oder so. Nur wir beide haben gestritten am letzten Sonnabend«, sagte sie leise, wie zu sich selbst.

»Hoffentlich ist dem Kurt nichts passiert«, seufzte sie schließlich noch einmal beschwörend und sah Hilfe suchend zu Angermüller und Jansen.

Sie hatten sich von ihr noch einmal die genaue Personenbeschreibung von Kurt Staroske geben lassen. Alter 62 Jahre, Größe ungefähr 1,75 Meter, Figur stämmig, aber nicht dick, Stirnglatze, Haare kurz und grau, Augen blau.

»Hat Kurt Staroske irgendwelche besonderen Kennzeichen? Eine Tätowierung, ein auffälliges Muttermal, Narben?«

Anke Mewes überlegte kurz. »Ja, am Bauch, da hat er eine größere Narbe, so rechts unten, glaub ich. Ich hab aber nie gefragt, woher die stammt.«

Sie legten ihr eine Abbildung der gefundenen Sandale vor. Anke Mewes war sich ziemlich sicher, dass Kurt solche Sandalen trug. Danach zeigten sie ihr das Foto mit dem Gesicht des Toten.

Eine ganze Weile starrte sie nur stumm darauf und hob

hilflos die Schultern. »Ich weiß nicht. Ist das Kurt?« Fragend schaute sie von Angermüller zu Jansen, die ihr die Antwort nicht geben konnten. »Ist der Mann tot?«

»Ja, der Mann auf dem Foto ist tot«, bestätigte Angermüller. »Ich fürchte, wir müssen Sie bitten, den Toten zu identifizieren.«

Schieres Entsetzen breitete sich auf dem Gesicht der jungen Frau aus.

»Sie glauben wirklich, das ist Kurt?«, fragte sie angstvoll und schob das Foto von sich weg. Eine Antwort schien sie nicht zu erwarten. »Oh Gott!«

Ein tonloses Schluchzen ging durch ihren knochigen Körper. Sie hielt die Hände vors Gesicht und konnte nicht aufhören. Als Angermüller ihr tröstend über den Rücken streichen wollte, fuhr sie erschrocken hoch, ließ es dann jedoch zu, während stumme Weinkrämpfe sie unaufhörlich schüttelten.

Da er schon diverse unerfreuliche Erfahrungen mit der zuständigen Mitarbeiterin vom Institut für Rechtsmedizin gemacht hatte, sicherte sich Angermüller bei der Staatsanwältin ab, bevor er die Präparatorin an ihrem freien Sonntag für eine Identifizierung anforderte. Wie erwartet, überschüttete ihn die Frau, die er ohnehin nie anders als missgelaunt erlebt hatte, mit einigen nicht sehr freundlichen Bezeichnungen, bevor sie wütend den Hörer aufknallte und sich auf den Weg ins rechtsmedizinische Institut machte.

Anke Mewes' Mutter, die sie voller Ungeduld im Flur erwartete, war anzusehen, dass ihr die an sie gerichtete Bitte ganz und gar nicht gefiel. Aber als sie des Zustands ihrer Tochter gewahr wurde, fügte sie sich ins Unvermeidliche und übernahm die Betreuung ihrer Enkelinnen.

Die junge Frau erkannte in dem Toten ohne jeden Zweifel Kurt Staroske. Danach blieb sie stumm. Angermüller wollte wissen, ob sie etwas für sie tun könnten. Sie wollte nur nach Hause gefahren werden. Wie sie so apathisch im Wagen saß, tat sie dem Kommissar furchtbar leid. Er überlegte, ob es nur die Trauer um die Person des Toten war, die Anke Mewes so leiden ließ, oder ob es die Hoffnung auf eine neue Lebensperspektive war, die mit Kurt Staroske gestorben war. Ihre Wohnung lag in einer wenig attraktiven Ecke in Moisling, wo die Wohnungseigentümer das Investieren schon vor Längerem aufgegeben zu haben schienen. Bei ihr angekommen, fragte Angermüller, ob sie vielleicht ein Foto von Kurt Staroske hätte.

»Sie bekommen es selbstverständlich wieder zurück.«

»Ja«, sagte die junge Frau abwesend und schloss die Wohnungstür auf, »hab ich bestimmt. Einen Moment, bitte.«

Als sich leise die Tür der Nachbarwohnung öffnete und das neugierige Gesicht einer alten Frau durch den Spalt lugte, bat Anke Mewes die Beamten schnell zu sich hinein. Sie verschwand hinter einer der vier Türen, die von dem kleinen Flur abgingen. In der abgestandenen Luft roch es süßlich nach Weichspüler. Zwei Zimmer, Küche, Bad in einem Neubau aus den 60er-Jahren, die Decken niedrig, die Fenster klein, die Räume auch im Hochparterre ziemlich dunkel. Angermüller konnte verstehen, dass die Frau mit ihren zwei Kindern hier wegwollte.

»Hier. Das war vor zwei Wochen am Strand, da hab ich ihn fotografiert.«

Sie presste die Lippen aufeinander.

Ein Mann, den Angermüller auf Mitte 50 geschätzt hätte, mit einem sympathischen Gesicht und nur wenigen Haaren auf dem Kopf, grinste fröhlich in die Kamera. Er trug eine groß geblümte, weit geschnittene Badehose, kniete im Sand, umrahmt von zwei kleinen Mädchen, um die er je einen Arm gelegt hatte. Die kleine Kimberly hatte wieder den Daumen im Mund, und ihre große Schwester schien sich nicht fotografieren lassen zu wollen und zog einen beleidigten Flunsch.

»Wo haben Sie ihn eigentlich gefunden? Wie ist er gestorben?«, fragte Anke Mewes plötzlich leise.

»Wie er gestorben ist, wissen wir noch nicht«, antwortete Angermüller. »Gefunden wurde er auf dem Platz vom Lubeca Country Golf Club zwischen Süsel und Neustadt.«

»Auf dem Golfplatz?« Völlig verstört schaute die Frau die Beamten an.

# KAPITEL III

Auch heute war der Parkplatz wieder gut belegt. Sie stellten den Wagen ab und gingen hinüber zu einer der reetgedeckten Katen, in der sich das Klubsekretariat und ein Golfshop befanden. Ein paar Spieler, die wohl nicht zum Klub gehörten, meldeten sich gerade an. Die gepflegte Dame im bordeauxfarbenen Poloshirt hinter dem Tresen war von höflicher Distanz. Sie bat die Gäste um die Zertifikate ihrer Platzreife, die sie mit strengem Blick überprüfte, kassierte die Greenfees und verteilte die Score-Karten. Mit der Andeutung eines Lächelns entließ sie die Golfer schließlich auf den Platz. Danach musterte sie misstrauisch die beiden Beamten, denn Jansens Jeans und T-Shirt beziehungsweise Angermüllers lockeres Karohemd über der weiten Leinenhose entsprachen überhaupt nicht dem hier herrschenden Dresscode.

»Sie wünschen?«

Als sie ihr die Dienstausweise zeigten, begriff sie.

»Ach, Sie sind das! Ihretwegen musste das Damenturnier gestern abgebrochen werden. Und, worum gehts jetzt? Wollen Sie heute wieder den Golfplatz sperren?«, fragte sie angriffslustig.

»Sie wissen schon, dass Ihre Darstellung nicht so ganz den Tatsachen entspricht?«, stellte Angermüller gleichmütig fest. »Wo finden wir Herrn Robert Higgins?«

Sie ließ ihren Blick auf den Kommissaren ruhen und schien zu überlegen, ob sie überhaupt antworten wollte.

»Einen Moment, ich muss nachschauen«, sagte sie dann und setzte sich an den PC, der hinter ihr auf einem Schreibtisch stand.

»Herr Higgins hat heute frei. Er wohnt in einem der Wirtschaftshäuser, dem zweiten rechts neben dem Gutshaus. Wenn Sie ihn dort nicht antreffen, finden Sie ihn vielleicht in Loch 19.«

»Is dat weit zum Loch 19?«, fragte Jansen.

»Ein Golfplatz hat 18 Löcher«, erklärte die Klubsekretärin mit einem schwachen Lächeln, »Loch 19, so nennen wir unser Klubhaus. Das liegt gleich links hinter dem Gutshaus. Dorthin geht Herr Higgins gern mal essen. Und wenn er da auch nicht ist, ist er wohl irgendwo unterwegs an seinem freien Tag. Dann kann ich Ihnen auch nicht helfen.«

Der Biergarten, der im Schatten alter Eichen vor dem Klubhaus lag, war an diesem frühen Nachmittag ziemlich leer. An zwei Tischen am Rand nahmen ein paar Leute ein spätes Mittagessen zu sich, und eine größere Gruppe, die nur aus älteren Männern bestand, saß nah am Haus vor ihren Biergläsern.

»Nee, Freunde, das könnt ihr wohl glauben, wenn ihr einmal im Royal Golf Club Marrakesch eingelocht habt, dann ist jeder andere Platz nur noch kalter Kaffee«, sagte gerade ein Weißhaariger mit einem Schnauzbart im breitesten Hamburgerisch, das auf Angermüller immer ein wenig unseriös wirkte. Die anderen am Tisch schauten teils beeindruckt, teils skeptisch und erwiderten erst einmal nichts. Die Art, wie der Mann sprach, ließ auch gar keinen Widerspruch zu. Entspannt lehnte er seinen massigen Körper im Stuhl zurück. In der sonoren Stimme lagen die Erfahrung und das Selbstbewusstsein eines in Jahrzehnten geübten Golfspielers, der auf den Plätzen dieser Welt zu Hause war.

»Und«, fuhr er fort, während seine Stimmlage etwas tiefer wurde, um die Gewichtigkeit seiner Aussage zu betonen, »sorry, wenn ich das jetzt sage, Rob: Aber der Rasen auf den Greens dort ist so weich und so dicht wie die Berberteppiche, die sie da auf dem Basar verhökern. Ohne Scheiß. Das kriegst du nicht hin, mein Lieber, egal, wie du dich hier anstrengst.«

Der Angesprochene lächelte ein wenig hilflos, was sollte er auch sonst tun bei so viel Expertentum.

»Außerdem hatten die ein ganz nettes Hotel gleich neben dem Platz, Golf Palace oder so. Ich war erstaunt, wie die das hinkriegen, da in Nordafrika. War nicht gerade billig, aber zumindest hat es meinem Mäuschen gut gefallen, und ihr wisst ja, wie sie ist.«

Der Hamburger schnitt eine vielsagende Grimasse. Dann beugte er sich zu seinem Nebenmann herüber und legte ihm die braun gebrannte Hand auf den Unterarm.

»Nix für ungut, Rob. Ich weiß doch, du tust, was du kannst. Komm, ich geb dir noch einen aus.«

Er zwinkerte den anderen am Tisch zu und winkte der Kellnerin. Rob Higgins versuchte, sich gegen ein weiteres Bier zu wehren, doch er hatte gegen den großzügigen Schwadroneur keine Chance.

»Helga, meine Süße, bist du so lieb und bringst dem jungen Mann hier noch ein Bierchen. Und mir bitte auch!«

Er warf einen Blick auf den Tisch.

»Ach, mach gleich für alle 'ne Runde. Was soll's, irgendwer muss die Wirtschaft ankurbeln und Umsatz machen.

Ein paar Bierchen kann ich mir ja gerade noch leisten.«
Mit einem dröhnenden Lachen erfreute er sich an seinen
Sprüchen.

»Guten Tag, allerseits!«

Angermüller und Jansen traten an den Tisch mit der
Herrenrunde.

»Herr Higgins, wir würden gern mal mit Ihnen sprechen. Hätten Sie wohl jetzt einen Moment für uns?«

»Ach nee, die Herren von der Polizei schon wieder«,
kommentierte einer aus der Runde in herausforderndem
Ton. Der Kriminalhauptkommissar erkannte in ihm den
Wichtigtuer, der sich schon am Vortag unter den Schau-
lustigen mit seinen dummen Fragen hervorgetan hatte.

»Und, alles klar, Herr Kommissar? Haben Sie ihn schon,
den Mörder?«, fügte der Golffreund mit einem blöden
Grinsen zu den anderen Männern hinzu.

Angermüller strafte den offensichtlich schon recht bier-
seligen Mann mit Nichtachtung. Rob Higgins, der einen
ziemlich verdatterten Gesichtsausdruck hatte, war langsam aufgestanden.

»Okay, was möchten Sie?«, fragte er höflich.

»Gibt es vielleicht ein ruhigeres Eckchen, wo wir uns
mit Ihnen unterhalten können?«

»Wir sollten nach drinnen gehen, ja? Da ist jetzt
bestimmt niemand.«

Interessierte Blicke folgten ihnen, während sie sich ins
Klubhaus zurückzogen.

»Sie wollen unseren Greenkeeper doch nicht etwa ver-
haften? Der wird hier noch gebraucht!«, rief der spen-
dable Prahlhans ihnen hinterher. »Und außerdem wird
dein Bier warm, Rob!« Sein markantes Lachen schallte
durch den Biergarten.

Sie zogen sich an einen Tisch im leeren Gastraum zurück. Die Einrichtung war geschmackvoll, relativ schlicht und zweckmäßig, jedenfalls nicht so nobel, wie Angermüller sich das Klubhaus vorgestellt hatte. Tischdecken, Gardinen und Servietten, alles war in Bordeaux und Weiß gehalten, und einzig ein paar Pokale in einer Vitrine und gerahmte Urkunden an einer Wand wiesen auf den Golfsport hin.

»Herr Higgins, wie lange sind Sie schon im Lubeca Country Golf Club beschäftigt?«, eröffnete Angermüller die Unterhaltung.

»Seit fast vier Jahren.«

»Sie stammen aus England?«

»Aus Schottland.«

»Ach ja«, lächelte Angermüller, »wir hier verwechseln immer England und Großbritannien. Entschuldigung! Sie sind also Brite und kommen aus Schottland.«

»That's right.« Der Mann lächelte nicht. Unter seinem kurz geschorenen, rotblonden Haar schaute er die Beamten mit einer Mischung aus Misstrauen und Unsicherheit an.

»Das ist eine Zeugenvernehmung im Zusammenhang mit dem Toten, der gestern hier gefunden wurde«, erklärte Angermüller, »deshalb zeichnen wir unser Gespräch mit diesem Aufnahmegerät auf. Einverstanden?«

Jansen hob das kleine Diktiergerät hoch, und Higgins nickte stumm. Wie er so auf seinem Stuhl saß, war er ein richtiges Kraftpaket. Nicht sehr groß, aber mit breitem Oberkörper und muskulösen Armen. Auch er trug ein Polohemd in der Klubfarbe zu seinen weißen Bermudas. Sie fragten erst einmal seine Personalien ab. Er war 37, ledig und arbeitete schon seit 20 Jahren als Greenkeeper.

Sein Deutsch war nicht perfekt, und natürlich war sein Akzent sehr stark, aber er konnte sich gut verständlich machen.

»Was möchten Sie überhaupt von mir? Ich habe gestern schon gesagt, ich kenne der Mann nicht«, fragte er plötzlich in einem aufmüpfigen Tonfall, nachdem er bisher alle Fragen der Beamten geduldig beantwortet hatte.

»Den Mann«, korrigierte Angermüller automatisch und sah ihn an.

»Den Mann«, wiederholte Rob Higgins wie ein Schuljunge, schob nervös seine Hände rechts und links unter die Oberschenkel und blickte angestrengt auf den Tisch mit der weinroten Decke.

»Sind Sie eifersüchtig?«

»Eifer? What?«, fragte Higgins verwirrt und sah hoch.

»Jealous heißt das auf Englisch, glaub ich«, half Angermüller.

»Jealous?«, der Schotte wirkte überrascht, »I don't think so. Nein.«

Er schüttelte seinen Kopf.

»Sagt Ihnen der Name Kurt Staroske etwas?«

»Nein, das kenne ich nicht.«

»Den kennen Sie also nicht. Aber Sie kennen eine Frau Anke Mewes?«

»Pardon?«

»Anke Mewes«, wiederholte Jansen drängend. »Kommen Sie, wir wollen hier nicht unsern ganzen Sonntag verbringen.«

Unauffällig stieß Angermüller seinen ungeduldigen Kollegen an und lächelte freundlich in Richtung des Zeugen.

»Nun, Mr. Higgins?«

Seinem angestrengten Gesichtsausdruck nach zu urteilen, suchte der Greenkeeper krampfhaft nach einer plausiblen Erklärung.

»Anke war einmal ein Freundin von mir«, gab er schließlich Auskunft.

»Sie hatten eine Beziehung mit Anke Mewes?«, konkretisierte Angermüller.

»Wir waren«, Higgins Miene schwankte zwischen Verlegenheit und Spott, »wie sagt man, Verliebte? Das ist schon lange her. Sehr lange.«

»Sehr lange«, wiederholte der Kriminalhauptkommissar, »ungefähr ein halbes Jahr?«

Rob Higgins zuckte gleichgültig mit der Schulter, doch Angermüller glaubte, die Überraschung darüber wahrgenommen zu haben, dass sie so gut über ihn und Anke Mewes informiert waren. Claus Jansen scharrte unruhig mit den Füßen unter dem Tisch.

»Warum ist die Beziehung denn auseinandergegangen, Herr Higgins?«, wollte Angermüller wissen.

»Wir haben uns nicht mehr so gut verstanden, glaube ich«, gab Higgins mit einem herablassenden Lächeln Auskunft, das wohl belegen sollte, wie bedeutungslos die ganze Sache für ihn gewesen war.

»Und da gab es nicht vielleicht jemand anderen, den Frau Mewes Ihnen vorgezogen hat?«

»Was, bitte?«

»Na ja«, half Jansen dem Sprachverständnis des Briten nach, »Frau Mewes hat Ihnen Goodbye gesagt, weil sie einen anderen Mann kennengelernt hat, ganz einfach.«

»Hat sie das gesagt?«, fragte der Zeuge.

Jansen haute urplötzlich mit der Hand auf den Tisch, sodass Higgins und auch Angermüller erschrocken zusammenzuckten.

»Nun markieren Sie hier nicht den Ahnungslosen! Wollen Sie denn unbedingt Ärger kriegen? Anke Mewes hat uns alles genau erzählt. Nun sind Sie dran.«

Rob Higgins blieb stumm und starrte das Tischtuch an.

»Na gut, dann sag ich Ihnen, wie's gewesen ist«, sagte Jansen grimmig. »Sie waren etwa ein Jahr zusammen mit Frau Mewes, und es gab häufig Meinungsverschiedenheiten wegen der beiden Kinder Ihrer Freundin. Sie wollten lieber mit ihr allein sein, sie sollte die Kinder zur Oma oder sonst wohin abschieben, auf gemeinsame Unternehmungen mit den Mädchen hatten Sie jedenfalls keine Lust. Auch abends wollten Sie immer gern ausgehen, feiern bis zum Morgen, und da sich Frau Mewes einen Babysitter nicht so oft leisten konnte, sollte sie die Kinder eben allein lassen. Deswegen hatten Sie beide ständig Streit. Richtig?«

Higgins reagierte nicht und sah zu Boden. Der Kommissar machte Angermüller ein Zeichen, der verstand und legte das Foto von Kurt Staroske auf den Tisch.

»Und auf einmal tauchte dieser Mann auf.«

Der Schotte hielt den Blick auf den Boden geheftet.

»Jetzt schauen Sie sich bitte das Foto hier an!«, befahl Jansen energisch. Nur kurz hob der Zeuge den Blick und sah dann wieder nach unten.

»Kurt Staroske. Der war gern mit den Kindern zusammen, war ein liebevoller Ersatzvater, und deshalb wollte Anke Mewes bald nichts mehr von Ihnen wissen. Und obwohl Sie sehr jealous waren, sie bedrängten, wieder zu Ihnen zurückzukommen, ihr versprachen, sich zu ändern, blieb sie lieber bei ihrem Kurt. Und da haben Sie angefangen, Kurt Staroske zu belästigen, haben ihn bedroht und zweimal grün und blau geprügelt. Is that right, Mr. Higgins?«

Jansen ließ sich nach dieser langen Einlassung auf seinem Stuhl zurücksinken, verschränkte die Arme vor der Brust und starrte den Greenkeeper an.

»Ich habe den Mann nicht getötet.« Higgins sprach leise und mit gesenktem Kopf.

»Nicht getötet«, verbesserte Angermüller. »Doch Sie haben gestern erkannt, wer da an dem Weiher lag?«

»Ich war nicht sicher. Aber ich habe gedacht, dass er es sein könnte.«

»Wenn Sie nichts damit zu tun haben, brauchen Sie auch nichts zu befürchten. Warum haben Sie geleugnet, Kurt Staroske zu kennen? Warum haben Sie uns nicht gleich gesagt, dass er vielleicht der Tote sein könnte?«

»That's no concern of mine«, sagte der Greenkeeper. »Wenn dieser dirty old man junge Frauen anmacht, ihnen, wie sagt man, das Blaue von dem Himmel erzählt und vielleicht jemand sauer wird auf ihn, so what? Das geht mich nichts an. Außerdem wollte ich keine Schwierigkeiten bekommen. Der Job hier ist sehr gut für mich.«

Jansen schüttelte den Kopf.

»Warum glauben die Leute eigentlich immer, sie kriegen Probleme, wenn sie bei der Wahrheit bleiben? Verstehst du dat?«, wandte er sich verärgert an Angermüller.

»Das Gegenteil ist der Fall. It is the other way round«, fuhr er Rob Higgins genervt an. »Dann versuchen wir's doch mal weiter. Wann sind Sie denn Kurt Staroske das letzte Mal begegnet?«

»Keine Ahnung. Bestimmt vor ein paar Monate.«

Angermüller sah den Greenkeeper nachdenklich an. Konnte das stimmen? Anke Mewes hatte ihnen erzählt, dass Robby, wie sie ihn immer noch nannte, die Nachstellungen gegen ihren neuen Partner aufgegeben hatte.

Ihr zuliebe. Andererseits hatte er die Verbindung zu ihr nie abreißen lassen.

»Und Anke Mewes, haben Sie mit der noch Kontakt?«, testete Angermüller die Wahrheitsliebe des Mannes. Rob Higgins verneinte.

»Tja, Herr Higgins, da haben wir andere Informationen«, mischte sich Jansen in grantigem Ton wieder ein. »Zumindest haben Sie öfter mit Anke Mewes telefoniert, didn't you?«

»Oh dear!«, entfuhr es dem Zeugen. »Why do you ask me then, when you already know it?«

»Because it is our job, Mister«, schnauzte Jansen ihn an, »warum müssen wir Ihnen alles aus der Nase ziehen? Ich gebe Ihnen mal einen Tipp unter Freunden: Am besten ist es, wenn Sie einfach bei der Wahrheit bleiben. Also: Haben Sie auch nach Ihrer Trennung öfter mit Frau Mewes telefoniert, ja oder nein?«

»Ja, ein paar Mal.«

»Na, sehen Sie, ist doch gar nicht so schwer. Hier machen wir gleich mal weiter: Was haben Sie am letzten Wochenende gemacht?«

»Gearbeitet. Kein freier Tag, weil jemand krank geworden war. Von Montag bis Sonntag immerzu gearbeitet.«

»Wann haben Sie normalerweise Feierabend?«

»So gegen 16 Uhr.«

»Und danach? Zum Beispiel Freitag-, Samstag-, Sonntagabend?«

»Ich denke, ich war jede Abend mit Ellen zusammen.«

»Wer ist Ellen?«

»Meine Freundin. Ellen Trede. Sie arbeitet manchmal im Golfshop.«

»Wie ist die Adresse von Frau Trede?«

Higgins nannte eine Adresse in Neustadt.

»Aber sie ist nicht da«, fügte er noch hinzu. »Gestern ist Ellen für eine Woche nach Spanien geflogen mit eine Freundin.«

»Das ist natürlich Pech, nicht wahr?«, fragte Jansen sarkastisch. Higgins konnte ein Grinsen nicht unterdrücken.

»Na dann, bis zum nächsten Mal, Herr Higgins«, sagte Jansen, als sie gingen, »ich wette, wir sehen uns wieder.«

Ohne ein Wort stand der Greenkeeper auf und verschwand nach draußen, wo ihn die Herrenrunde mit neugierigen Gesichtern erwartete.

»Seit Wembley 1966 sind mir die Engländer suspekt«, murrte Jansen, sobald sie wieder in ihrem Dienstwagen saßen.

»Der Mann ist Schotte und kein Engländer, Claus. Außerdem – zugegeben, ich bin kein Fußballfachmann, aber damals war der sowjetische Linienrichter schuld«, widersprach Angermüller seinem Kollegen. »Außerdem warst du 1966 noch nicht einmal geboren!«

»Is doch egal. Der Typ hat uns nicht alles gesagt. Der stinkt meilenweit gegen den Wind!«

»Das ist natürlich ungünstig für uns, dass seine neue Freundin ausgerechnet jetzt verreist ist. Aber wir werden die Aussage von Higgins, wie auch sein Alibi, auf jeden Fall genau unter die Lupe nehmen. Das ist doch klar, weißt du doch. Aber sag mal, warum bist du eigentlich so schlecht gelaunt heute?«

»Ich bin nicht schlecht gelaunt«, gab Jansen gereizt zurück, und Angermüller unterdrückte seinen Widerspruch.

»Aber dat is doch mal wieder ein verdammt komischer Zufall, dat der neue Partner seiner Exfreundin, den dieser Higgins mehrmals bedroht und verprügelt hat, ausgerechnet auf dem Golfplatz, wo Higgins arbeitet, tot aufgefunden wird.«

»Natürlich, das ist auffällig. Aber genauso wichtig finde ich den Zusammenhang mit dem Wohnort von dem Staroske. Die Ländereien dieses Graswurzelhofes grenzen schließlich hier an den Golfplatz. Deshalb sollten wir uns dort gleich umsehen, Kollege, oder was meinst du?«

»Logisch, wat sollen wir sonst machen bei diesem Sommerwetter, an so einem beknackten Sonntag. Etwa entspannt am Strand liegen? Nö, da haben wir Besseres zu tun.«

»Du bist sauer, weil du wieder deine Freizeit opfern musst, oder? Hast du Ärger mit Vanessa deswegen?«

»Ach, Vanessa«, war alles, was Jansen zu diesem Thema sagte. Es klang verdrossen.

»Wenn mein Orientierungssinn mich nicht täuscht«, fuhr er etwas sachlicher fort, »liegt dieser komische Bauernhof hier rechts vom Golfplatz. Na denn. Fahr'n wir da doch mal hin.«

Wie angenehm. Gesche spürte die warme Sonne auf ihrem Rücken, hörte den fröhlichen Strandlärm, roch das Meer und fühlte sich wunderbar entspannt, wie sie so auf dem Bauch auf ihrem Handtuch lag. Stundenlang hätte sie noch einfach so vor sich hin dösen können. Doch sie mussten zurück auf den Hof, wo die üblichen Pflichten warteten. Außerdem wurde sie langsam hungrig und freute sich bereits auf das Teetrinken im Garten. Dennoch war sie froh. Sie hatten mal wieder einen richtig schönen Sonntag mit der ganzen Familie gehabt und es endlich geschafft, zu ihrer neuen Nachbarin Kontakt aufzunehmen. Ganz spontan hatte sie Tilde gefragt, ob sie nicht Lust hätte, mit ihnen zum Strand zu kommen, und sie war mitgekommen, sehr zu Gesches Freude.

Thea und Svenja waren nicht aus den Fluten zu kriegen. Dominik stand die meiste Zeit am Ufer, beobachtete mit offenem Mund die anderen und freute sich mit ihnen. Der 34-Jährige war eine eher vorsichtige Natur, nur ab und zu setzte er einen Fuß in die anrollenden Wellen und zog ihn kurz darauf schnell wieder zurück. Lisamarie, die Enkelin der Nachbarn, planschte fröhlich mit den Mädchen. Sie verbrachte bei ihren Großeltern die Ferien und verstand sich ganz wunderbar mit Thea. Fast jeden Tag hielt sie sich auf dem Graswurzelhof auf. Lisamarie war ein etwas dickliches Mädchen, ziemlich verwöhnt, zumindest materiell, und unglaublich neugierig. Sie war mit ihren zwölf Jahren zwei Jahre älter als Thea, kannte sich aus mit sämtlichen Fernsehsendungen und allen möglichen Themen aus der Klatschpresse, zu denen sie hin und wieder altkluge Statements von sich gab. Trotzdem, oder vielleicht gerade deswegen, war sie fasziniert von Theas fantasievollen Spielen, in denen sich Helden und Monster, Feen und Prinzessinnen tummelten, und die in Märchenwäldern und an Zauberseen wohnten.

Gesche setzte sich auf. Gerade wurde Jonas von den drei Mädchen unter viel Lachen und spitzen Schreien in Richtung Wasser geschoben, was an einem Sommertag wie diesem natürlich nicht unangenehm war. Vor Freude klatschte Dominik in die Hände, feuerte die anderen an und hüpfte aufgeregt auf und ab. Jonas gab sich wehrlos und ließ sich, am Ufer angekommen, in die Fluten fallen. Ihren ältesten Sohn hatte Gesche als ganz junge Frau bekommen, lange bevor sie Henning getroffen hatte. Wie stets verbrachte Jonas seine Sommersemesterferien auf dem Graswurzelhof und war Henning eine große Hilfe. Bald machte er seinen Abschluss in Agrarwissenschaften. Gesche war stolz auf den ruhigen, freundlichen Jungen – ein junger Mann war er inzwischen –, klug, kompetent, hilfsbereit. Vielleicht würde er irgendwann den Hof übernehmen, doch vorher wollte er sich erst einmal irgendwo in der Welt einen Job suchen und Erfahrungen sammeln.

Auch Svenja machte heute wieder einen ganz gelösten Eindruck. Obwohl nur wenig jünger als der 25-jährige Jonas, sah sie nach wie vor aus wie ein Teenager. Ein sehr hübscher Teenager mit ihren langen, dunklen Zöpfen und den großen, staunenden Augen. Die Sonnenbräune, die sie inzwischen erworben hatte, überdeckte ihre unnatürliche Magerkeit, und der türkisfarbene Badeanzug, den Gesche ihr neulich gekauft hatte, stand ihr ausgezeichnet. Über ein Jahr lebte sie jetzt schon auf dem Hof, hatte Vertrauen gefasst zu den meisten seiner Bewohner, und an manchen Tagen, so wie heute, war sie einfach nur ein fröhliches, junges Mädchen. Das Bewegen im Wasser schien ihr gutzutun. Vielleicht müsste man im Winterhalbjahr öfter einmal mit Svenja ins Schwimmbad gehen. Ach ja, wenn bloß die Zeit nicht immer so knapp wäre.

Sie sah hinüber zu Tilde, die ihr Handtuch ein wenig abseits der anderen ausgebreitet hatte. Auf dem Bauch liegend, den Kopf auf die Hände gestützt, blickte die Nachbarin träumerisch auf den Horizont. Ob sie sich wohl gestört fühlt, wenn ich mich zu ihr setze, überlegte Gesche. Sie schob ihre Bedenken kurzerhand beiseite.

»Na, darf ich mich neben dich setzen, oder willst du deine Ruhe haben?«

Statt einer Antwort lächelte Tilde sie nur an und schaute wieder auf die Ostsee.

»Schön ist das hier«, sagte sie nach einer Weile. »Das Meer, die Landschaft, euer Hof, mein Häuschen. Ich denke, es war richtig, hierher zu ziehen.«

»Freut mich zu hören. Auch wir haben es nicht bereut, aus der Stadt hier rausgezogen zu sein. Du wirst sehen, bald fühlst du dich hier richtig zu Hause und kannst dir gar nicht mehr vorstellen, woanders zu leben.«

Immer noch tobten die jungen Leute ausgelassen in den Wellen. Tilde drehte sich auf den Rücken und setzte sich auf.

»Svenja ist ein wirklich schönes Mädchen. Wie alt ist sie eigentlich?«, erkundigte sie sich.

»24.«

»Ehrlich? Ich hätte sie auf 15, 16 geschätzt. Sie sieht ein bisschen aus wie meine Tochter, nur dass sie dunkel ist und Sarah blond.«

»Ach, du hast auch Kinder?«

»Sarah. Sie ist schon 32«, nickte Tilde ein wenig abwesend.

»Aber ich bin ja auch viel älter als du«, meinte sie dann, »ich werde 52 im November.«

»Wirklich?«, staunte Gesche mit einem Blick auf Tildes jugendliches Gesicht unter den kurzen Haaren und ihre sportliche Figur im Bikini. »Ich hätte gedacht, du bist nicht viel älter als ich. Ich bin 42.«

»Vielen Dank, das hör ich natürlich gern«, lächelte Tilde, »aber ich habe dich auch für jünger gehalten. Nur dein großer Sohn hat mich ein bisschen irritiert.«

»Na, jetzt is aber mal gut mit den Komplimenten! Was macht deine Tochter?«

»Sie ist weit weg. Ein schwieriges Thema. Lass uns ein anderes Mal drüber sprechen«, antwortete Tilde und sah aufs Meer.

»Klar, kann ich verstehen. Wenn die Kinder ihr eigenes Leben führen, das ist nicht immer einfach für uns Eltern.« Ihre Nachbarin umfasste die Knie mit den Armen und schwieg. Gesche sah auf die Uhr.

»Nett, dass du uns angeboten hast, uns in deinem Bus mitzunehmen. Wir haben noch ein halbes Stündchen, dann müssen wir los. Schade, dass wir nicht bis abends bleiben können«, sagte sie bedauernd.

Ihr Mann hatte sich vor einiger Zeit verabschiedet und war zurück zum Hof gefahren. Eine der Kühe war trächtig, und Henning war etwas nervös, da er glaubte, dass sie bald kalben würde. Gesche hatte allerdings schon länger das Gefühl gehabt, dass er mit den Gedanken ohnehin ganz woanders war und den wunderschönen Tag am Strand gar nicht so richtig genießen konnte. Sie hatte seine Unruhe gespürt. Wahrscheinlich musste er wieder laufen. Das war seine Art der Problembewältigung. Seit ihrem unterbrochenen Gespräch gestern Abend hatte sich keine Gelegenheit gefunden, ihn wieder darauf anzusprechen, was ihn bedrückte oder beunruhigte. Niemand war so geschickt im Ausweichen wie Henning. Und so stur wie er.

Es war gar nicht so einfach, den Graswurzelhof zu finden. Das große Gehöft, wenige Hundert Meter neben der Einfahrt zum Golfplatz, schien es jedenfalls nicht zu sein. Langsam rollten sie auf den weitläufigen Hof, der ordentlich mit Betonsteinen gepflastert war. Es war niemand zu sehen, die Tore der umstehenden Gebäude waren bis auf eines verschlossen, alles war akkurat und sauber, ja, fast steril. Landwirtschaft wurde hier augenscheinlich nicht mehr betrieben. Hinter dem einen offen stehenden Scheunentor standen ein dunkelblauer Mercedes, ein altes Modell aus den 60ern, mit auffälligen, verchromten Zierleisten, sowie ein ziemlich neuer, großer Geländewagen. Auf einem kleinen Rasenstück vor dem Wohnhaus plätscherte ein Springbrunnen, den eine steinerne Putte krönte, und zwei riesige barocke Pflanzschalen, mit roten Geranien bestückt, schmückten rechts und links den Hauseingang.

»Das muss der Hof von dem Matthiesen sein. Weißt du noch? Das ist der, der fast alle seine Felder an den Golfklub verkauft hat.«

»Ja, stimmt«, nickte Angermüller und sah sich um. »Vielleicht sollten wir hier mal nach dem Weg zu diesem Graswurzelhof fragen?«

Gerade war Angermüller aus dem Wagen gestiegen, da bog ein zitronengelbes Cabriolet um die Ecke auf das Grundstück. Der Fahrer hielt direkt neben ihm.

»Darf ich fragen, was Sie bei uns auf dem Hof zu suchen haben?«

Der vielleicht 70-jährige Mann schlug einen ziemlich unfreundlichen Ton an, und die etwa gleichaltrige Frau neben ihm warf misstrauische Blicke auf Angermüller.

»Guten Tag«, antwortete dieser höflich. »Ich wollte gerade im Haus nach dem Weg zum Graswurzelhof fragen. Aber vielleicht können Sie mir ja auch freundlicherweise weiterhelfen?«

»Ach, zu denen wollen Sie.«

Offensichtlich war Angermüllers Erklärung nicht dazu angetan, bei den beiden im Cabrio Vertrauen aufzubauen. Im Gegenteil. Auch der Mann musterte ihn argwöhnisch von oben bis unten, bevor er sich entschloss, die gewünschte Auskunft zu geben.

»Ich hab denen schon ein paar Mal gesagt, sie sollen endlich das Schild erneuern, das neulich einer umgefahren hat. Die kommen einfach nicht in die Pötte, diese Drön-büddels.« Verärgert schüttelte er den Kopf.

»Und wie kommen wir nun dahin?«

»Von hier aus gesehen gleich rechts neben unserer Einfahrt geht so ein unbefestigter Weg ab. Wenn Sie den lang-fahren, kommen Sie direkt hin.«

»Vielen Dank.«

Angermüller wollte wieder einsteigen.

»Und was wollen Sie da, wenn ich fragen darf?«

Kurz überlegte der Kriminalhauptkommissar, wie er mit dieser neugierigen Frage umgehen sollte. Doch schließlich dachte er, wer weiß, wozu es gut ist, und zog seinen Dienstausweis mit einer entsprechenden Erklärung aus der Hosentasche.

»Oha«, machte der Mann beeindruckt. »Dann kommen Sie wegen der Leiche vom Golfplatz, stimmt's?«

Ein gewisser Respekt klang plötzlich in seinem Tonfall. Er öffnete die Autotür und hievte sich aus dem recht niedrigen Sitz.

»Woher wissen Sie davon?«

»Hat mir der Therhagen heute Morgen erzählt. Haben da wohl unsere Nachbarn was mit zu tun?«

Inzwischen war auch Jansen ausgestiegen und grüßte den Hofbesitzer mit einer sparsamen Kopfbewegung.

»Sie sind Herr Matthiesen?«, fragte Angermüller statt einer Antwort.

»Björn-Ole Matthiesen, das stimmt, und das ist meine Frau Reinhild.«

Die große Frau, in enger weißer Hose und schwarzem T-Shirt mit glitzernder Paillettenstickerei, hatte sich zu ihrem Mann gesellt und nickte den Beamten mit einem affektierten Lächeln zu.

»Wir waren gerade auf dem Weg zum Timmendorfer Strand, Kaffee trinken. Aber ich hab meine Sonnenbrille vergessen.«

Sie lachte ein wenig unsicher, bevor sie sich erkundigte: »Gibt es denn schon etwas Neues?«

Ihr nettes Großmuttergesicht unter der honigblond gefärbten Dauerwelle wollte nicht so recht zu ihrem jugendlich herausgeputzten Äußeren passen. Sie sah gespannt zu den Kommissaren, jedoch ging Angermüller nicht auf ihre Frage ein.

»Wie ist denn so das Verhältnis zu Ihren nächsten Nachbarn? Haben Sie guten Kontakt zu den Leuten vom Graswurzelhof?«

»Och, was soll ich dazu sagen?« Die Frau überlegte. »Viel haben wir ja nich miteinander zu tun. Erst seit Lisamarie öfter bei uns ist, weil die Kinder zusammen spielen, da seh ich Frau Langhusen manchmal. Aber sonst ...« Sie sah Hilfe suchend zu ihrem Mann. »Was meinst du, Björn-Ole?«

»Wie meine Frau sacht, so viel haben wir nich mit denen zu tun. Außer in letzter Zeit durch unsere Enkelin. Aber dat is man auch gar nich so einfach. Da sind ja immer wieder andere Leute auf dem Hof bei denen. Groß Kontakt haben wir eigentlich nich, und mit Namen kenn ich nur den Bauern, den Henning Langhusen«, Matthiesen zuckte mit der Schulter. »Na ja, is eben ein Biohof.«

»Was heißt das?«, hinterfragte Angermüller diese eigentümliche Feststellung.

»Na, die spritzen nich, das Unkraut wuchert, die Erträge sind gering. Die krepeln so vor sich hin. Ich mein', faul sind die nich, aber leben können die nur mit den Subventionen, die sie vom Staat kriegen. Bin froh, dass wir unsern Betrieb nich mehr haben. Ständig haben die sich beschwert, unsere

Pflanzenschutzmittel würden ihre Felder verunreinigen. Dabei ist das ganze Unkraut von denen zu uns gekommen. Und dann haben die immer wieder andere Leute auf dem Hof arbeiten, und manche von denen sind wirklich nich ganz dicht, da musst ja Angst haben, dat die sonst was anstellen.«

»Mein Mann meint diese behinderten Menschen, die auf dem Hof betreut werden«, erklärte Frau Matthiesen mit einem begütigenden Lächeln. »Das ist wirklich bewundernswert, was die Langhusens da machen, denn dat is ja man nich so einfach mit solchen Leuten. Und dann ist da oft dieser Lärm. So laute Krawallmusik, wissen Sie. Da haben wir auch schon mal wegen Ruhestörung die Polizei holen müssen.«

»Aus Sorge um unsere Tiere haben wir früher auch das Veterinäramt in Eutin manchmal benachrichtigt. Und jetzt muss man da immer noch ein Auge drauf haben. Schließlich verkaufen die ja die Milch und das Fleisch, und man weiß doch nie, wat diese unkontrolliert gehaltenen Viecher, die immer im Freien rumstehen, für Krankheiten mit sich rumschleppen.«

»Na ja«, Frau Matthiesen tätschelte ihrem Mann, der sich in Rage geredet hatte, besänftigend die Hand und versuchte, ein wenig einzulenken. »Aber die Bäuerin, die ist ganz in Ordnung. Es stimmt zwar, wie mein Mann schon erwähnt hat, so sauber ist das da nich. Ich sach dem Kind immer, sie soll dort lieber nichts essen. Aber Lisamarie, die spielt doch so gern mit der Thea, dat ist die Kleine von den Langhusens, und da mach man das doch auch nich verbieten, oder? Und die Frau Langhusen, das is eine sehr fleißige Person. Die arbeitet von morgens bis abends. Sie is eben nich grade pütscherig. Aber jeder, wie er kann, sach ich immer.«

Sie lachte ein wenig geziert. Angermüller und Jansen verzogen keine Miene, und der Hauptkommissar fragte stattdessen: »Kennen Sie einen Kurt Staroske?«

Herr und Frau Matthiesen verneinten. Auch bei dem Foto von Staroske und den beiden kleinen Mädchen musste der Mann passen.

»Doch, den kenn ich!«, sagte seine Frau hingegen aufgeregt. »Der hat manchmal mit den Kindern Ball gespielt, wenn wir Lisamarie abgeholt haben. Er is immer so'n beten schnuddelig. Aber Lisamarie erzählt von dem ganz begeistert. Dat ist doch der, der manchmal den Clown macht für die Kinder! Zu mir ist er auch immer sehr freundlich, das muss ich sagen. Und du kennst den auch, Björn-Ole!«, stellte sie mit Überzeugung fest.

Sie hielt ihrem Mann das Foto von Kurt Staroske erneut unter die Nase.

»Dummtüch. Wo soll ich den denn her kennen?«

»Erst mal hast du den auch auf dem Hof gesehen und dann is dat auch der, mit dem du neulich Ärger hattest. Der so ausverschämt zu dir war, wie du erzählt hast! Is noch gar nich so lange her.«

Sie schien sich völlig sicher, dass sie recht hatte.

»Weißt du denn nich mehr, Björn-Ole?«

Matthiesen schaute auf das Bild.

»Ach so, der ist dat. Den hätt ich jetzt nich erkannt.«

»Aber du hast den doch öfter mal gesehen!«

»Öfter, öfter«, brummte ihr Mann unwillig, »vielleicht zwei, drei Mal bin ich dem begegnet.«

»Was hatten Sie denn mit Kurt Staroske zu tun?«

»Gor nix.«

Frau Matthiesen warf genervte Blicke zum Himmel über diese Aussage. » Du hast doch erzählt, als du neulich hier im Hof das Auto gewaschen hast, da is der mit seinem Trecker so ganz nah an unserem Zaun längs gefahren, und ziemlich schnell«, sie wandte sich an die Kommissare. »Und da hat mein Mann ihn zur Rede gestellt. Schließlich is der Zaun teuer, und außerdem könnten ja auch Kinder da auf dem Weg spielen. Aber das wollte der wohl nich einsehen und hat dann meinen Mann beschimpft. So war dat doch, oder, Björn-Ole?«

Herr Matthiesen schwieg.

»Hatten Sie öfter Ärger mit dem Mann?«, hakte Jansen nach.

»Wat heißt Ärger? Den Wegweiser zum Biohof hat der umgefahren und frech behauptet, ich wär schuld gewesen, weil ich gerade aus meiner Einfahrt kam.«

»War noch etwas?«

»Wat noch, wat noch«, entrüstete sich Matthiesen. »Dat weiß ich nich mehr, wat da noch mit dem war. Nur, dass der Kerl ein Obertüffel is.«

»Was ist denn eigentlich mit dem?«, mischte sich Frau Matthiesen mit nicht zu verbergender Wissbegier ein.

»Der Mann ist tot.«

Bei dieser Auskunft zuckten die beiden regelrecht zusammen.

»Dann is dat wohl der …?«, ließ Matthiesen seine Frage unvollendet.

Nachdem die Beamten seine Vermutung bestätigt hatten, stellte seine Frau völlig überwältigt fest: »Is das denn zu glauben?« Sie sah bestürzt zu den Kommissaren. »Einer von unsern Nachbarn is dat! Stell dir mal vor, Björn-Ole! Oh nein, wie schrecklich!«

»Oha«, sagte ihr Mann.

Jansen lenkte den Passat in flottem Tempo über die unbefestigte Zufahrt, sodass sie eine riesige Staubwolke hinter sich aufwirbelten. Sie gelangten zu einem an einer Seite offenen Ensemble aus mehreren kleinen Reetdachhäusern, in der Mitte einem großen Bauernhaus mit Solarzellen auf dem Dach, daneben und dahinter Stallgebäuden und Scheunen. Blumen blühten vor den Häusern, ein paar Hühner liefen gackernd davon, und die gefleckten Schweine, die träge in einer schattigen Ecke ihres Kobens lagen, hoben aufmerksam die Köpfe. Neben dem Misthaufen stand ein Fahnenmast, an dem eine große Flagge mit dem Anti-Atomkraft-Emblem wehte.

Sie stellten den Wagen im Schatten einer Scheune ab und gingen von einem Gebäude zum anderen. Als sie sich dem großen Haus näherten, tauchte aus seiner reetgedeckten Hütte ein schwarzer Hund auf, der sie aufmerksam beäugte und ein tiefes Bellen von sich gab.

»Scheint niemand zu Hause zu sein«, vermutete Jansen. »Zum Glück ist das Untier angeleint.«

Der Hund behielt sie weiter im Blick, hörte jedoch auf zu bellen, als sie den Umkreis des Bauernhauses wieder verließen. Aus dem Stall war das Muhen einer Kuh zu hören. Die Beamten blieben am Schweinekoben stehen, wo sie von Fliegen umschwirrt wurden. Die Schweine erhoben sich, und einige kamen neugierig angetrabt.

»Boah, Jungs. Ihr hättet auch ma wieder duschen können«, meinte Jansen, während Angermüller eines der Tiere am Kopf streichelte.

»Täusch dich mal nicht, die Schweine sind sauberer, als du denkst. Und wenn ich mich nicht irre, ist das eine ganz alte Rasse, mit besonders schmackhaftem Fleisch.«

»Du denkst auch immer nur ans Essen, Georg, tss«,

machte Jansen tadelnd. »Hörst du die Musik? Dat kommt von dort hinter der Kate, glaube ich.«

Sie gingen quer über den Hof und umrundeten eines der kleinen Häuschen. In schlechter Qualität, dafür umso lauter, schallte irgendein Heavy-Metal-Musikstück aus einer Box, die in einem der Fenster stand, in den verwilderten Garten hinaus. Ein Mann in einem schwarzen Trägerhemd saß, mit dem Rücken zu ihnen, rauchend an einem Tisch im Schatten der Obstbäume, hatte eine E-Gitarre auf den Knien und bewegte seinen Kopf im Rhythmus der Musik. Als die Beamten plötzlich vor ihm standen und grüßten, schaute er erstaunt auf.

»Tach«, sagte er nur, »is wat?«

»Sind Sie Herr Langhusen?«

»Nee.«

Er fixierte Angermüller und Jansen und nahm einen tiefen Zug aus seiner Zigarette.

»Wissen Sie, wo wir ihn finden können?«

»Nee.«

Der Mann hatte ziemlich langes, dünnes Haar, das zwischen Blond und Weiß changierte, und ein Gesicht, das nur aus Falten zu bestehen schien. Er war sehr schlank, fast dürr. Seine langen Beine steckten in einer hautengen, schwarzen Lederhose. Angermüller betrachtete ihn fasziniert – den großen Ohrring in seinem linken Ohrläppchen, die wilden Tattoos auf seinen Armen, die Sammlung von schweren Ringen an beiden Händen. Ob der Typ so alt war, wie er aussah, oder hatte er einfach zu vieles im Leben ausprobiert? Jansen dauerte das alles schon wieder viel zu lange.

»Wohnen Sie hier?«

»Sieht man das nicht?«

»Können Sie vielleicht mal die Musik leiser machen? Wir haben ein paar Fragen.«

»Peggy!«, schrie der Dünne nach drinnen, und als nichts geschah, noch einmal: »Peggy, Mann!«

Der Kopf einer Frau tauchte im Fenster neben der Box auf. Wilde schwarze Locken umgaben ihr blasses Gesicht.

»Was ist denn los?«

»Mach ma leiser. Die Bullerei ist da!«, rief er ihr zu. »Ihr seid doch Bullen, oder?«

Angermüller und Jansen reagierten darauf nicht.

»Hat Sie der Spießer von nebenan mal wieder geschickt? Stören wir seine Sonntagsruhe?«, fragte die Schwarzhaarige spöttisch, bevor sie sich bequemte, die Musik leiser zu stellen. Gleich darauf kam sie aus dem Haus, brachte ein Päckchen Tabak und Zigarettenpapier mit und setzte sich an den Tisch. Aus der Thermoskanne, die schon etliche Jahre auf dem Buckel zu haben schien und nicht gerade appetitlich aussah, goss sie sich einen Kaffee in eine ebensolche Tasse.

»Wir sind von der Kripo Lübeck, Jansen, Angermüller. Sie wohnen auch hier, Frau …?«

»Stein, Peggy Stein«, antwortete sie mit einem Seitenblick auf ihren Partner.

Da man ihnen wohl keinen Platz anbieten würde, nahmen sich die Kommissare jeder einen der roten Gartenstühle, deren Holz auch schon lange ein neuer Anstrich gutgetan hätte, und setzten sich zu den beiden an den Tisch.

»Und Ihr Name?«

»Wieso mein Name?«, murrte der Langhaarige. »Kann ja nich jeder einfach so ankommen und nach meinem Namen fragen.«

»Holger Andresen«, sagte die Frau und versetzte ihm einen leichten Knuff gegen den Arm. »Nun mach nich einen auf wilden Mann, Holgi. Worum geht es denn?«, fragte sie mit einem zuckersüßen Lächeln.

»Es geht um ihren Mitbewohner Kurt Staroske.«

»Aha«, machte Peggy Stein, deren Gesicht, aus der Nähe gesehen, mit dem reichlich aufgetragenen hellen Make-up einer Maske glich. Die Augen waren schwarz umrandet und die Lippen mit dunklem Lippenstift geschminkt. Ihre Stimme war tief und ein wenig heiser. Auch sie trug Schwarz, T-Shirt und Jeans, was ihre Haut, die offenbar so gut wie nie die Sonne sah, noch weißer wirken ließ.

»Und was wollen Sie von dem?«, fragte sie beiläufig, während sie sich mit geübten Fingern eine Zigarette drehte und zu Holger Andresen schaute.

»Uns würde interessieren, wann Sie Herrn Staroske das letzte Mal gesehen haben«, meinte Angermüller.

»Keine Ahnung«, wieder sah Peggy zu ihrem Partner. »Letzte Woche irgendwann?«

Sie machte ein ratloses Gesicht und fuhr mit der Zunge am Papier des frisch gedrehten Glimmstängels entlang. Wahrscheinlich ist sie ein bisschen jünger als der Mann, dachte Angermüller, aber bestimmt schon Ende 50. Er sah auf ihre Hände. Sie waren faltig und voller Pigmentflecken und zitterten ein wenig.

»Wann genau?«, fragte er nach.

»Weiß ich nicht mehr, tut mir leid«, sagte sie entschuldigend und zündete sich ihre Zigarette an. »Vielleicht fragen Sie besser die Langhusens nach Kurt. Die sind wahrscheinlich zum Strand, aber zum Tee sind sie bestimmt zurück.«

Holger Andresen gab sich weniger umgänglich, als sich die Kommissare an ihn wandten.

»Hören Sie, ich weiß auch nicht, wann ich den zuletzt gesehen habe. Ist auf jeden Fall ein paar Tage her. Kann nicht sagen, dass mir deshalb was fehlt.«

»Holgi«, wies ihn seine Partnerin leise mahnend zurecht. Doch er schob patzig nach: »War's das dann? Wir haben zu tun.«

»Sie arbeiten hier auf dem Hof?«, wollte Jansen wissen.

»Seh ich so aus?« Der Mann schüttelte abfällig den Kopf. »Ich wohne hier, wie Sie ja sehr scharfsinnig festgestellt haben. Ich bin Musiker.«

»Und Sie?«

»Ich mache auch Musik. Und ab und zu geh ich in Lübeck jobben, in einem Klamottenladen«, erklärte Peggy brav.

»Kurt Staroske ist tot«, teilte Jansen etwas unvermittelt mit.

Peggy sah erst die Kommissare, dann Holger Andresen mit großen Augen an und zog kräftig an ihrer Zigarette. Ansonsten blieb sie stumm.

»Ach nee«, sagte Andresen ohne erkennbare Gemütsregung, während er mit heftigen Bewegungen seine Kippe auf einem Unterteller ausdrückte.

»Sie können uns also nicht genauer sagen, wann Sie ihren Mitbewohner das letzte Mal lebend gesehen haben?«

Die Frau guckte zu Boden und zuckte nur hilflos mit den Schultern.

»Mitbewohner?«, wiederholte Andresen und schüttelte seine langen, dünnen Haare. »Der hat nebenan im großen Haus gewohnt. Wir hatten mit dem nich viel zu tun.«

»Ach so?«, meinte Angermüller verwundert. »Ich dachte, Sie sind hier so eine Art WG oder Hofgemeinschaft.«

»Das is schon ewig her. Ach ja, die Landkommune, die gab es hier mal, bevor wir damals in den 80ern mit der Band hierher gekommen sind ...«

»Metal Shields«, sagte Jansen plötzlich.

»Stimmt, Mann«, antwortete Holger Andresen und betrachtete interessiert den Kommissar.

»Wacken, Mitte der 90er, da war ich jedes Mal«, erzählte Jansen und wirkte auf einmal ziemlich begeistert, »und die Metal Shields, die traten dort immer auf. Die lebten damals auf einem Bauernhof an der Lübecker Bucht. Und da waren Sie dabei?«

»Ich bin der Bassist.«

»Das is ja 'n Ding.«

Grinsend registrierte der Musiker den Respekt, der auf einmal aus den Worten des Polizisten herauszuhören war. Er griff sich Tabak und Papier. Angermüller hatte keine Ahnung, worüber die beiden redeten, aber sein Kollege schien richtig beeindruckt.

»Die Band gibt's schon lange nicht mehr«, erläuterte Andresen plötzlich ganz aufgeräumt und drehte sich eine neue Zigarette. »Schade. Irgendwann hat das nicht mehr funktioniert zwischen uns, das Persönliche. Wahrscheinlich war das einfach too much, zusammen leben und arbeiten. Zum Schluss sind wir uns ständig auf den Keks gegangen, und schließlich is der ganze Laden auseinandergeflogen. Na ja, dann haben die Langhusens den Hof übernommen, und jetzt sind wir so ein richtiger Biobauernhof.«

Es war Holger Andresen anzumerken, dass er davon nicht allzu viel zu halten schien.

»Die Nachbarn glauben allerdings immer noch, hier wäre so eine Art Hippieparadies.« Er lachte höhnisch.

»Und mit Kurt Staroske hatten Sie nicht viel Kontakt?«, griff Angermüller das ursprüngliche Thema wieder auf.

»Nee, wir sind uns meistens eher zufällig über den Weg gelaufen. So lange hat der ja auch noch gar nicht hier gewohnt, paar Monate, oder, Peggy?«

Mit einem leichten Kopfnicken signalisierte die Frau ihre Zustimmung.

»Außerdem war das 'ne echte Nervensäge, der Mann. Der konnte sabbeln ohne Ende«, fügte Andresen hinzu und griff sich das Feuerzeug.

»Woran isser denn gestorben?«, fragte er, während er eine erste Rauchwolke in die Luft blies.

»Jemand hat ihn umgebracht«, sagte Jansen.

»Echt?«

Holger Andresen pfiff durch die Zähne.

»Ja, gestern wurde er ermordet auf dem Golfplatz gefunden.«

Peggy Steins Augen wurden immer größer.

»Wusste gar nicht, dass Kurt Golf spielt«, kommentierte der Musiker.

# KAPITEL IV

Jansen verzierte den Berg goldgelber Pommes frites auf seinem Teller mit einem satten Klecks Ketchup aus der roten Plastikflasche, griff sich die Gabel, spießte fünf, sechs Kartoffelstücke darauf und ließ sie mit einem Biss in seinem Mund verschwinden. Er war wieder einmal von dem typischen Hungergefühl überfallen worden, das sofort bekämpft werden musste, da er sonst absolut unleidlich wurde und zu nichts mehr zu gebrauchen war. Zum wiederholten Male fragte sich Angermüller, wie sein Kollege so schlank und rank bleiben konnte, bei den Mengen an Fast Food, die er regelmäßig in sich hineinschaufelte.

Sie saßen an der Strandallee in Haffkrug vor einem Mittelding aus Imbissbude und Café unterm Sonnenschirm. Angermüller hatte zum Glück ein paar Häuser weiter ein ganz ordentliches Brötchen mit Räuchermakrele erstehen können, da weder Pommes, Boulette, Hamburger oder sonst eine der hier angebotenen Fix-und-Fertig-Spezialitäten seinen Vorstellungen von gutem Essen entsprachen. Vom Strand hinter dem gepflasterten Deich auf der anderen Straßenseite schallten die Geräusche des Badebetriebes herüber, und ständig kamen triefnasse Kinder angerannt und standen für Eis, Süßwaren und Cola an. Auch Jansen hatte ein großes Glas der eiskalten Brause bestellt und nahm gerade einen kräftigen Schluck.

»Ah, dat is gut. Geht mir schon wieder besser«, grinste er sichtlich zufrieden.

»Claus, vielleicht bin ich ja ein bisschen hinterm Mond, aber erklär mir doch bitte: Was ist Wacken?«, fragte Angermüller.

»Wacken Open Air, dat ist das geilste und größte Heavy Metal Festival der Welt«, sagte Jansen und schob sich eine neue Ladung Pommes in den Mund.

»Und da bist du schon gewesen?«

Claus Jansen nickte und sah trotz seines vollen Mundes ziemlich stolz aus.

»Aha«, machte Angermüller. Schon wieder versetzte ihn einer seiner langjährigen Kollegen mit seinem Leben außerhalb des Dienstes in Erstaunen.

»Is schon lange her. Ich war da noch 'n richtiger Milchzahn um die 20, mit so 'ner langen Matte! Ich war jedes Jahr da. Wacken ist ein ganz kleines Kaff oben bei Itzehoe, und immer im August ist da drei Tage die Hölle los. Metalfans aus aller Welt kommen dorthin. Zehntausende! Dat kannst du dir nicht vorstellen, dat ist unglaublich, wat da abgeht!«

»Und warum fährst du nicht mehr hin?«

»Weiß nich. Is einfach nicht mehr mein Ding.«

Gedankenverloren piekte Jansen mit seiner Gabel nach weiteren frittierten Kartoffelstückchen.

»Aber die Musik von damals, die finde ich immer noch gut«, sinnierte er mit einem nach innen gekehrten Lächeln.

»Und dieser Holger Andresen ist mit seiner Band dort aufgetreten?«

»Ja, irre irgendwie! Die Metal Shields waren zu der Zeit ganz schön bekannt in Deutschland. Ich fand die richtig gut. Und mit einem Mal hat man von denen nichts mehr gehört. Irgendwann hab ich mitgekriegt, dat die sich getrennt haben.«

»Und gehörte Peggy Stein auch zu dieser Band?«

Jansen schüttelte den Kopf. »Nee. Frauen sind sowieso eher selten bei Heavy Metal, und bei den Metal Shields waren, so weit ich weiß, nie Frauen dabei«, er unterbrach sich. »Aber diese Peggy – hast du gesehen, wie sie ständig geschaut hat, wat ihr Holgi macht, wie er reagiert, wat er sagt?«

Sorgfältig wischte sich Angermüller mit einer Papierserviette Mund und Finger ab. Er hatte sein Mahl beendet und trank von seiner Apfelschorle.

»Ja, das ist mir auch aufgefallen«, stimmte er nachdenklich zu. »Entweder, der Typ hat die völlig unter Kontrolle, und sie traut sich nicht, selbstständig auch nur Piep zu sagen, oder sie weiß was und wollte damit nicht herausrücken.«

Erst den Teller hinstellen, eine zum Dreieck gefaltete Serviette darauflegen und danach eine Kuchengabel, schräg von rechts unten nach links oben platzieren. Mit freudigem Eifer richtete Thea den Tisch im Garten her, gemeinsam mit Lisamarie und Svenja, die sich von ihren mit großer Ernsthaftigkeit vorgebrachten Anordnungen ohne Zögern leiten ließen. Dominik trabte eifrig hinter den dreien her, wiederholte alles, was Thea sagte, und gab die ihm eigenen, manchmal zum Kringeln witzigen Kommentare von sich.

»Du machst das ganz toll, Svenja, und du auch, Lisamarie! Mit euch macht das Tischdecken richtig Spaß«, lächelte Thea den anderen fröhlich zu.

»Kommt, wir holen den Kuchen und den Saft aus der Küche. Die heiße Teekanne lassen wir lieber Mama tragen.«

Gesche, die gerade den Tee aufgoss, musste lächeln. Wie verständig, ja therapeutisch, ihre Kleine mit den anderen umging, die doch alle älter waren als sie selbst. Aber was sollte sie auch anderes tun? Sie war von klein auf gewöhnt, dass da Leute mit auf dem Hof lebten, die spezieller Zuwendung bedurften und vielleicht nicht so schnell und umsichtig wie andere handeln konnten. Ganz selbstverständlich nahm sie Rücksicht auf die erwachsene Svenja, die manchmal nicht verstand, was falsch oder richtig war, weil sie das Verhalten ihres Gegenübers nicht deuten konnte, und die aus dem Tritt kam, sobald etwas nicht in der gewohnten, geübten Weise ablief. Ebenso achtete sie auf Dominik, den kleinen Mann mit Downsyndrom, der bereits seit fünf Jahren bei ihnen lebte und der sich für Thea mindestens so verantwortlich fühlte wie sie sich für ihn.

Und ihre Ferienfreundin Lisamarie, die zwar alles über die Stars aus dem Fernsehen wusste, aber selbst etwas tollpatschig und träge war, ließ sich von Thea zu ungeahnten körperlichen Leistungen hinreißen. Thea, dieses Kind, war ein Glück, ein spätes und unerwartetes Glück. Eigentlich hatten Gesche und Henning nach Mickis Geburt vor 19 Jahren keine weiteren Kinder geplant. Doch dann war diese Schwangerschaft passiert, und mittlerweile konnten sich beide ein Leben ohne ihre Tochter nicht mehr vorstellen.

»Mama, sollen wir für alle Fälle wieder ein paar Gedecke mehr auf den Tisch stellen?«, fragte Thea, als sie mit den beiden anderen in die Küche kam. »Vielleicht so zwei oder drei? Falls Peggy und Holger oder Kurt auch mittrinken wollen? Man kann ja nie wissen.«

»Ja, das stimmt. Macht das man ruhig.«

Gesche beobachtete mit Skepsis, wie Lisamarie nach der Platte mit der luftig aufgetürmten Friesentorte griff, um sie nach draußen zu bringen.

»Lisamarie, kriegst du das …?«

Doch als sie Theas beruhigendes Nicken sah, sagte sie nichts mehr, denn sie selbst hatte ihrer Tochter beigebracht, dass man jedem erst einmal alle Fähigkeiten zutrauen und ihn selbst versuchen lassen sollte.

Henning war nicht auf dem Hof gewesen, als sie vom Strand zurückgekommen waren. Sie hatte einen Blick in den Stall geworfen, die Kuh hatte noch nicht gekalbt. Demnach musste er erneut aufgebrochen sein, denn der Wagen war nicht da. Vielleicht war er irgendwo in den Wald zum Laufen gefahren. Vor drei Jahren hatte er das Joggen für sich entdeckt. Es war für ihn genau das Richtige, um abzuschalten, frei im Kopf zu werden, seine Art von Meditation. Und wenn er gestresst war, ihn etwas belastete, erhöhte er automatisch sein Laufpensum. So wie in dieser Woche, in der er bereits dreimal laufen war, und jetzt anscheinend wieder.

»Jonas!«, rief sie nach oben. »Tee trinken! Kommst du?«

Kurz darauf saßen sie um den langen Holztisch und taten sich an der Friesentorte gütlich, die hauptsächlich aus Sahne, Pflaumenmus und Blätterteig bestand und die im Hause Langhusen äußerst beliebt war. Das Rezept dazu hatte Gesche von ihrer Tante Birthe, die auf Sylt wohnte und bei der sie als Kind oft die Ferien verbracht hatte.

Tilde hatte die Einladung zum Tee ausgeschlagen, da sie für ihre erste Ausstellung in der neuen Heimat noch eine Menge vorzubereiten hatte. Dennoch war Gesche zufrieden, der Anfang war gemacht, und sie sah freudig gespannt einer intensiven, nachbarschaftlichen Beziehung mit der Malerin entgegen. Endlich eine Frau auf dem Hof, mit der sie hin und wieder ein gutes Gespräch führen konnte.

»So, Kinder, jetzt ist es aber erst mal gut mit der Friesentorte! Andere wollen vielleicht auch was abhaben. Hier gibt's noch Kirschkuchen von gestern, der schmeckt auch lecker.«

Die jungen Leute ließen sich das nicht zweimal sagen, und im Nu war der Rest auf die Teller verteilt. Wohlig streckte sich Gesche in ihrem Gartenstuhl und genoss die lebhafte Runde um sich herum. Im Schatten der alten Obstbäume ließ es sich gut aushalten. Sie sah zu ihrem Blumengarten, in dem blauer Rittersporn neben zartem Islandmohn stand, gelbe Margeriten und weißer Phlox wucherten und am Zaun Stockrosen von rosa bis violett blühten. Die Beerensträucher und der Gemüsegarten schlossen sich an, alles grün und üppig, eine Sommeridylle wie aus dem Bilderbuch. Natürlich war diese Idylle nicht von selbst gewachsen. In all den Dingen steckte eine Menge Arbeit, denn das Leben auf dem Hof war vor allem Arbeit – trotzdem hätte Gesche auf keinen Fall mehr mit ihrem früheren Städterdasein tauschen mögen. Als sie ein Motorengeräusch hörte, dachte sie, Henning käme endlich zum Tee, und war etwas erstaunt, weil zwei ihr unbekannte Männer um die Ecke bogen. Weitaus erstaunter war sie, nachdem sich beide als Kriminalbeamte vorgestellt hatten. Nero, der friedlich neben der Kaffeetafel gedöst hatte, erhob sich und gab ein kurzes, tiefes Bellen von sich, wie um seiner Pflicht als Wachhund Genüge zu tun.

»Können wir uns vielleicht irgendwo ungestört unterhalten, Frau Langhusen?«, fragte der Große mit den dunklen Locken, der ihr irgendwie bekannt vorkam. »Es geht um Ihren Mitbewohner Kurt Staroske.«

Thea schaute mit großen Augen zu den Polizisten, und auch die anderen am Tisch musterten die beiden neugierig. Der Hund trottete auf sie zu und schnüffelte an ihren Schuhen.

»Ich kenn euch nicht«, stellte Dominik fest und zeigte mit der Kuchengabel auf Angermüller und Jansen. »Ihr seid noch nie auf dem Hof gewesen! Was wollt ihr?«

»Das erzähl ich dir später. Dominik, du sorgst bitte dafür, dass das gebrauchte Geschirr abgeräumt wird, wenn ihr fertig seid. Und stellt den Kuchen in den Kühlschrank. Wer weiß, wann Henning kommt«, ordnete Gesche an und ging mit den Beamten weiter nach hinten in den Garten, wo in einer Ecke ein von Henning gebauter Pavillon aus Holz stand, in dem eine kleine Sitzgruppe untergebracht war.

»Was ist mit Kurt?«, fragte sie. »Der ist die ganze Woche weg gewesen. Ist ihm was passiert?«

»Wann genau haben Sie ihn denn das letzte Mal gesehen?«, fragte der jüngere Mann, den sie nie für einen Kriminalbeamten gehalten hätte, wäre er ihr auf der Straße begegnet. Sie fand sogar, dass er nicht einmal besonders vertrauenerweckend aussah, mit dem Allerweltsgesicht unter den struppigen, aschblonden Haaren, in seinen ausgewaschenen Jeans und dem labberigen T-Shirt. Aber vielleicht war das ja seine Freizeitkleidung, heute am Sonntag. Wieso kam die Polizei überhaupt an einem Sonntag wegen Kurt zu ihnen? Es musste etwas passiert sein!

»Ich glaube, das war am vorletzten Sonnabend, da hab ich ihn das letzte Mal gesehen. Aber jetzt sagen Sie mir bitte erst einmal, was passiert ist. Sie kommen doch nicht einfach so am Sonntagnachmittag hier vorbei. Dafür muss es einen wichtigen Grund geben!«

Die Polizisten wechselten einen Blick, dann sagte der, dessen Name, Angermüller, irgendwie süddeutsch klang und der auch so einen leichten Akzent hatte: »Kurt Staroske ist tot, Frau Langhusen. Gestern wurde er gefunden.«

»Oh mein Gott! Was, wie – was ist denn geschehen? Hatte Kurt einen Unfall?«

»Wir gehen davon aus, dass er getötet wurde.«

Erschrocken hielt sich Gesche eine Hand vor den Mund. »Was? Oh nein, wie entsetzlich!«

Der Neufundländer, der sich neben sie gelegt hatte, schaute erstaunt auf. Ziemlich laut waren ihr diese Worte entfahren, und sie sah sich nach den anderen um, die jedoch nicht auf sie geachtet hatten, da sie mit Tischabräumen beschäftigt waren.

»Entschuldigen Sie«, sagte sie zu den Beamten, während sie bemüht war, sich wieder zu fassen. »Was genau ist denn passiert?«

»Das können wir noch nicht sagen. Gefunden wurde Kurt Staroske auf dem Golfplatz.«

»Auf dem Golfplatz«, wiederholte sie mechanisch. In ihrem Kopf drehten sich die Gedanken. Auch wenn ihr Kurt als Person nicht sonderlich sympathisch gewesen war, die Vorstellung, dass ihn jemand getötet hatte, war einfach zu schrecklich. Und der Golfplatz lag hier nebenan. Aber was hatte Kurt dort gewollt?

»Herr Staroske hat bei Ihnen im Haus zur Untermiete gewohnt. Seit wann?«, unterbrach dieser Angermüller ihre wild durcheinander gehenden Überlegungen.

Gesche versuchte, sich zu konzentrieren. »Seit Anfang des Jahres hat Kurt bei uns gewohnt. Direkt zur Untermiete kann man nicht sagen. Henning hat Kurt irgendwann mitgebracht. Er hatte ihn im Biomarkt kennengelernt. Kurt hatte gerade seine Wohnung räumen müssen und keinen Cent in der Tasche. Und da hat mein Mann ihm angeboten, vorübergehend bei uns einzuziehen. Dafür sollte Kurt gelegentlich auf dem Hof mithelfen, und wenn er woanders Geld verdiente, einen Anteil in die Gemeinschaftskasse geben.«

»Kurt Staroske hatte doch eine feste Stelle in einem dieser Biomärkte Öko & Frisch?«

»So lange er bei uns gewohnt hat, war er dort nicht fix angestellt. Soweit ich weiß, haben sie ihn manchmal als Aushilfe beschäftigt, aber das Geld, das er da verdient hat, hat vorn und hinten nicht gereicht. Am besten erkundigen Sie sich in dem Laden selbst, die werden Ihnen genau sagen können, was er dort gemacht hat.«

»Uns hat jemand erzählt, er sei Geschäftsführer in einer der Filialen«, sagte der ältere der beiden Kommissare etwas erstaunt.

Ach ja, Kurt und seine Geschichten. Da hatte ihm offensichtlich mal wieder jemand aufs Wort geglaubt. Sie konnte sich fast denken, wer.

»Wissen Sie, der Kurt, der wusste sich anderen Leuten gegenüber immer ziemlich gut zu verkaufen. Erst nach einer Weile hat man gemerkt, dass vieles von dem, was er über sich erzählte, nur ein Teil der Wahrheit war. Haben Sie das von einer jungen Frau mit zwei Kindern, zwei kleinen Mädchen, dass er dort Geschäftsführer ist? Anke heißt sie.«

Der Beamte nickte. Gesche seufzte.

»Ich weiß nicht einmal den vollständigen Namen der Frau. Sie war seine Freundin, er hat oft bei ihr gewohnt und hat immer versucht, sie von uns fernzuhalten. Bestimmt hatte er Angst, dass wir ihr Bild von ihm geraderücken könnten, wenn sie mit uns spricht. Ich möchte nicht wissen, was er ihr alles über sich erzählt hat, was für ein toller Kerl er ist, was für einen tollen Job er hat und so …«

»Diese Anke hat uns gesagt, dass er demnächst mit ihr und den Kindern in eine neue Wohnung ziehen wollte.

Angeblich wollten sie sich zusammen selbstständig machen, mit einem Café oder so was.«

Gesche glaubte, nicht recht gehört zu haben.

»Das halte ich für absolute Fantasterei. Da war wahrscheinlich wieder der Wunsch der Vater des Gedankens.«

Sie sah die beiden Männer an.

»Kurt war Anfang 60. Er hatte keinen Pfennig Geld, im Gegenteil, einen Haufen Schulden hatte er. Und wenn er von sich erzählte, von früheren Zeiten, was glauben Sie, was für ein Held er da war. In Berlin hatte er in den 70ern mit einem Kollektiv den ersten Bioladen aufgemacht, natürlich war das ein Riesenerfolg. Angeblich hat er ihn später allein weitergeführt und viel, viel Geld verdient, und als er dazu keine Lust mehr hatte, ist er durch die Welt gereist. In Indien ist er hängengeblieben, war bei den Sannyasin, die rechte Hand von Bhagwan, so klang es jedenfalls. Danach hat er – natürlich erfolgreich – mehrere vegetarische Restaurants in den Staaten geführt, später auch in Deutschland. Keine Ahnung, was davon wirklich stimmte. Ich glaube fast, er wusste gar nicht mehr, wann er die Wahrheit sagte und wann er sie sich zurechtbog. Irgendwie kreiste er immer nur um sich selbst. Er war nicht bösartig, nein, das nicht, aber das Negative blendete er einfach aus, und in seiner ausufernden Fantasie wurde sein Leben zu einer einzigen Erfolgsgeschichte. Und diese junge Frau, alleinerziehend, zwei Kinder ...«

Gesche ließ den Satz unvollendet. Kurt war tot. Und auch wenn er auf seine Art ein Aufschneider, ja ein kleiner Hochstapler gewesen war, sie sich oft über seine Flunkereien, seine Unzuverlässigkeit geärgert hatte, von irgendjemandem umgebracht zu werden, das hatte er wirklich nicht verdient. Wahrscheinlich würden die Polizisten zu dem Schluss kommen, dass Kurt diese Anke nur ausgenutzt hatte.

Der dunkelhaarige Beamte nickte. Woher kannte sie ihn? Es musste irgendwas mit den Kindern zu tun haben. Dann wollte er wissen: »An dem Sonnabend, als Sie Staroske zum letzten Mal gesehen haben, wissen Sie, was er vorhatte? Hatte er Besuch, war er verabredet? Was hat er gemacht?«

Sie erinnerte sich, dass Kurt zur Mittagessenszeit auf dem Hof erschienen war. Er war einige Tage lang nicht da gewesen, wahrscheinlich hatte er sich wie üblich bei seiner Freundin aufgehalten, und sie hatte noch gedacht, wie er es stets so einzurichten wusste, dass er pünktlich zu den Mahlzeiten auftauchte, wo er doch sonst so ein wenig verlässlicher Mensch war.

»Ich weiß noch, dass ich am Nachmittag mit Thea und den anderen zum Baden gefahren bin. Kurt hatte mit uns zu Mittag gegessen. Wir waren wieder einmal eine große Runde an dem Sonnabend, auch Peggy und Holger waren da.«

»Ach, die essen auch mit bei Ihnen?«

»Hin und wieder. Wieso? Haben sie Ihnen was anderes erzählt?«, fragte Gesche erstaunt.

»Es klang so, als ob sie nur Nachbarn sind und sonst nichts mit Ihnen zu tun haben.«

Nein, diese beiden! Irgendwie ärgerte sich Gesche darüber, dass Peggy und Holger der Polizei gegenüber wieder so großspurig taten.

»Na ja, die beiden wohnen hier zu ganz bestimmten Bedingungen. Aber da kommt mein Mann, der kann Ihnen mehr darüber erzählen.«

Gesche stand auf und winkte Henning heran.

»Im Übrigen erinnere ich mich, dass Peggy und Holger nach dem Essen mit Kurt weggegangen sind.«

Ein schmaler Mann, dabei sehr muskulös und mit sonnenverbrannter Haut, kam durch den Garten zum Pavillon. Henning Langhusen war ein wenig kleiner als seine Frau. Er trug eine helle Turnhose und ein blaues, lose hängendes Trägerhemd. An den Füßen hatte er Laufschuhe. Angermüller stellte sich und Jansen vor, und Langhusen drückte ihnen die Hand, kurz und sehr kräftig, dabei schaute er jedem von ihnen ernst und forschend in die Augen. Der Kommissar schätzte ihn auf Ende 40, wohl ein paar Jahre älter als Gesche Langhusen.

»Es geht um Kurt«, sagte diese zu ihm. »Stell dir vor, er ist ermordet worden!«

Ihr war der Schock über die Nachricht immer noch anzumerken. Henning Langhusen blickte stumm von ihr zu den Beamten. Dann ließ er sich langsam neben seiner Frau auf der Bank nieder. Auch ihn schien ihre Mitteilung betroffen zu machen.

»Wie ist das passiert?«

»Das können wir noch nicht genau sagen. Er wurde gestern tot auf dem Golfplatz gefunden.«

Langhusen nickte bedächtig und fuhr sich mit der Hand durch die kurzen Haarstoppeln, die hauptsächlich schon grau waren, gemischt mit vereinzelten dunklen Stellen. Die beiden sehen aus, als seien sie an körperliche Arbeit gewöhnt, dachte Angermüller. Auch Gesche Langhusen hatte unter dem leichten Trägerkleid eine sehnige, athletische Figur und war tief gebräunt. Die Haut hatte sich rau und trocken angefühlt, als sie ihm zur Begrüßung die Hand gegeben hatte.

»Wann haben Sie Kurt Staroske das letzte Mal gesehen, Herr Langhusen?«

»Mmh, gute Frage«, der Bauer überlegte einen Moment. »War das am Sonnabend beim Mittagessen? Also, nicht gestern, sondern die Woche davor.« Er sah die Beamten an. »Ja, da muss es gewesen sein. Aber nur kurz. Ich musste mit Jonas wieder los. Wir waren den ganzen Tag bei der Heuernte.«

»Später ist er Ihnen nicht mehr begegnet? Und was er vorhatte an dem Tag, wissen Sie darüber vielleicht etwas?«, mischte sich Jansen ein.

»Tut mir leid, weder noch«, beschied ihn Langhusen. »Ich bin erst kurz vorm Abendessen wieder auf den Hof gekommen. Kurt hat hier ein Zimmer, und wenn er da war, hat er bei uns gegessen. Ansonsten geht oder ging er seiner eigenen Wege.«

»Ihre Frau sagte, er zahlte keine Miete, dafür sollte er sich an der Arbeit auf dem Hof beteiligen.«

»So war es gedacht, ja. Aber dieses Modell funktioniert im seltensten Fall. Auch unsere ›Altlasten‹ da drüben«, er zeigte auf die Kate von Peggy und Holger, »die wir damals vor zwölf Jahren mit dem Hof übernommen haben, genießen lebenslanges Wohnrecht gegen Mitarbeit, ist sogar vertraglich festgelegt«, er lachte kurz auf. »Wir waren ganz schön naiv mit unserer romantischen Vorstellung einer Hofgemeinschaft, in der alle Leute mithelfen wollen, durch biologische Landwirtschaft unsere kranke Erde zu retten und hochwertige Lebensmittel für die Menschheit zu produzieren. Und jeder nach seinen Fähigkeiten, jedem nach seinen Bedürfnissen. Na ja.« Er lachte wieder. »Ist schiefgegangen, das Experiment.«

»Aber Sie gehen erstaunlich locker damit um«, meinte Angermüller.

»Was soll ich sonst tun? Es ist, wie es ist, und ich habe festgestellt, wenn ich ständig dagegen anrenne, vergeude ich eine Menge Gedanken und Energie, die ich für wirklich wichtige Dinge brauche. Also betrachten wir Holger und Peggy als eines unserer Sozialprojekte. Hin und wieder fassen sie ja tatsächlich mit an, und wenn sie sich mal bei uns durchfuttern, macht uns das auch nicht arm.«

»Ich kann das leider nicht so leichtnehmen wie du«, widersprach seine Frau lebhaft. Ihr helles, halblanges Haar wirbelte herum, als sie sich ihrem Mann zuwandte. »Die greifen auch oft genug in die Gemeinschaftskasse, die zwei, aber was die dafür hineingelegt haben, kannst du an einer Hand abzählen. Mir geht dieses Schmarotzertum ziemlich gegen den Strich!«

»Ich weiß, du denkst immer noch, du kannst die Menschen ändern«, antwortete Henning Langhusen mit liebevollem Spott. »Aber ich gebe zu, weil du meist hier im Haus und im Garten bist, bekommst du natürlich mehr davon mit. Wenn ich öfter hier wäre, würde mich diese Abstaubermentalität sicher mehr nerven.«

»Und trotz dieser Erfahrungen haben Sie Kurt Staroske hier aufgenommen?«, fragte Angermüller nach.

»Es gehört zu unseren Prinzipien, Menschen zu unterstützen, wenn sie Probleme haben. Manche bewältigen aus eigener Kraft keinen geordneten Alltag, schaffen es einfach nicht, regelmäßig für ihren Lebensunterhalt zu arbeiten, sind überfordert mit den einfachsten Dingen des Lebens. Wir geben ihnen durch die Arbeit und das Leben hier ein wenig Begleitung, damit sie besser klarkommen. Ich gebe zu, Kurt passte nicht so ganz da hinein. Gut, finanzielle Schwierigkeiten, die hatte er. Aber ansonsten, dachte ich, wäre er ein fähiger Mann, hatte halt bisher nur Pech, kann ja jedem von uns passieren. Leider ist er, war er, wie auch immer, ein Schnacker – und ich bin auf ihn reingefallen.«

Langhusen machte eine Pause und richtete seinen klaren Blick auf die Beamten.

»Trotzdem tut es mir leid, dass er tot ist.«

Angermüller nickte. »Frau Langhusen, Sie haben gesagt, Kurt Staroske ist an jenem Samstag nach dem Essen mit den Musikern aus der Nachbarkate weggegangen. Kannten die drei sich gut?«

»Als einzige Raucher auf dem Hof haben sie sich bei ihren Zigarettenpausen vor der Tür schnell kennengelernt. Ab und zu sind die auch zusammen weggefahren, und manchmal war Kurt bei ihnen drüben. Mehr kann ich dazu nicht sagen.«

»Wissen Sie zufällig, was die drei an jenem Sonnabend vorhatten?«

»Das weiß ich leider nicht. Nur, dass sie ziemlich heftig diskutiert haben. Vielleicht ging es mal wieder ums Geld«, seufzte Frau Langhusen.

»Inwiefern?«

»Na ja, ich hab's ja nicht so genau mitbekommen, aber Geld war bei denen oft ein Thema. Manchmal haben sie von irgendwelchen Projekten fantasiert. Ich glaube, die haben sich öfters gegenseitig angepumpt, obwohl sie ja alle nichts haben, und dann gab's Diskussionen um die Rückzahlung.« Sie wandte sich an ihren Mann. »Übrigens hat Kurt seiner Freundin erzählt, dass er Geschäftsführer ist bei Öko & Frisch.«

Langhusen schüttelte den Kopf.

»Tja, rumspinnen, das konnte er. Vielleicht ist er irgendwann irgendwo Geschäftsführer gewesen. Er hat mal so was angedeutet. Aber im letzten halben Jahr war es bestimmt nicht.«

Angermüller deutete in Richtung der beiden Katen. »Die gehören auch zum Hof, nehme ich an. Wer wohnt da drüben?«

»Die Häuser sind wirklich und wahrhaftig vermietet, mit Vertrag und allem. Auch wir haben dazugelernt«, grinste Henning Langhusen.

»In der größeren wohnen Christos und Marianne Varelas. Marianne ist Krankenschwester und Christos ist früher LKW gefahren, jetzt hilft er hier auf dem Hof. Die kleine Kate ist seit Kurzem an eine Malerin vermietet. Sie heißt Matilde oder so. Wie noch mal genau, Gesche?«

»Tilde Brunkhorst heißt sie. Seit drei Monaten wohnt sie hier. Und es ist kaum zu glauben, heute haben wir zum ersten Mal ein gemütliches Pläuschchen halten können, waren zusammen am Strand. Irgendwie fehlt einem hier immer die Zeit«, meinte Gesche Langhusen mit einem entschuldigenden Lächeln.

»Wie viele Leute sind auf dem Hof normalerweise beschäftigt?«

»Das variiert immer ein bisschen«, antwortete der Hofbesitzer. »Christos ist fest dabei, dann haben wir noch zwei Auszubildende, meist auch Praktikanten. Und dann noch die Menschen in unserer Hofgemeinschaft, die Betreuung brauchen. Manche davon wohnen hier, andere sind aus der Umgebung und kommen nur zur Arbeit.«

»Wie sind die anderen Leute mit Kurt Staroske denn so klargekommen?«, wollte Angermüller von den beiden Langhusens wissen.

»Er war ja oft nicht da«, meinte die Frau. »Natürlich gab es hin und wieder Unmut, wenn er die Leute hat hängen lassen, denen er bei einer Arbeit helfen sollte, oder er hat jemanden angepumpt und dann nicht zurückgezahlt ... Aber Kurt war irgendwie immer gut drauf. Deshalb denke ich, er war nicht unbeliebt bei den anderen.«

Sie sah zu ihrem Mann.

»Das seh ich ähnlich. Er war unkompliziert, aber eben faul. Doch jetzt müssen Sie mich entschuldigen. Ich will noch schnell meinen Tee trinken, und dann muss ich in den Stall. Unsere Azubis machen Ferien, und die Praktikanten sind mit dem Melken noch etwas überfordert«, erklärte Langhusen.

»Darf ich noch eine Frage aus persönlichem Interesse stellen?«, bat der Kriminalhauptkommissar. »Haben Sie dem Graswurzelhof den Namen gegeben?«

»Ach, dieser Name! Nein, der stammt von unseren Vorgängern aus den revolutionären Jahren des letzten Jahrhunderts«, lächelte der Biobauer, »als man eine neue Gesellschaft schaffen wollte. Na ja, Sie wissen schon. Mit viel Idealismus haben die hier eine Landkommune gegründet und das Ganze Graswurzelhof genannt, um ihre großen Ziele zu dokumentieren. Leider sind sie aber mit ihren Ansprüchen kläglich an der menschlichen Natur gescheitert. Uns hat der Name gefallen, und letztendlich wollen ja auch wir die Welt verändern, nicht, Gesche?«, meinte Langhusen selbstironisch, während seine Frau eine amüsierte Grimasse schnitt.

»Ah ja, interessant«, sagte der Hauptkommissar. Jansen sah auf die Uhr.

»Ja, ich glaube, das war's so weit erst mal, oder, Claus?« Der hatte keine Einwände.

»Dann würden wir uns jetzt gern das Zimmer von Herrn Staroske anschauen.« Die Beamten erhoben sich.

»Jetzt weiß ich, woher ich Sie kenne!«, meinte die Bäuerin plötzlich, an Angermüller gerichtet, »Waldorfschule!«
Der schaute ein wenig verblüfft.

»Ich habe Sie auf irgendeinem Schulfest schon einmal gesehen!«

»Das kann sein. Ich bin zwar selten bei Schulveranstaltungen. Die Elternabende und das alles bestreitet meistens meine Frau«, sagte Angermüller und blinzelte etwas verlegen.

»Das kenne ich.«
Frau Langhusen warf einen Blick auf ihren Mann.

»Wie alt sind denn Ihre Kinder?«

»Die Zwillinge werden im September 14.«

»Ach, dann gehören die ja schon zu den Großen! Unsere Jüngste, die Thea, kommt nach den Ferien erst in die vierte Klasse. Na ja, vielleicht treffen wir uns mal wieder bei einem Schulfest.«

»Durchaus möglich«, nickte der Kommissar. »Könnten Sie uns jetzt bitte das Zimmer von Herrn Staroske zeigen, Frau Langhusen?«

Das Zimmer lag im Erdgeschoss, liebevoll eingerichtet mit alten Bauernmöbeln, einem bunten Flickenteppich auf den gewachsten Dielen, an den Fenstern Blaudruckvorhänge – eigentlich ein recht geräumiger, wohnlicher Raum. In dem offenen Regal neben dem Bett stand eine kleine Statue des indischen Elefantengottes Ganesha, daneben ein offener Waschbeutel und ein paar Kerzenstummel. Postkarten und einige aufgerissene Briefe steckten in einem Kästchen zwischen einem Packen Fotos. Über viel Besitz schien der Bewohner nicht zu verfügen, aber das meiste, was er hatte, war auf den vielleicht 20 Quadratmetern gleichmäßig verteilt. Auf dem ungemachten Bett mit der Batikwäsche lagen Zeitschriften, Bücher stapelten sich auf dem Fußboden neben einer geöffneten Kekspackung, einer leeren Wasserflasche, einem angebrochenen Zigarettenpäckchen und einem etwas schlaffen Wasserball. Dazwischen verstreut Schuhe, Socken, einige Kleidungsstücke, andere hingen über Stuhllehnen neben gebrauchten Handtüchern. Die Unordnung, die hier herrschte, war unbeschreiblich und der Geruch nach abgestandener Luft kaum auszuhalten.

Entschuldigend hatte Frau Langhusen den Beamten erklärt, dass sie Kurts Zimmer bisher noch nie betreten hatte. Gleich darauf hatte sie die Fenster weit aufgerissen und die beiden allein gelassen.

»Ohne Handschuhe magst ja hier gar nix anfassen, Mann«, meinte Jansen, während er sich die dünnen Latexteile überstreifte. Auch Angermüller hatte sich heute damit versorgt. In ihrer Notkiste im Dienstwagen führten sie immer eine Anzahl Einweghandschuhe mit. Für diese Notkiste hatten sie in ihrer Abteilung eine private Sammlung durchgeführt, da immer wieder mal eine Taschenlampe oder ein simples Werkzeug im Einsatz fehlten und im offiziellen Etat dafür scheinbar keine Mittel vorgesehen waren.

Routiniert und sorgfältig schauten sie sich in Kurt Staroskes Domizil um. Wenig war aus den vorgefundenen Dingen über den toten Bewohner zu erfahren. Er schien eine Vorliebe für Science-Fiction-Literatur gehabt zu haben und sich für Sport zu interessieren, wie aus den Zeitschriften hervorging. Im Kleiderschrank fanden sich hinter einem Wollpullover anderthalb Stangen unverzollte Zigaretten.

»Hier, guck mal.«

Jansen hielt etwas wie einen kleinen, roten Ball in die Höhe und dann vor sein Gesicht.

»Ach, eine Clownsnase!«, nickte Angermüller, während er den Packen mit den Fotos durchsah. Sie dokumentierten ein ruheloses Wanderdasein. Immer wieder andere Orte, andere Kulissen, vor denen Staroske in wechselnder Begleitung fotografiert worden war. Meistens stand eine Frau neben ihm, und in vielen Fällen war sie erheblich jünger als er, oft waren auch Kinder dabei. Jedenfalls schien er nirgendwo auf der Welt Schwierigkeiten gehabt zu haben, Kontakte zu knüpfen. Ein paar Aufnahmen zeigten kleine Mädchen, manche unbekleidet, in neckischen Posen. Ob da mehr dahintersteckte, fragte sich Angermüller einen Moment, fand jedoch diesen Gedanken nicht schlüssig. Auf einigen Bildern war Kurt Staroske als Clown zu sehen, manchmal umgeben von einer fröhlichen Kinderschar. Er schien wohl einfach jemand gewesen zu sein, der Kinder mochte und nachweislich von ihnen gemocht wurde.

Auf dem Schreibtisch fand sich ein kleiner Taschenkalender, ein Werbegeschenk. Nur sehr wenige Termine waren darin notiert, wie Jansen beim Durchblättern feststellte.

»H 16 steht hier nur.«

»Wie?«

»Na ja, an dem Sonnabend, an dem der Staroske hier auf dem Hof das letzte Mal gesehen wurde, da steht H 16«, erklärte Jansen und zeigte Angermüller den Eintrag.

»Schiffe versenken hat der Staroske nich gespielt, nehm ich an. Sonst gibt's keine Adressen, keine Telefonnummern. Nehmen wir trotzdem mal mit«, beschloss Claus Jansen. Er ließ den Kalender in einen Klarsichtbeutel fallen. Außer der Erkenntnis, dass die Kontoauszüge Staroskes chronische Pleite deutlich bestätigten, stießen sie sonst auf keinerlei weiterführende Hinweise.

Gesche Langhusen saß mit einem jungen Mädchen in ihrer Küche, als die Kommissare sich verabschieden wollten. Das Mädchen war ausgesprochen hübsch mit seinen dunklen Zöpfen und den großen Augen, aber sie schien ein wenig schüchtern zu sein. Nur einmal schaute sie kurz hoch. Sobald sie die Blicke der Beamten bemerkte, sah sie schnell wieder weg und konzentrierte sich auf das dicke Bündel Kräuter auf dem Schneidbrett vor sich. Es roch nach gekochten grünen Bohnen. Die Bäuerin war dabei, eine Zwiebel zu schälen.

»Die riechen ja wunderbar, die Bohnen! Was wird das denn Gutes?« Interessiert spähte Angermüller zum Tisch.

»Nur ein Bohnensalat mit frischen Kräutern und saurer Sahne. Dann machen wir noch einen Kopfsalat und Ofenkartoffeln dazu, wir wollen heute Abend nämlich grillen. Darauf freut sich Svenja schon.«

Das junge Mädchen hob bei der Nennung seines Namens den Kopf, lächelte unsicher und senkte den Blick gleich wieder auf den Tisch. Gesche Langhusen stand auf und legte, zu Angermüller und Jansen gewandt, unauffällig ihren Finger auf die Lippen.

»Ich bring Sie raus. Bin gleich wieder da, Svenja. Du kannst die Kartoffeln waschen, wenn du fertig bist mit den Kräutern.«

In einiger Entfernung vom Haus wässerte ein junger Mann mit einem Schlauch die Pflanzen, was Angermüller daran erinnerte, dass er versprochen hatte, das heute Abend im häuslichen Garten zu tun.

»Entschuldigen Sie, dass ich Sie so aus der Küche

gedrängt habe. Ich habe Svenja, wie auch den anderen, noch nichts von Kurt erzählt. Aber bei ihr ist das besonders heikel. Svenja versteht ihre Mitmenschen nicht so leicht, und wir müssen ihr ganz behutsam beibringen, was passiert ist, sonst geht es ihr ziemlich schlecht.«

»Klar, Frau Langhusen, kein Problem.«

»Tja, ich muss sagen, ich bin auch ein bisschen durcheinander«, Gesche Langhusen hob hilflos die Schultern. »Ich glaube, ich hab das mit Kurt noch gar nicht so richtig begriffen. Es ist das erste Mal, dass jemand aus meiner näheren Umgebung so ...«, sie schien nicht die richtigen Worte zu finden, »so zu Tode gekommen ist.«

»Das ist völlig verständlich«, beruhigte sie Angermüller. »Es wäre unnormal, wenn Sie nicht so reagieren würden.«

»Natürlich möchte ich wissen, wer das getan hat ...«, sie brach ab und sah die Beamten verunsichert an.

»Wir werden die Sache aufklären, Frau Langhusen«, versicherte der Hauptkommissar. »Machen Sie sich keine Sorgen. Es kann natürlich sein, dass im Zuge der weiteren Ermittlungen wir oder ein paar Kollegen demnächst noch einmal bei Ihnen auftauchen. Nur, dass Sie Bescheid wissen. Jetzt wünschen wir Ihnen trotz allem einen schönen Abend!«

Der junge Mann mit dem Downsyndrom kam plötzlich aus dem Garten angelaufen.

»Da kommt Dominik. Der will sich von Ihnen verabschieden«, lächelte Gesche Langhusen.

»Wiedersehen! Wiedersehen!«, sagte Dominik und schüttelte den Polizisten ausdauernd die Hand.

Mit zusammengerollten Handtüchern unter dem Arm kamen Peggy Stein und Holger Andresen den Kommissaren entgegengeschlendert, als diese gerade auf dem Weg zu deren Kate waren.

»Na, Sie wollen zum Strand?«, sprach Jansen die Musiker in ungewohnter Leutseligkeit an.

»Gut erkannt«, brummte Andresen unwirsch, der mit seiner schwarzen Sonnenbrille ziemlich martialisch aussah.

»Is noch was?«

»Ja, es ist noch was«, erwiderte Angermüller energisch, dem die rotzige Art des Mannes langsam auf die Nerven ging. »Sie haben uns vorhin nicht die Wahrheit gesagt.«

»He, Mann, was soll das?«

Peggy Stein griff nach der Hand ihres Gefährten, der sich bedrohlich aufplusterte.

»Holgi, nun lass doch«, raunte sie ihm zu.

Er stieß ihre Hand unwillig beiseite.

»Ich lass mich von einem Bullen doch nicht als Lügner anquatschen«, blaffte er in Richtung der Beamten.

»Gut, Herr Andresen«, versetzte Angermüller ruhig. »Wir können das auch anders machen. Sie kommen jetzt mit uns auf die Dienststelle. Da haben wir ohnehin mehr Ruhe.«

Auf diese Ankündigung hin entgegnete der Musiker erst einmal gar nichts.

»Wir können uns doch wieder zu uns in den Garten setzen«, versuchte seine Freundin zu vermitteln. Sie schenkte den Polizisten ein so sanftes Lächeln wie möglich.

»Dort sind wir auch ungestört und können alle Ihre Fragen beantworten.«

Ihr Freund schwieg. Hunde, die bellen, dachte Angermüller nur.

»Dann bitte«, machte er kurz und ließ die beiden zu ihrem Garten vorangehen. Andresen fügte sich ohne

Widerspruch. Jansens Gesichtsausdruck schwankte zwischen Erheiterung und Verärgerung. Wahrscheinlich hatte er sich ein Zusammentreffen mit einem Idol seiner Jugend irgendwie romantischer vorgestellt.

Als sie um den alten Gartentisch versammelt waren, stellte Jansen das kleine Diktiergerät auf den Tisch und schaltete es ein. »Das ist eine Zeugenvernehmung, und wir zeichnen unser Gespräch auf. Als Erstes geben Sie uns bitte Ihre Personalien«, begann Angermüller. »Und dann wollen wir doch noch einmal hören, was Sie über Ihre Beziehungen zur Hofgemeinschaft ganz allgemein und zu Kurt Staroske im Besonderen zu sagen haben.«

»Wie jetzt?«, fragte der Musiker in seinem knurrigen Ton.

»Hören Sie endlich damit auf, Herr Andresen«, sagte Angermüller ruhig. »Sie sind nicht nur Mieter und Nachbar, wie Sie uns weismachen wollten. Sie und Frau Stein gehören auch zu dieser Hofgemeinschaft, und das schon seit zwölf Jahren.«

Mit schief gelegtem Kopf kippelte Holger Andresen lässig auf seinem Stuhl, die dünnen, langen Beine weit von sich gestreckt.

»Na, dann wissen Sie ja alles«, griente er.

»Am vorletzten Sonnabend haben Sie und Frau Stein drüben im Haus mit den anderen zu Mittag gegessen. Kurt Staroske war auch dabei. Anschließend sind Sie mit ihm zusammen weggegangen. War das so, Herr Andresen?«

Peggy Stein hatte sich eine Zigarette gedreht, rauchte in kurzen, heftigen Zügen und schaute aufmerksam zwischen den Beamten und ihrem Partner hin und her.

»Wenn Sie das sagen, Herr Kommissar«, meinte Andresen lahm, der nach wie vor seine dunkle Brille trug.

»Sie waren ja auch dabei, Frau Stein. Worum ging es denn in der Auseinandersetzung, die Sie mit Kurt Staroske hatten?«

Offensichtlich hatte die Frau nicht erwartet, angesprochen zu werden.

»Äh, Auseinandersetzung? Ich weiß gar nicht ...«, sie nestelte in ihren schwarzen Locken und sah wieder Hilfe suchend zu Holger Andresen. »Weißt du noch, was da war, Holgi?«

Der bequemte sich nun doch, seine Sonnenbrille hochzuschieben.

»Nix Besonderes. Wir sind hierher zu uns gegangen, weil man da drüben ja nicht rauchen darf. Ich glaube, der Kurt hat uns wieder mal angeschnorrt. Der hatte doch nie Kohle. Aber sonst war alles im grünen Bereich. Hat bisschen viel gesabbelt, der Kurt, aber eigentlich war er ganz okay. Und wenn die Ökos was über irgendwelchen großen Trouble zwischen uns erzählt haben, ist das totaler Quatsch.«

»Wenn das alles so harmonisch und fein war zwischen Ihnen und Staroske, warum haben Sie uns dann erzählt, Sie würden ihn kaum kennen?«

»So gut haben wir uns ja gar nicht gekannt. Aber 'ne Zigarette hat man schon mal zusammen geraucht. Konnte ja nicht ahnen, dass das für Sie so megawichtig ist, Herr Kommissar«, meinte Andresen treuherzig. »Übrigens ist mir gerade was eingefallen. Der Holgi hat eben ein Gedächtnis wie ein Elefant!«

Der Blick, mit dem Peggy Stein ihren Partner bedachte, war eine Mischung aus Skepsis und Verwunderung. Verwirrt schüttelte sie den Kopf. Holger Andresen grinste.

»Weißt du nich mehr, Peggy, der Kurt hat an dem Sonnabend einen ›auf dicke Hose‹ gemacht. Irgend so ein bedeutender Typ wollte bei ihm vorbeikommen.«

»Jetzt, wo du's sagst! Stimmt, ja!«, bekräftigte die Frau. »Der hat sich damit unglaublich wichtig gehabt, der Kurt.«

»Ich hab das ja nicht so richtig ernst genommen, aber wer weiß«, fuhr der Musiker fort. »Für ihn schien diese Verabredung von riesiger Bedeutung zu sein.«

»Von wem da die Rede war, wissen Sie nicht?«, fragte Jansen ohne große Hoffnung. »Und gesehen haben Sie diesen groß angekündigten Besucher auch nicht?«

»Weder noch, Kumpel«, bedauerte Andresen. »Ich würde sonst ja gern helfen.«

Mehr als diese mageren Informationen waren bei den Musikern nicht zu holen. Und so hatten sich die Kommissare vorerst verabschiedet.

»Dat war ja wieder nich viel«, murrte Jansen. »Aber das H 16 da in dem Taschenkalender – dat hängt bestimmt mit dieser geheimnisvollen Verabredung irgendwie zusammen.«

»Vielleicht«, sagte Angermüller, »wenn es die wirklich gegeben hat und die nicht nur der Fantasie von deinem Rockstar entsprungen ist. Na ja, wie weiß die Weste von Peggy und Holgi ist, werden wir bald feststellen.«

Als sie gerade in ihren Dienstwagen steigen wollten, ging die Tür der kleineren Kate auf und ein riesiges, rechteckiges Teil, das in einen geblümten Stoff gewickelt war, bewegte sich langsam auf sie zu. Von der offensichtlich ziemlich kleinen Person, die es schleppte, waren nur die Füße und die Hände zu sehen.

»Komm, lass uns mal helfen«, forderte Jansen seinen Kollegen auf.

Erstaunt ließ sich die Frau mit dem raspelkurz geschorenen, hennaroten Haar ihre Last abnehmen.

»Vielen Dank, ich hätte das auch selbst geschafft«, sagte sie ein wenig misstrauisch zu den Männern. »Aber wenn Sie unbedingt wollen: Schön vorsichtig! Und da in den Wagen bitte.«

Angermüller und Jansen schoben das Teil in den VW-Bus, in dem schon mehrere ähnlich große Stücke lehnten.

»Ah, Sie sind die Malerin!«, stellte Angermüller fest.

»Ja, bin ich. Und ich bin gewohnt, meine Bilder allein zu schleppen«, erklärte sie den Männern. »Interessieren Sie sich für Kunst?«

»Ich seh mir Kunstausstellungen immer ganz gern an«, gab der Kommissar Auskunft, Jansen lächelte nur breit.

»Ab Mitte dieser Woche zeige ich meine Bilder in der neuen Ausstellungshalle der großen Marina bei Neustadt. Meine erste Ausstellung hier oben!« Die Freude darüber war ihr anzumerken. Ihre anfängliche Reserviertheit schien verschwunden.

»Da kann man ja gratulieren.«

»Vielen Dank. Aber das heißt erst einmal ein paar Tage schuften, Bilder transportieren und aufhängen, sich mit schlechten Licht- und Raumverhältnissen abfinden. So ist das eben.«

Die Frau trug ein Radfahrertrikot, und ihre schmale, mädchenhafte Figur wirkte ziemlich durchtrainiert. Ihr Alter einzuschätzen, fand Angermüller schwer, Anfang 40, Anfang 50? Während die Haut über den markanten Wangenknochen ziemlich glatt war, gruben sich um die Augen herum viele kleine Fältchen ein.

»Sind da noch mehr Bilder?«, fragte Angermüller.

»Wenn wir schon mal hier sind!«

»Zwei wären da noch. Ich bin übrigens Tilde Brunkhorst. Sind Sie Freunde von den Langhusens?«

»Nein«, der Hauptkommissar schüttelte den Kopf. »Mein Name ist Angermüller, das ist mein Kollege Jansen. Wir sind von der Kriminalpolizei.«

»Oh«, machte die Malerin erstaunt. »Sind Sie dienstlich hier?«

»Ja«, nickte Angermüller. »Ein Hofbewohner wurde tot aufgefunden. Sein Name ist Kurt Staroske.«

»Hatte er einen Unfall?«, fragte sie mit zurückhaltendem Interesse.

»Nach unseren Erkenntnissen liegt Fremdverschulden vor.«

»Ah ja, Fremdverschulden. Interessante Bezeichnung«, sagte sie nachdenklich. Sie schien es nicht ironisch zu meinen. »Kannten Sie Kurt Staroske?«

»Nur vom Sehen. Ich bin noch nicht sehr lange hier, wissen Sie, und die letzten Wochen war ich nur mit Einrichten und Eingewöhnen beschäftigt. Vom Hofleben habe ich bisher kaum was mitbekommen. Tja«, sie blickte ein wenig unschlüssig zwischen den Beamten hin und her, »wollen wir dann die letzten beiden Bilder?«

Die kleine Kate bestand im Erdgeschoss aus einem einzigen Raum. In einer Ecke war eine Küchenzeile untergebracht, es gab einen kleinen Esstisch und vier Stühle und ansonsten nur eine Staffelei, einen riesigen Arbeitstisch voller Pappen und Papierbögen, in einem Regal Farbtuben, Stifte, Werkzeuge und andere Materialien. An den Wänden hingen und standen Bilder über Bilder, auf den meisten Menschenkörper in Bewegung, die zum Teil auch über den Rahmen hinausragten, teils einfach nur als Silhouette gefertigt waren, manche nur schwarz und weiß, andere in kräftigen, klaren Farben. Die dem Eingang gegenüberliegende Wand, die nach Norden ging, bestand fast nur aus Glas und ließ ungehindert das Licht herein.

»Ja, dann vielen Dank für die Hilfe«, nickte die Malerin, als alles verstaut war. »Jetzt brauche ich meine Bilder nur morgen früh zur Marina zu transportieren und dort wieder auszuladen. Moment noch!«

Sie ging zur Beifahrertür des VW-Busses und überreichte Angermüller und Jansen jeweils einen Zettel.

»Hier. Falls Sie Lust und Zeit haben. Mittwochabend ist die Vernissage.«

Sie warf die Autotür zu. Interessiert betrachtete Angermüller das Papier.

»Vielen Dank. Das macht ja richtig neugierig auf Ihre Arbeiten. Ich wünsche Ihnen auf jeden Fall viel Erfolg.«

»Danke«, sagte sie mit einem leisen Lächeln. »Aber jetzt muss ich los. Tschüss.« Damit verschwand sie um die Ecke hinters Haus.

Während Angermüller und Jansen in ihren Dienstwagen stiegen, raste ein professionelles Rennrad an ihnen vorbei, darauf mit einem Fahrradhelm die Malerin, die ihnen kurz zuwinkte.

»Komische Frau«, kommentierte Jansen.

»Interessante Frau«, gab Angermüller zurück.

Frau Matthiesen war bei der Gartenarbeit, als die beiden Kommissare über den unbefestigten Weg vom Graswurzelhof kamen. Sie hatte wohl versucht, sie abzupassen, denn als sie den Dienstwagen erblickte, begann sie zu gestikulieren und zu winken. In dem bunten Schürzenkleid und mit einem Strohhut auf dem Kopf, sah sie auf einmal ganz anders aus, viel echter irgendwie, dachte Angermüller.

»Wat will die denn nu noch?«, brummte Jansen, stoppte den Wagen neben dem Gartenzaun und ließ das Fenster herunter.

»Moin. Was gibt's?«

»Hallo, Herr Kommissar«, grüßte Frau Matthiesen und sah dabei zu Angermüller. »Ich hab Sie vorhin wieder hier langfahren sehen. Gibt's denn schon was Neues?«

»Tut mir leid«, beschied er sie, »zu den laufenden Ermittlungen kann ich keine Auskunft geben. Lange waren Sie ja nicht in Timmendorf bummeln!«

»Ach, ich konnte das gar nicht genießen. Ich bin ja ganz durcheinander.« Sie lachte ein wenig unsicher. »So eine schlimme Sache ganz hier in der Nähe!«

Die Frau wirkte tatsächlich ziemlich aufgeregt.

»Vielleicht sollte ich das Kind besser gleich dort abholen, oder?«

»Dazu gibt es überhaupt keinen Anlass, Frau Matthiesen«, versuchte Angermüller, sie zu beschwichtigen. »Ich bin sicher, Ihre Enkelin ist auf dem Graswurzelhof in keinerlei Gefahr.«

»Meinen Sie wirklich?«

Der Kriminalhauptkommissar nickte, und auch Jansen sagte: »Klar«, obwohl die Frau die ganze Zeit über ihn hinwegsprach, als ob er nicht vorhanden wäre.

»Sie können ganz unbesorgt sein.«

»Mir is trotzdem 'n büschen bang«, sagte sie verlegen.

»Wissen Sie was«, schlug Angermüller vor und fummelte in seiner Hosentasche, »ich lass Ihnen meine Karte hier. Da sind alle Nummern drauf, unter denen Sie mich oder die Kollegen erreichen können. Falls es Probleme gibt, Ihnen irgendwas verdächtig vorkommt, einfach anrufen.«

»Dat is aber man nett von Ihnen, Herr Kommissar«, freute sich Frau Matthiesen und nahm die Karte entgegen. »Vielen Dank! Und jetzt hol ich gleich meine Enkelin.«

»Na, da hast du aber wieder 'ne Freundin fürs Leben gefunden«, spottete Jansen, nachdem die Frau sich verabschiedet und ihnen einen schönen Sonntagabend gewünscht hatte.

»Mich hat die ja gar nicht gesehen.«

»Nur kein Neid«, versetzte Angermüller grinsend.

Jansen startete den Motor. »Feierabend?«

»Feierabend!«

»Und hättest du denn heute Zeit, mit mir noch ein Bierchen trinken zu gehen?«

»Claus, das tut mir wirklich leid, aber heute klappt das wieder nicht. Häusliche Pflichten warten auf mich.«

»Kein Problem. So ist dat eben, wenn man Familie hat.« Jansen trug es mit Fassung.

»Deshalb schaffst du dir erst gar keine an, was?«, stichelte Angermüller.

Sein Kollege verzog keine Miene und schwieg.

»Aber diese Woche klappt das noch, Claus, versprochen.«

# KAPITEL V

In der beschaulichen Straße, die zur Wakenitz führte, lieferte Jansen seinen Kollegen vor dessen Haustür ab.

»Na, freust dich auf unseren Termin morgen früh? Soll ich dich abholen?«

»Freuen ist gar kein Ausdruck!«, meinte Angermüller. »Aber danke, ich komme mit dem Fahrrad. Schönen Abend noch, Claus!«

»Okay, dann um halb neun in der Rechtsmedizin. Tschüss, Georg, auch schönen Abend!«

Jansen gab Gas und legte einen Formel-1-Start hin. Angermüller blickte ihm amüsiert hinterher – für seinen Kollegen war und blieb Autofahren immer eine sportliche Herausforderung. Durch den Vorgarten, in dem schon jemand die Pflanzen gegossen hatte, ging er zu seiner Haustür.

Als Astrid die Zwillinge erwartete, hatten sie das kleine Bürgerhaus in St. Jürgen auf Anregung und mit finanzieller Unterstützung von Astrids Eltern erworben. Angermüller war das damals gar nicht recht gewesen, er fürchtete die Abhängigkeit, ebenso die lebenslange Dankbarkeit, die womöglich im Gegenzug erwartet wurde. Allerdings hatte er längst innerlich Abbitte geleistet, denn niemals hatten seine Schwiegereltern derartige Erwartungen auch nur durchschimmern lassen.

Und bald hatte Georg das hübsche Häuschen lieb gewonnen und konnte sich gar keine andere Bleibe mehr vorstellen. Es war ihm in den Jahren Heimat geworden. Beim Gedanken daran überkam ihn plötzlich ein eigenartiges Gefühl. Mit einem Seufzer schloss er die Haustür auf. Vielleicht würde sich ja heute am späteren Abend endlich die Gelegenheit zu einem Gespräch mit Astrid ergeben, und er würde diese hoffentlich auch nutzen.

Die von der Küche in den Wintergarten führenden Türen waren weit geöffnet, und er hörte das Wasser durch die Leitung fließen.

»Guten Abend zusammen! Wer ist denn da so fleißig und nimmt mir die Arbeit ab?«, rief er gut gelaunt nach draußen, während er sich ein Glas aus dem Schrank nahm. »Der Vorgarten ist auch schon gewässert. Ich hab doch versprochen, dass ich heute Abend die Pflanzen gieße!«

Astrid lag in einem Liegestuhl auf der Terrasse und las ein Buch, Julia stand daneben und telefonierte, Judith war nicht zu sehen. Martin stand mit dem Gartenschlauch in der Mitte des Rasens und sprengte denselben.

»Da ist der Hausherr ja schon! Na, Georg, einen erfolgreichen Tag gehabt?«

Angermüller hatte sich auf diesen Grillabend mit Astrid und den Kindern wirklich gefreut. Am Abend zuvor hatte er bereits die wie einen Schatz gehüteten Koteletts vom Pommerschen Landschaf aus dem Tiefkühler genommen und im Kühlschrank langsam auftauen lassen. Nur mit etwas Olivenöl mariniert und nach dem Grillen mit Fleur de Sel und Zitrone gewürzt, waren sie ein einmaliger, unbeschreiblicher Genuss, auf den er sich beim Nachhausekommen bereits gefreut hatte. Dazu etwas Weißbrot, um den Jus aufzutunken – so schlicht und doch so köstlich –, das hatte für ihn etwas von Vollkommenheit. Weniger für sich als für den Rest der Familie wollte er noch Kartoffelscheibchen in Olivenöl frittieren, einen Tomatensalat mit Zwiebeln und Basilikum und ein Schüsselchen Zaziki anrichten, da Astrid und die Kinder meist nur wenig Fleisch aßen.

Martin hatte ihm die Arbeit bereits abgenommen. Offensichtlich fühlte sich der Kollege seiner Frau inzwischen hier richtig zu Hause. Und Astrid mit ihrer ständig vorauseilenden Angst, dass ihr Mann nicht an den verabredeten Grillabend denken und viel zu spät kommen würde, war wahrscheinlich froh darüber, in ihm jemanden gefunden zu haben, der immer Zeit hatte, stets verfügbar war und den Ersatzmann spielen konnte.

»Was hast du mit meinen Lammkoteletts gemacht?«, fragte Georg entsetzt, als er, nichts Gutes ahnend, einen Blick in die mit einem Tuch bedeckte Schüssel neben dem Grill geworfen hatte.

»Die hab ich schön mariniert. Mein Spezialrezept. Du wirst schon sehen, oder besser schmecken. Lecker, lecker!«, rief Martin, der gerade mit einem Tablett aus der Küche kam. Er hatte sich eine Schürze umgebunden und gab den fröhlichen Hausmann. Das ist meine Schürze, dachte Angermüller, und das sind meine Lammkoteletts, die ich extra vom Biohof bei Grömitz geholt habe. Und er hat sie verdorben! Auf dem zarten Fleisch lagen Zwiebelringe und Knoblauchscheiben sowie eine Mischung aus allen Kräutern, die das Gewürzregal hergegeben hatte.

»Na, ein Bier, Georg? Von deinem dunklen Spezial?«, fragte Martin fürsorglich. Eigentlich hatte Georg bereits auf dem Weg hierher die Vision eines kräftigen, kühlen Weißweines zum feinen Aroma des Lammfleisches gehabt. Aber angesichts der Tatsache, dass Martin das Regiment am Grill und in der Küche übernommen hatte, schwenkte er um.

»Mindestens ein Bier, bitte«, sagte er matt und nahm am bereits gedeckten Gartentisch Platz.

»Und, wie war dein Sondereinsatz? Ist schon hart, bei diesem Wetter am Sonntag zum Dienst gerufen zu werden«, meinte Martin, während er eilfertig Georg ein Bier brachte. Wenigstens mal jemand, der ihn dafür bedauerte, dass sein Job ab und zu diese Unregelmäßigkeiten mit sich brachte, ging es Georg durch den Kopf. Astrid tat das schon lange nicht mehr. Sie sah nur die unangenehmen Seiten an seinem Job, unter denen ihrer Meinung nach das Familienleben zu leiden hatte.

Vor gut einem Jahr war Martin in das Leben der Familie Angermüller getreten. Kurz zuvor war er als neuer Mitarbeiter in die Beratungsstelle für Asylbewerber gekommen, in der Astrid arbeitete. Genau wie sie war Martin Sozialpädagoge. Und genau wie sie war er ein begeisterter Segler. Für Angermüller hatte Segeln noch nie zu den favorisierten Freizeitbeschäftigungen gezählt, im Gegenteil. Er war weitab jeglicher schiffbarer Gewässer in Oberfranken aufgewachsen, und der Kampf mit Wind und Wellen lag ihm fern. Aus Liebe zu Astrid hatte er sich zu Beginn ihrer Beziehung trotzdem auf ihre Piratenjolle gewagt, jedoch war ihm der Abstand zum Wasser zu gering, und die Neigung des Bötchens bei Starkwind fand er auch nicht sehr vertrauenerweckend. Sie hatten es später mit einer größeren Jacht versucht, und noch heute erinnerte er sich gut daran, wie er seekrank über der Reling hing und meinte, sterben zu müssen.

Aber er hatte sich für seine Frau gefreut, dass sie in Martin jemanden gefunden hatte, mit dem sie ihrer sportlichen Leidenschaft hin und wieder frönen konnte. Dass sie sich dafür revanchieren würde und den getrennt lebenden

Kollegen, der mal zu seiner Frau zurückwollte, mal wieder nicht, quasi adoptierte – hätte er das vorher gewusst …
Jedenfalls ging der Mann mittlerweile bei ihnen ein und aus, so kam es Georg zumindest vor. Und es verging kein Fest, kein Familientreffen, zu dem Astrid ihren Kollegen nicht einlud. Sogar Georgs Schwiegermutter war das schon unangenehm aufgefallen.

»Bitte, Georg, jetzt nichts über Mord und Totschlag erzählen, ja?«, bat Astrid ihren Mann, als er Martin über den Fall vom Golfplatz berichten wollte. »Das ist nichts für Kinderohren.«

»Mami, du denkst immer, wir sind noch Babys!«, protestierte Judith und ließ sich neben ihren Vater auf die Gartenbank plumpsen. Auch Julia verdrehte die Augen und setzte sich in ihrem kurzen Kleidchen mit einer anmutigen Drehung an Georgs andere Seite.

»Wir werden schließlich bald 14, Mami, und du kannst nicht ewig das Verbrechen von uns fernhalten«, konstatierte sie mit ernster Miene. Als Astrid und Martin lachen mussten und auch Georg ein Schmunzeln nicht unterdrücken konnte, schmiegte sie sich beleidigt an ihren Vater.

»Stimmt doch, Papi, oder?«, fragte sie vertrauensvoll. »Das ist doch besser, wenn du uns davon erzählst, als nur darüber in der Zeitung zu lesen oder im Fernsehen so schlimme Sachen anzugucken.«

»Das finde ich sehr vernünftig, was du sagst, Julia«, stimmte Georg seiner Tochter zu. »Aber heute ist vielleicht nicht der richtige Zeitpunkt. Das machen wir ein anderes Mal, ja?«

Die beiden Mädchen nickten. Zu entscheiden, was sie wissen durften oder mussten, war wirklich nicht leicht. Astrid schien sich da viel sicherer zu sein als er. Doch manchmal zweifelte Georg, ob ihr Weg, möglichst lange möglichst viel von den Kindern fernzuhalten, der richtige war. Wenn er die beiden so ansah – er musste wieder an die Blicke mancher Männer am Strand heute Morgen denken –, zumindest äußerlich fiel es langsam schwer, sie noch als Kinder zu betrachten.

»Wie sieht's aus, Martin, gibt's bald Essen?«

Wie Georg schon erwartet hatte, dienten Martins Speisekreationen in erster Linie dem Sattwerden. Um nicht nur mitessender Gast zu sein, hatte Martin noch einiges zum Essen beigesteuert: ein paar Würste zum Grillen in Form dieser komischen Schnecken, einen Eisbergsalat und eine Gurke, die er mit Angermüllers aromatischen Gartentomaten vom Markt zu einer großen Schüssel wässrigen Salats verarbeitet hatte. Diesen hatte er schließlich mit dem gleichen Kräutermischmasch wie die Lammkoteletts geschmacklich vollends neutralisiert.

Mit Bedauern über die entgangenen Genüsse saß Georg bei Tisch und stocherte in seinem Teller herum. Sein großer Appetit war verschwunden. Wahrscheinlich hatte ihn auch die zweite Halbe Kutschertrunk satt gemacht, das dunkle, ungefilterte Bier aus der kleinen Privatbrauerei in seiner Heimat.

Mit harmlosen Gesprächen ging der Abend dahin. Astrid war ziemlich still. Stiller als sonst, hatte Georg das Gefühl und meinte auch, eine leise Verstimmung bei ihr zu verspüren. Aber Julia und vor allem Judith, die andere Leute perfekt zu imitieren verstanden, trugen ein Gutteil zur Auflockerung der Stimmung am Tisch bei. Martin unterließ es, mit Segleranekdoten aus seinem schier unendlichen Fundus zu nerven, das tat er am liebsten vor großem Publikum. So konnte er auch einmal zuhören, war an den Geschichten der anderen interessiert und scherzte mit den Kindern. Dieser große, blonde Mann mit dem Vollbart konnte ein ganz netter Kerl sein. Er störte nur irgendwie.

Dass es falsch war, seine Probleme mit Astrid auf Martin zu reduzieren, hatte Georg mittlerweile verstanden. Bis vor einiger Zeit, ja, da hatte er wohl so etwas wie Eifersucht auf Astrids Kollegen verspürt, doch glaubte er inzwischen zu wissen, dafür keinen Grund zu haben. Und selbst wenn, musste er mit Erstaunen feststellen, es hätte ihm wahrscheinlich nichts mehr ausgemacht. Diese Erkenntnis machte ihn irgendwie traurig.

Da er am nächsten Morgen arbeiten musste, hatte sich Martin recht früh verabschiedet, und auch die Mädchen, müde vom Tag am Meer, zogen sich bald zurück. Wie anfangen, dachte Georg, als er allein mit Astrid im Garten zurückgeblieben war. Jetzt ist die Gelegenheit zum Reden endlich da. Mach schon, Angermüller!

»Ist das nicht schön, dass du Urlaub hast?«, meinte er aufgeräumt zu seiner Frau. »Brauchst mal nicht ans Aufstehen am Montagmorgen zu denken. Möchtest du vielleicht noch ein Glas Rotwein?«

Astrid antwortete nicht. Sie sah ihn nur an. Erst seit einiger Zeit kannte er diesen seltsamen Blick an ihr. Eine Mischung aus Erstaunen und Argwohn, so wie man vielleicht ein exotisches Lebewesen betrachtet hätte. Doch auf diese Art angeschaut zu werden, war ihm irgendwoher vertraut.

»Sag mal, Georg«, fing sie endlich an zu reden. »Findest du es eigentlich richtig, wie du dich heute Abend verhalten hast?«

»Bitte?«, Angermüller konnte mit dieser Frage überhaupt nichts anfangen. Irritiert fragte er nach: »Bitte, was meinst du denn?«

»Du merkst es gar nicht! Das ist ja noch besser!«, sie lachte freudlos und schüttelte bekümmert den Kopf. »Du kommst nach Hause, setzt dich an den gedeckten Tisch, lässt dich von Martin betütteln, Martin sprengt den Rasen, Martin macht den Salat, grillt, holt die Getränke, und du tust gar nichts! Du lässt dich einfach bedienen!«, regte sie sich auf. »Und Martin, dieser gutmütige Mensch, der macht das alles! Findest du das in Ordnung?«

Einen Moment lang war Georg völlig perplex. Dann hätte er beinah laut losgelacht. Wie konnte sie die Situation nur so interpretieren? Umgekehrt wurde ein Schuh daraus!

»Entschuldige bitte, aber ich habe Martin nicht darum gebeten, den Gastgeber zu spielen. Ich habe ihn noch nie darum gebeten, um genau zu sein. Ich hatte immer den Eindruck, er tut das absolut freiwillig und dass er auch gern in diese Rolle schlüpft.«

»Und du nutzt das schamlos aus.«

»Davon kann keine Rede sein, Astrid. Ich mache gute Miene zum bösen Spiel, so würde ich das sagen. Er verdirbt mir meine schönen Lammkoteletts, er bastelt einen Salat in schlechtester Wohngemeinschaftsqualität, er serviert ölige, matschige Kartoffelscheiben und ich esse das alles, ohne auch nur einen leisen Hauch von Kritik von mir zu geben. Ich würde mein Verhalten als ausgesprochen großzügig und tolerant bezeichnen.«

»Typisch! Wir reden über den Umgang mit anderen Menschen, und das Einzige, was dich interessiert, ist wieder nur das Essen!«

»Dass er den Rasen sprengen soll, hab ich auch nicht von ihm verlangt«, gab Georg ruhig zurück.

»Ach, das wolltest du selbst tun, ja?«

»Selbstverständlich! Das hatte ich mir als Erstes nach dem Nachhausekommen vorgenommen. Wahrscheinlich hast du wieder gedacht, der kommt sowieso nicht pünktlich, der kriegt das wieder nicht hin, und die ganze Zeit darüber lamentiert, bis Martin sich verpflichtet fühlte, diese Aufgabe zu übernehmen. Dir zuliebe, damit du beruhigt bist.«

»Das ist nicht wahr! Jetzt bin ich diejenige, welche! Das ist ja unglaublich!«

Astrid sprach laut und erregt. Sie will streiten, dachte Angermüller, na gut, vielleicht kommen wir dann endlich mal auf den Punkt.

»Astrid, ich hätte auf jeden Fall angerufen, wenn ich gemerkt hätte, dass ich es nicht pünktlich nach Hause schaffe.«

Als Antwort hörte er nur ein höhnisches Lachen. Klar, es war mehrmals vorgekommen, dass er vergessen hatte, Bescheid zu sagen. Georg war viel zu ehrlich, um ungerecht zu sein. Er hatte durchaus Mitschuld an den Konflikten zwischen ihm und seiner Frau. Das sah er auch ein. Seine Vergesslichkeit in privaten Dingen, seine zeitweilige Unzuverlässigkeit, sein Sich-Verlassen auf Astrids Umsicht, dass sie schon alles allein hinkriegen würde –, diese Dinge waren nicht von der Hand zu weisen. Dass er ihr Organisationstalent und ihre Bereitschaft, alles auf sich zu nehmen, ohne Nachdenken ausnutzte, davon sogar profitierte, gar nicht mehr nachfragte, ob ihr das nicht alles zu viel würde –, es fiel ihm einiges zu diesem Thema ein.

Allerdings überwogen in seiner Bilanz mittlerweile seine Bemühungen, daran zu arbeiten, und die deutliche Verbesserung seiner Verlässlichkeit. Totalausfälle, völlig verschwitzte Zusagen, Verabredungen und Termine waren ewig nicht mehr vorgekommen. Er fand es außerdem ungerecht, dass sein Anteil am Einkaufen und Kochen scheinbar überhaupt nicht interessierte. Auch die Ordnung im Kühlschrank und im Keller oblag schließlich seiner Verantwortung. Aber all das zählte für Astrid wohl zu seinen kulinarischen Freizeitbeschäftigungen.

Schon seit Längerem hatte Georg das Gefühl, dass Astrid sich verändert hatte. Auf einmal wusste er, warum ihm ihr argwöhnischer Blick zuvor so vertraut vorgekommen war. Es war seine Schwiegermutter Johanna, die ihn da anschaute. Diese hanseatische Strenge, diese Korrektheit, die Prinzipien, die keinesfalls aufgegeben werden durften, all das sprach daraus. Astrid war irgendwie spießiger geworden. Sie hatte sich von ihm entfernt. Er vermisste ihre Unbekümmertheit, ihre Leichtigkeit der früheren Jahre. Hatten sie sich zu Beginn ihrer Beziehung, jung und verliebt, wie sie waren, nur einander angepasst und fanden nach all den Jahren nun wieder zu ihren eigenen Rollen, ihren wirklichen Persönlichkeiten zurück? Mit Sicherheit hatte auch er sich im Lauf der Zeit verändert.

Während ihm all dies durch den Kopf ging, saß Astrid stumm auf ihrem Stuhl und spielte mit dem leeren Weinglas.

»Ehrlich gesagt, ich kann mir nicht vorstellen, dass du dich nur aufgrund des heutigen Abends so echauffierst«, versuchte Angermüller in bedachtem Ton, ihren Dialog fortzusetzen. »Vielleicht liegen die Gründe dafür ja ganz woanders, viel tiefer. Vielleicht liegt ja in unserer Beziehung grundsätzlich etwas im Argen.«

»Wie kommst du denn darauf?«, fragte Astrid, wieder etwas ruhiger, und schaute ihn an. Es sollte wohl so klingen, als ob Georg mit seiner Einschätzung völlig danebenlag. Doch er kannte seine Frau gut genug, um die Verunsicherung nicht zu überhören, die sich hinter ihrer Frage verbarg.

»Weiß nicht. Es kommt mir halt so vor«, sagte er vorsichtig. »Wir sollten einfach mal darüber reden.«

»Ja, vielleicht sollten wir das«, stimmte Astrid halbherzig zu. Sie sah ihn nicht an und stand plötzlich auf. »Auch wenn ich morgen nicht so früh raus muss, ich bin schrecklich müde. Wir müssen das verschieben. Ich geh zu Bett. Gute Nacht.«

»Schade«, bedauerte Georg enttäuscht, »gute Nacht, schlaf gut.«

Nachdem seine Frau gegangen war, räumte er das restliche Geschirr und die Gläser ab, nahm sich ein kleines Glas Rotwein und blieb noch einen Moment draußen sitzen. Grillen zirpten, von irgendwo hörte man Frösche quaken, der Himmel war wieder sternenklar und versprach einen weiteren makellosen Sommertag. Einerseits ärgerlich, dass erneut die Chance zu einem klärenden Gespräch ungenutzt vertan worden war, andererseits … Astrid war sich über den Zustand ihrer Beziehung genauso im Klaren wie er, weshalb sie sich so überhastet zurückgezogen hatte. Sie hatte nicht damit gerechnet, dass er das offen ansprechen würde. Auch wenn Georg lange nicht die Fertigkeit seiner Frau erreichte, so manches konnte auch er in ihrem Verhalten lesen. Und dass ihre Angst, vielleicht gar das Scheitern ihrer Beziehung erkennen und den Konsequenzen ins Auge blicken zu müssen, mindestens ebenso groß war wie die seine, lag klar auf der Hand. Georg konnte das sehr gut verstehen.

Der kleine Sektionssaal stieß an die Grenzen seiner Aufnahmefähigkeit angesichts der vielen Menschen, die sich in dem gefliesten Raum versammelt hatten. Angermüller hielt sich mit Jansen so weit wie möglich im Hintergrund. Durch seine Körpergröße konnte der Kriminalhauptkommissar ohnehin mehr sehen, als ihm eigentlich lieb war. Im unbarmherzigen Neonlicht lag der grünlich verfärbte, leicht aufgeblähte Körper des Opfers auf dem Sektionstisch. Diese Prozedur hätte auch gern ohne Angermüller stattfinden können. Er zog es vor, in aller Ruhe in seinem Büro den fertigen Bericht des Rechtsmediziners zu studieren, doch manchmal kam auch er an dieser unangenehmen Pflicht nicht vorbei.

»Dank der Mithilfe fleißiger Insekten«, eröffnete Dr. Steffen von Schmidt-Elm die Leichenschau, »und unter Berücksichtigung der vorherrschenden Temperaturen in den vergangenen Tagen wissen wir bereits, dass wir von einer mittleren Liegezeit von fünf bis sieben Tagen ausgehen können, das heißt, der Todeszeitpunkt liegt um das vorletzte Wochenende.«

Er schilderte noch einmal mit viel Liebe zum Detail die Erkenntnisse aus seinen Untersuchungen zu Calliphora vicina und Lucilla caesar. Dann machte er sich, gemeinsam mit seiner Kollegin Frau Dr. Ruckdäschl, die wie er in einen grünen OP-Kittel gehüllt war, zunächst an die äußere Begutachtung. Die beiden Mediziner verständigten sich mit kurzen Handzeichen und Blicken über den Toten hinweg, während Steffen die Ergebnisse – wie Größe, Gewicht, Hautfarbe, Narben, Verletzungen und so weiter – für alle Umstehenden laut und deutlich in ein Diktiergerät sprach. Besondere Aufmerksamkeit widmete er vor allem den Würgemalen am Hals des Mannes.

Ein Kollege vom Erkennungsdienst nahm die Fingerabdrücke und schnitt die Fingernägel des Opfers, die er in einem Pergamintütchen sammelte, um darunter befindliche DNA-Spuren zu sichern. Unauffällig umkreiste der Institutsfotograf die Szene, fotografierte systematisch den Leichnam und entsprechende, von Steffen gewünschte Details.

Während seine Kollegin assistierte, öffnete der Rechtsmediziner mit zwei langen Schnitten die Haut über Brust- und Bauchhöhle, die inneren Organe wurden abgesetzt, begutachtet und der Präparatorin übergeben. Es war im Übrigen die gleiche Frau, die am Vortag dank Angermüller und Jansen für die Identifizierung extra ins Institut hatte kommen müssen. Ihre Laune schien auch heute kein Deut besser zu sein. Wie eine unwillige Kellnerin trug sie ein Organ nach dem anderen auf einem silberfarbenen, metallenen Tablett zur Waage und verrichtete stumm und mit mürrischem Gesicht ihre Tätigkeit.

Der Magen und sein Inhalt wurden untersucht. Auch wenn Angermüller seinen Blick immer wieder starr an die Wand knapp oberhalb des Geschehens heftete, den Geräuschen und vor allem dem durchdringenden Gestank war nicht zu entkommen. Die Staatsanwältin Frau Dr. Kunz, die direkt vor ihm stand, versenkte ihre Nase immer wieder tief in ihren Seidenschal, wo sie höchstwahrscheinlich erhoffte, ihr Parfüm zu riechen, das aber mit Sicherheit bereits von der hier wabernden Mischung überlagert wurde.

Der Kriminalhauptkommissar spürte plötzlich einen leichten Schwindel. Das Stehen, die Enge, der bestialische Gestank – es gab wahrlich angenehmere Orte und Tätigkeiten. Faulig, süßlich, dumpf, aasig. Um sich abzulenken, suchte Angermüller nach passenden Bezeichnungen für diese olfaktorische Zumutung. Dennoch blieb sie einfach unbeschreiblich. Zum Frühstück hatte er nur ein trockenes Brötchen und etwas Tee zu sich genommen, worüber er jetzt sehr froh war. Er warf einen Blick auf Jansen, der sich mit unbewegter Miene links von ihm postiert hatte. Nur an den zuckenden Kiefergelenken des Kollegen war dessen ebenfalls große Anspannung zu erkennen.

Es geht vorbei, auch diese Obduktion dauert nicht ewig, sagte sich Angermüller, als die Präparatorin zur Handsäge griff, um damit die Schädeldecke oberhalb der Ohren zu öffnen, damit das Gehirn entnommen werden konnte. Die Frau mit ihrer langen Plastikschürze ließ Angermüller an eine Schlachterei denken, nur dass die Verkäuferinnen dort üblicherweise etwas freundlicher waren. Nun ja, der Patient bekam von dem wenig liebreizenden Wesen der Dame eh nichts mehr mit. Die Konzentration des Kommissars ließ zusehends nach, und aus einer Art Selbstschutz schweiften seine Gedanken ab.

Er war gerade dabei gewesen, sein Fahrrad vorm Institut für Rechtsmedizin anzuschließen, als ihm jemand auf die Schulter tippte.

»Ja, Herr Angermüller! Guten Morgen!«, sagte eine weibliche Stimme erfreut. »Tja, scheinbar muss es erst einen Toten geben, damit wir uns mal wieder sehen.«

Eine aparte, dunkelhaarige Frau in einem kurzen Etuikleid stand hinter ihm. Trotz der hohen Absätze ihrer Pumps war sie von ziemlich kleiner Statur. Sie sah den Kommissar unter ihrer kurzen Ponyfrisur herausfordernd an.

»Ach, Frau Dr. Ruckdäschl. Guten Morgen.«

»Unsere Verabredung haben Sie wohl vergessen?«

»Welche Verabredung?«, fragte Angermüller irritiert, der einen Moment zweifelte, ob er da vielleicht irgendetwas verschludert haben könnte. Doch nein, konkret verabredet waren sie wohl nicht gewesen.

»Ach so, Sie müssen entschuldigen, Frau Dr. Ruckdäschl. Ich hatte in den letzten Wochen wirklich viel um die Ohren.«

Die junge Rechtsmedizinerin sah ihn mit einem kecken Lächeln an. »Haben wir das nicht alle? Jetzt haben wir ja eine neue Chance. Wie sieht's denn diese Woche bei Ihnen aus?«

»Das könnte was werden«, sagte Angermüller ganz spontan. Er wusste selbst nicht, warum.

»Schön! Wann? Heute, morgen, übermorgen?«, fragte Frau Dr. Ruckdäschl freudig, die mit dieser Antwort anscheinend nicht gerechnet hatte.

»Ich ruf Sie heute Nachmittag an. Ihre Nummer hab ich ja noch.«

»Wunderbar! Ich freu mich drauf. Und übrigens: Frau Dr. Ruckdäschl klingt grässlich. So alt, so förmlich. Ich bin Anita. Bis später, Georg.«

Und damit war sie die Stufen zum Eingang des Instituts hochgeeilt.


»Jetzt wird es spannend, meine Damen und Herren«, verkündete Schmidt-Elm. Angermüller versuchte, ruhig und gleichmäßig zu atmen und sich wieder zu sammeln. Die beiden Rechtsmediziner beugten sich gerade über den Hals des Toten, präparierten die einzelnen Muskeln über dem Kehlkopf ab und klappten sie zur Seite.

»Hier in Höhe des Kehlkopfes befinden sich Einblutungen in den geraden vorderen Halsmuskeln. Im Zusam-

menhang mit den äußeren Malen am Hals ist damit anzunehmen, dass der Mann gewürgt wurde. Wir schauen uns
jetzt noch das Zungenbein an.«

Eine leichte Gänsehaut überzog plötzlich die nackten
Arme des Kommissars. Es war nicht nur der Kontrast zwischen der Temperatur hier drinnen und dem angenehm
warmen Sommertag draußen. Immer wieder war es für
Angermüller eine eigentümliche Erfahrung zu erleben, wie
die Körper der Opfer im Sektionssaal letztlich nur noch
Material waren, das wissenschaftlich untersucht wurde.
Wahrscheinlich blieb den Leuten, die hier tagtäglich arbeiteten, auch gar nichts anderes übrig. In jedem Toten auf
dem Tisch das Individuum zu sehen, das er einmal gewesen
war, über sein Leben und sein oft grausames Ende nachzudenken, das würde wahrscheinlich niemand lange aushalten. Auch er selbst versuchte, das in diesen Momenten
zu abstrahieren. Er wusste, dass Steffen trotzdem einen
hohen ethischen Maßstab anlegte im Umgang mit seinen
Patienten, wie er sie manchmal nannte, und bestrebt war,
den Toten nach getaner Arbeit ihre Würde zurückzugeben.

Wenig später bekräftigte der Rechtsmediziner seine
Annahme: Brüche am Zungenbein und an den Kehlkopf-
fortsätzen mit umgebenden Einblutungen plus die Einblutungen in den geraden Halsmuskeln seien das eindeu-
tige Zeichen eines Würgevorgangs. Die Platzwunde am
Hinterkopf beschrieb er als Teil eines Schädel-Hirn-Trau-
mas, einer leichten bis mittelschweren Gehirnerschütte-
rung. Und die Lage der Kopfverletzung in der sogenannten Hutkrempenlinie ließe sich mit einem Sturzgeschehen
vereinbaren, meinte er.

»Am Gehirn zeigt sich kein Hinweis auf Verletzungen,
aber es könnte im Zusammenhang mit dem SHT ersten

Grades zu einer Bewusstlosigkeit gekommen sein. Eine Todesursächlichkeit kommt der Verletzung am Hinterkopf jedoch nicht zu. Ich fasse abschließend zusammen«, verkündete Steffen von Schmidt-Elm seiner nach über zwei Stunden ziemlich erschöpften Zuhörerschaft, »der Tod ist durch Ersticken eingetreten, hervorgerufen durch massive Gewalteinwirkung gegen den Hals des Opfers. Allerdings haben wir hier noch eine Besonderheit, die das Ersticken begünstigt hat.«

Der Rechtsmediziner machte eine kurze Pause und warf einen Blick in sein jetzt wieder gespannt lauschendes Publikum.

»In der Luftröhre, bis hinein in die kleinen Bronchien, finden sich eine Anzahl Partikel, die dort nicht hingehören. Die müssen zu Lebzeiten des Mannes dahin gekommen sein, noch bevor man ihn gewürgt hat, denn er hat sie eingeatmet – warum auch immer. Nicht freiwillig, nehme ich an.«

Jetzt hielt Steffen eine Pinzette hoch. Angermüller konnte auf die Entfernung überhaupt nicht erkennen, was sich zwischen den Greifern befand.

»Wir werden das noch en détail untersuchen, aber nach erster Inaugenscheinnahme würde ich sagen, es handelt sich hauptsächlich um Getreideflocken, etwas angefeuchtet, aber noch gut erkennbar. Müsli sozusagen.«

»Oh Mann, ich dachte, dat geht nie vorbei«, beschwerte sich Jansen, als sie draußen vor dem Institut im Sonnenlicht standen.

»Und womit toppen wir jetzt dieses Highlight des Tages?«

»Ich stell' am Behördenhochhaus mein Rad ab, und danach fahren wir zusammen zur Zentrale von Öko & Frisch, wie besprochen.«

»Müsli essen?«

»Witzig, Claus«, erwiderte Angermüller trocken. »Du rufst bitte inzwischen beim Kollegen Niemann an. Der soll mal die Daten von deinem Rockstar und seiner Freundin bei der DASTA abfragen. Und später werden wir uns um die Ernährungsgewohnheiten von Kurt Staroske kümmern. Ich muss jetzt aufs Rad!«

Kurz darauf stieg Angermüller in der Welsbachstraße zu seinem Kollegen in den Dienstwagen und sie schlängelten sich an einigen Straßenbaustellen durch dichten Verkehr über die Moislinger Allee, Buntekuhweg, Padelügger Weg in Richtung Gewerbegebiet Roggenhorst. In einem schicken Neubau, in dessen geschwungenen Formen Angermüller als Vater zweier Waldorfschülerinnen sofort anthroposophische Architekturelemente erkannte, residierte die Firma Öko & Frisch. Der rückwärtige Teil des Gebäudekomplexes schien Lagerräume und Ähnliches zu beherbergen. Laster mit der Aufschrift ›Öko & Frisch‹ waren davor abgestellt. Auf dem Dach gab es Sonnenkollektoren, und eine außergewöhnliche Konstruktion von Jalousien regelte die Lichteinstrahlung vor den vielen Fenstern des Verwaltungsgebäudes. Mit der kleinen Grünanlage drum herum, die aus einer Wiese, ein paar Bäumen und einem kleinen Teich bestand, um den sich ein paar Bänke gruppierten, strahlte das Ganze eine fast erholsame Atmosphäre aus.

»Einen schönen guten Tag! Wie kann ich Ihnen helfen?«

Die junge Dame am Empfangstresen war sehr hübsch und unglaublich freundlich, adrett in eine weiße Bluse mit grünem Kragen gekleidet, auf dem das Firmenlogo angebracht war.

»Kriminalpolizei? Hoffentlich nichts Unangenehmes. Aber ich fürchte, Sie haben leider Pech!«, antwortete sie auf den Wunsch der Beamten, mit ihrem Chef sprechen zu wollen. Sie schaute dabei sehr betroffen und schien unter dieser Auskunft selbst am meisten zu leiden. »Herr Bohm hat vor einer guten halben Stunde das Haus verlassen und mir nicht gesagt, wann er wiederkommt. Das tut mir wirklich sehr leid. Wie können wir das Problem denn lösen?«, fragte sie geknickt.

»Vielleicht sagen Sie uns am besten, wann wir Herrn Bohm sicher hier antreffen können. Dann kommen wir noch mal vorbei, Frau Liebhold«, schlug Angermüller mit einem Blick auf ihr Namensschild vor. Felicitas Liebhold. Nomen est omen, dachte der Kriminalhauptkommissar, manchmal stimmt's.

»Das würden Sie tun?«, sie strahlte. »Wunderbar, ich schau gleich nach.«

Damit begann sie auf der Tastatur zu klappern, die vor ihr auf dem Tresen lag, und schaute mit großen Augen auf den Bildschirm des Computers.

»Wie passt Ihnen heute Nachmittag um 16 Uhr? Da ist Herr Bohm auf jeden Fall im Hause.«

»Prima. Dann kommen wir um 16 Uhr vorbei. Vielen Dank«, antwortete Angermüller.

»Schön! Dann hat es ja doch noch geklappt«, freute sich die Dame vom Empfang. »Ich wünsche Ihnen weiterhin einen schönen Tag. Und bis später!«

Sie waren gerade an der Eingangstür angelangt, da kam ein alter Landrover auf den Hof gefahren. Ein Mann in weißem Kurzarmhemd und Jeans sprang aus dem beigefarbenen Wagen, der mit Bullenfänger und Sandblechen wüstentauglich ausgerüstet war.

»Meine Herren! Da draußen kommt gerade Herr Bohm!«, rief die junge Frau hinter ihnen her. »Vielleicht können Sie ja gleich mit ihm reden und sparen sich am Nachmittag den neuerlichen Weg hierher. Das wäre ja auch ökologischer, nicht wahr? Ich frage ihn sofort, ob er Zeit für Sie hat, ja?«

Angermüller und Jansen blieben abwartend stehen, während der Firmenchef schnellen Schrittes hereinkam und, ohne von ihnen Notiz zu nehmen, zum Tresen eilte. Nach kurzem Zwiegespräch mit der Empfangsdame war er bei ihnen.

»Guten Tag, Hauke Bohm«, stellte er sich vor, knapp, geschäftsmäßig, und gab jedem die Hand. Sein ganzes Auftreten signalisierte, dieser Mann hatte nicht viel Zeit, wenn man etwas von ihm wollte, dann musste es wichtig sein.

»Sie sind von der Kripo? Was führt Sie her?«

»Wir haben ein paar Fragen zu einem Ihrer Mitarbeiter. Kurt Staroske«, antwortete Angermüller.

»Oh, mein Mitarbeiter, ja?«

Ein kurzes, erstauntes Grinsen.

»Hat er was ausgefressen?«

»Er ist tot«, sagte Jansen knapp.

»Ach was, tot? Der Kurt?«

Ungläubig schüttelte der Firmenchef den Kopf.

»Lassen Sie uns in mein Büro gehen.«

Noch während er dies sagte, lief er zum Empfangstresen, gab die Order aus, nicht gestört werden zu wollen, fragte seinen Besuch nach Getränkewünschen, gab diese bei Frau Liebhold auf und bat die Beamten, ihm zu folgen.

»So, dann erzählen Sie mal«, forderte er auf, als sie auf den lederbezogenen Sesseln in der Besucherecke seines riesigen Büros Platz genommen hatten. Die Wände waren hellrot lasiert, der achteckige Tisch und die Gestelle der Sessel waren aus rotbraunem Holz. In einer Ecke stand

auf dem gewachsten Holzparkett eine getöpferte Boden-
vase mit Holunderzweigen und Rittersporn, um die ein
gelbes Seidentuch drapiert war. Die Luft war mit dem
Duft ätherischer Öle geschwängert. An der Wand hinter
dem großen Schreibtisch, auf dem vor allem der PC mit
einem eleganten Flachbildschirm ins Auge fiel, hing eine
große Deutschlandkarte, in der lauter grüne Fähnchen
mit Bohms Firmenlogo steckten. Nur wenige Bücher und
Ordner fanden sich in dem Regal daneben. Auch ein Bio-
Imperium wurde heute wohl in erster Linie über das Netz
dirigiert. Nach einem leisen Klopfen schwebte Frau Liebhold herein – sie verstand es, selbst in ihren Gesundheits-
sandalen zu schweben –, servierte den Kaffee und ent-
schwand wieder mit einem seligen Lächeln.

»Herr Staroske wurde vergangenen Sonnabend auf dem
Golfplatz bei Süsel tot aufgefunden. Er starb durch Fremdverschulden«, sagte Angermüller.

»Ah ja«, nickte Hauke Bohm. »Das ist ja ein Ding. Der
Kurt ist auf dem Golfplatz ermordet worden? Was wollte
er denn dort? An diesem Wochenende, ja?«

»Da wurde er gefunden, tot ist er schon länger gewesen.
Gesehen wurde er an seinem Wohnort zuletzt am vorletzten Sonnabend.«

Einen Moment starrte Bohm stumm auf die Vase mit den
Sommerblumen. »Und was möchten Sie von mir wissen?«

»Zum Beispiel interessiert uns, welche Art von Tätigkeit Kurt Staroske in Ihrem Unternehmen hatte. Er war
doch bei Ihnen beschäftigt?«

»Mehr oder weniger.«

»Und was heißt das konkret, Herr Bohm?«

»Das ist eine längere Geschichte«, seufzte der Firmenchef. Angermüller schätzte ihn auf Anfang 30. Er war

schlank, mittelgroß, hatte blondes, lockiges Haar und in seinem linken Ohr schimmerte ein kleiner Stein. Seine glatten, gleichmäßigen Züge waren sonnengebräunt. Ein gut aussehender Mann.

»Erzählen Sie doch«, forderte Jansen ihn etwas ungehalten auf. »Wir mögen Geschichten.«

Hauke Bohm streifte Jansen mit einem Blick, der Befremden ausdrückte. So redete man sonst wohl nicht mit ihm.

»In einem unserer Märkte hier in der Region kam uns die Geschäftsführerin abhanden. Verliebt sich in einen Typen aus Oberbayern, und weg war sie. Kaum zu glauben, was? Das war Anfang letzten Jahres, im Februar. Und da kam Kurt hier vorbei und fragte nach einem Job. Genau zu diesem Zeitpunkt. Gut, er war schon etwas älter. Dafür hatte er lebenslange Erfahrung als Bioladenpionier mit einem Kollektiv in Berlin, später mit einem eigenen Geschäft, dann als Geschäftsführer in Veggy-Restaurants überall in der Welt, und so weiter und so weiter. Was er so erzählte, hat mich einfach überzeugt. Den schickt der Himmel, hab ich gedacht, und natürlich hab ich ihn sofort eingestellt.«

»Als Geschäftsführer?«, fragte Angermüller.

»Ja, in unserem Markt in Bad Schwartau. Das fing hervorragend an mit ihm in dem Laden, und die ersten Wochen lief es super. So sah es jedenfalls aus.«

Er unterbrach sich und starrte wieder das Stillleben mit den Sommerblumen an.

»Ich hab mich von Kurt einwickeln lassen. Das ist mir nie zuvor passiert. Der Typ hat es wirklich geschafft, mir die größten Schoten als Tatsachen zu verkaufen. Die ersten Wochen lief es in dem Laden ganz normal weiter, und keiner hat was gemerkt. Dann plötzlich häuften sich Überhänge bestimmter Artikel, andere Artikel fehlten total, mit den Umsätzen ging es immer weiter runter.«

Bohm schüttelte den Kopf. Bestimmt fiel es jemandem wie ihm nicht leicht zuzugeben, dass er einem Riesenirrtum aufgesessen war. Er straffte sich.

»Nun gut. Ich will jetzt nicht ins Detail gehen, ich nenne Ihnen nur mal ein kleines Beispiel: Er hatte keine Ahnung vom Umgang mit dem Warenwirtschaftssystem, mithilfe einer Praktikantin hat er sich da durchlaviert. Als wir ihn fragten, warum er immer wieder Bestellungen telefonisch durchgab, wollte er uns etwas von einem Fehler im Programm weismachen. Kurt Staroske hat es geschafft, diesen gut eingeführten Laden binnen kürzester Zeit fast gegen die Wand zu fahren.«

»Und was war mit Schadenersatz? Konnten Sie Staroske nicht juristisch beikommen?«

Bohm lachte laut auf. »Einem nackten Mann können Sie nicht in die Tasche greifen, oder? Kurt Staroske hatte nichts, absolut nichts. Außer Anwaltskosten hätte uns das nur Ärger eingebracht. Da war kein Cent zu holen.«

»So sind Sie auf dem ganzen Schaden persönlich sitzen geblieben?«

Der Mann zuckte mit der Schulter. »Hätte ich nicht einen der größten Biogroßhändler Deutschlands hinter mir stehen, der an Öko & Frisch beteiligt ist, hätte mich das Kopf und Kragen kosten können.«

»Und Staroske, den haben Sie sofort rausgeschmissen?«

»Natürlich. Sofort! Hausverbot habe ich dem Mann erteilt!«

Er unterbrach sich und sah die Beamten mit einem müden Lächeln an.

»Ich glaube an Bio. Ich bin ein Überzeugungstäter. Ich denke, irgendwann wird es nur noch Bio geben, wenn Politiker, Bauern und Verbraucher endlich begriffen haben, dass wir ohne Nachhaltigkeit unsere Umwelt auf Dauer nicht schützen und erhalten können. Wissen Sie, wir versuchen in unserer Firma, menschengemäße Arbeitsbedingungen zu schaffen, aber natürlich muss letztendlich alles korrekt und professionell laufen. Bei der Einstellung von Mitarbeitern ist mir in erster Linie die fachliche Qualifikation wichtig, ihr persönlicher Bezug zur Biokost ist zweitrangig, den bekommen sie ohnehin binnen kürzester Zeit, wenn sie nicht völlig unzugänglich sind. Hauptsache ist erst einmal, die Leute sind Profis im Umgang mit Waren und Kunden. Ich hab immer gesagt, mit diesen Dinos aus den alten, kleinen Bioläden will ich nichts zu tun haben. Die haben zwar viel Idealismus, aber dafür keine Ahnung vom Geschäft. Bei Kurt hab ich die einzige Ausnahme gemacht. Das wird mir nie wieder passieren.«

Der junge Mann war so ganz anders als die Chefs der kleinen Läden, die Angermüller sonst kannte. Wahrscheinlich hätte Bohm auch mit Baumaschinen handeln können und es genauso gut hingekriegt. Er war ein Perfektionist, das zeigte sich vom Baustil seiner Zentrale bis zu den Buchstaben seines Logos. Öko & Frisch entsprach mit seinem smarten Image, der großen Auswahl, seinen hellen, geräumigen Läden den Bedürfnissen moderner Konsumenten. Das hatte nichts mehr mit den manchmal etwas verkramten Lädchen der Pioniergeneration zu tun. Ist ja auch richtig so, ging es dem Kommissar durch den Kopf, wenn dadurch immer mehr Leute die Biosachen kaufen. Nur weil ich am liebsten in die kleinen Läden gehe, ist meine Einstellung dazu halt ziemlich nostalgisch.

»Wie kommt's, dat der Staroske dann trotzdem wieder bei Ihnen gearbeitet hat?«, hakte Jansen nach. Die Frage schien dem Unternehmer unangenehm zu sein.

»Na ja, regelmäßig gearbeitet hat er hier nicht. Er hat hin und wieder ausgeholfen. Mal hier, mal da. Wie soll ich das sagen?«

Auf der Suche nach einer Erklärung fuhr er mit dem Finger an der Tischkante entlang.

»War ein richtig armes Schwein, der Kurt. Da konnte ich eben nicht Nein sagen.«

»Und wann haben Sie Herrn Staroske zum letzten Mal gesehen?«

»Das kann ich Ihnen jetzt gar nicht genau sagen. Vielleicht so vor zwei Wochen? Ich hatte in unserer Filiale in der Altstadt einen Termin, und da hat er dort gerade ausgeholfen.«

»Hier hast du dein Müsli«, sagte Angermüller zu seinem Kollegen, als sie wieder im Wagen saßen, und hielt ihm den Kilobeutel aus Klarsichtfolie mit der Mischung aus Getreideflocken, Rosinen und Nüssen unter die Nase.

»Ich hab noch nie gern Müsli gegessen, und nach dem heutigen Morgen rühr ich das Zeug sowieso nie mehr an.«

Als Bohm ihnen gesagt hatte, dass Kurt Staroske auch hier in der Zentrale ab und zu eingesetzt worden war, hatten sie sich noch kurz das Zentrallager von Öko & Frisch zeigen lassen. Besonders stolz war der Firmenchef auf die neue, computergesteuerte Siegelrandbeutelmaschine, mit der Öko & Frisch unter anderem die hauseigene Müslisorte abpackte. Doch als Angermüller fragte, ob auch Staroske daran gearbeitet hatte, wurde dies verneint mit dem Hinweis, dass der mit dem Computersystem nicht umgehen konnte. Trotzdem bat Angermüller interessiert um eine Probe der Flockenmischung, und Bohm schenkte ihm eine Tüte.

»Ich hab's ja nich so mit Bio und kenn mich da nich so aus«, meinte Jansen. »Aber den Chef von so 'nem Ökoladen hab ich mir immer ganz anders vorgestellt.«

»Mit Gesundheitslatschen und Strickstrümpfen, ja?«

»Irgendwie so.«

»Auch wenn du es noch nicht gemerkt hast, Claus, Bio ist im Trend. Und Öko & Frisch ist kein Bioladen, sondern eine Einzelhandelskette auf Expansionskurs. Immer mehr Leute kaufen die Sachen.«

»Dat dauert bei mir noch«, entgegnete Jansen. »Nur wat mich an diesem Erfolgsmenschen sehr gewundert hat, war seine Großzügigkeit gegenüber dem Staroske. Ich kann mir dat nich vorstellen, dat der Typ den um Tausende, wenn nich Zigtausende von Euros schädigt, und der Bohm nimmt dat einfach so hin und lässt den weiterhin aus Barmherzigkeit in seinen Läden jobben. Dat passt nicht zu dem. Der war bestimmt stinksauer auf den Staroske!«

»Das mit der Barmherzigkeit ist auf jeden Fall nur Gesülze, Claus, so sehr der Mann auch von seinen menschengemäßen Arbeitsbedingungen gepredigt hat. Der hat den Staroske für einen Hungerlohn da schuften lassen. Immer wenn Not am Mann war oder wenn's um irgendwelche Drecksarbeit ging, dann musste der ran. Hast ja gehört: Lager putzen, Maschinen reinigen, Autos waschen, Müll sortieren. Ab und zu mal in einem Laden helfen, war schon eine richtige Belohnung. Wahrscheinlich hat der Bohm sich gedacht, dass er auf diese Weise wenigstens ein bisschen was von seinem Geld zurückholen kann.

Mit Menschenfreundlichkeit hatte das garantiert nichts zu tun.«

»Allerdings nich«, bekräftigte Jansen, »jetzt nach Moisling?«

Erstaunt und ein bisschen verunsichert sah Anke Mewes aus. Wieder trug sie Shorts und ein leichtes Top, doch heute schien sie sich mit Lippenstift und Wimperntusche etwas zurechtgemacht zu haben, dachte Angermüller.

»Ach, Sie«, sagte Mewes ohne große Begeisterung, als sie die beiden Polizisten vor ihrer Wohnungstür stehen sah. »Was wollen Sie denn noch?«

»Guten Tag, Frau Mewes. Können wir vielleicht einen Moment zu Ihnen hereinkommen?«, fragte Angermüller freundlich. »Wir haben ein paar Fragen und hier im Treppenhaus …«

Leise hatte sich schon wieder die Tür zur Nachbarwohnung einen Spalt geöffnet.

»Das passt mir jetzt eigentlich gar nicht«, versuchte Anke Mewes halbherzig, den unerwarteten Besuch vom Betreten ihrer Wohnung abzuhalten, machte dennoch einen Schritt zur Seite und ließ die Männer herein.

Aus dem einen Zimmer hörte man die Kinder lachen und toben. Sie führte die Beamten in ihr Wohnzimmer, das nicht sehr groß war und von einer Couchgarnitur und einer Schrankwand beherrscht wurde. Der Fernseher lief, irgendeine Kochsendung. Auf dem niedrigen Tisch standen eine Keksdose, eine Thermoskanne und zwei benutzte Kaffeetassen, was Angermüller sofort registrierte.

»Wir wollen auch nicht lange stören«, sagte er zu der jungen Frau. »Können Sie uns erzählen, was Herr Staroske gewöhnlich so zum Frühstück gegessen hat?«

Sie sah ihn irritiert an. »Ganz normal. Brötchen, Butter, Marmelade, manchmal Käse. Der hat ja kein Fleisch gegessen, der Kurt«, erklärte sie. »Und Kaffee getrunken hat er. Warum ist das so wichtig?«

»Das brauchen wir einfach nur für unsere Ermittlungen, Frau Mewes. Der Vollständigkeit halber.«

Sie gab sich mit dieser nichtssagenden Erklärung zufrieden. Die kleinere ihrer beiden Töchter lugte um die Ecke ins Wohnzimmer. Als Angermüller sie anlächelte, zog sie beleidigt ihren Kopf zurück.

»Was ist mit Müsli? Hat Kurt Staroske manchmal Müsli gegessen?«

Anke Mewes überlegte. »Höchstens mal so zwischendurch. Die Kinder essen immer Müsli zum Frühstück, aber da wollte Kurt lieber seine Brötchen.«

»Mama! Müsli!«, tönte es plötzlich von der Tür. »Will Müsli essen!«

»Sei ruhig, Kimberly, du hattest welches zum Frühstück. Gibt bald Mittag. Mama macht Pizza«, gab Anke Mewes genervt zurück.

»Will aber Müsli«, nölte die Kleine mit den schwarzen Löckchen und steckte den Daumen in den Mund. Als keine Reaktion mehr von ihrer Mutter kam, drehte sie sich auf dem Absatz um und trappelte davon.

»Könnten Sie uns das Müsli mal zeigen, das Sie im Haus haben?«

»Wenn das so wichtig für Sie ist.« Sie erhob sich lahm. Kimberly kam angesaust und schmiss sich gegen ihre Mutter, die das Kind unwillig von sich wegdrückte.

»Mama, warum sitzt denn der Robby ganz allein in der Küche?«, fragte die Kleine.

# KAPITEL VI

»Siehst du? Da drüben steht sein Auto.«

Jansen deutete auf einen weißen Mini, der im Schatten auf der anderen Straßenseite stand, als sie das Wohnhaus von Anke Mewes verließen. Er hatte ein britisches Nummernschild, und auf der Fahrertür war der auffällige Schriftzug des Lubeca Country Golf Clubs angebracht.

»Haben wir vorhin wohl übersehen.«

Der Greenkeeper hatte einen ziemlich verstörten Eindruck gemacht, als ihm in Anke Mewes' Küche plötzlich die beiden Beamten gegenüberstanden. Sein Deutsch war erkennbar schlechter als sonst. Er hatte seinen freien Tag, erklärte er, und da hatte er bei Anke einfach mal angerufen. Vielleicht könne er seiner früheren Freundin irgendwie helfen, hatte er gedacht, nachdem ihr neuer Lebensgefährte ›hinweggegangen war‹, wie er es ausdrückte. Die junge Frau schien über seine Anwesenheit jedenfalls nicht unglücklich zu sein.

So hatten Angermüller und Jansen sich nur noch das Vorratsglas zeigen lassen, in dem Anke Mewes das Müsli aufbewahrte – es war die Eigenmarke irgendeines Discounters, wie sie angab – und eine Probe davon in einen kleinen Klarsichtbeutel abgefüllt.

»Machen wir erst mal Mittagspause?«, fragte Jansen.

»Lass uns vorher die Müsliproben in der Rechtsmedizin vorbeibringen, und ich besorge mir in der Stadt noch was zu essen. Du willst wieder den Härtetest in der Kantine machen?«

»Mir schmeckt dat da. Ich weiß gar nicht, wat du immer hast«, erwiderte Jansen verständnislos, der vor allem die reichlichen Portionen dort schätzte. »Aber ich glaube, heute könnt ich mal wieder einen Burger vertragen.«

So saßen sie denn eine knappe Stunde später im Besprechungsraum vom K 1 im siebten Stock der Bezirkskriminalinspektion, Jansen beim Burger, Angermüller bei Schwarzbrot und frischem Matjes. Der Kriminalhauptkommissar erfreute sich an der weiten Sicht über die Altstadt, die mit ihren roten Ziegeldächern und grünen Kirchtürmen wieder in strahlendem Sonnenlicht lag, während er mit glücklicher Hingabe schmauste. Die Stunden in der Rechtsmedizin am Morgen waren fast schon vergessen, und umso intensiver konnte er sich nun wieder den kleinen, angenehmen Dingen des Lebens widmen.

»Wat du an diesem salzigen Fischkram findest, ist mir schleierhaft«, murmelte Jansen mit vollen Backen und einem angewiderten Blick auf den Teller seines Kollegen.

»Das kann ich dir voll und ganz zurückgeben, Claus. Über deine Geschmacksvorlieben wundere ich mich auch immer wieder«, sagte Angermüller und biss genüsslich in das mit Butter bestrichene Schwarzbrot. Dann schnitt er ein Stück von dem salzigen Fisch ab, dessen Konsistenz sahnig und zart war, genau richtig, so wie er es liebte, dazu frische Zwiebelringe – wie einfach, aber delikat diese Geschmackskomposition doch war!

»Im Matjes kannst du das Meer schmecken«, erklärte er schwärmerisch seinem Kollegen.

Jansen schnitt eine angeekelte Grimasse und schob den Rest seines ersten Burgers in den Mund, während er das Päckchen mit dem Cheeseburger für seinen zweiten Gang öffnete.

»Übrigens, ich hab mir vorhin den kleinen Taschenkalender von Staroske mal genauer angeschaut. Da stehen oft nur ein oder mehrere Buchstaben und eine Zahl drin. Die Zahl ist wahrscheinlich die Uhrzeit, weil kein Eintrag über 21 hinausgeht. Dat sind also alles Termine oder Verabredungen, und die Buchstaben stehen für Personen oder Orte. A hab ich öfter gefunden. Dat ist bestimmt seine Freundin, Anke Mewes. Und ÖF 8 ist mit Sicherheit Öko & Frisch, Arbeitsbeginn 8 Uhr. Und H 16 heißt in unserem Fall dann, 16 Uhr am Sonnabend, Verabredung mit H.«

»Sehr gut, Claus, klingt logisch. Kennen wir einen Menschen in seinem Umfeld, der mit H anfängt?«

»Tja, mehrere. Henning Langhusen, Holger Andresen, Rob Higgins«, zählte Jansen auf. »Da gibt's einige.«

»Der Andresen? Kann ich mir nicht vorstellen.«

»Guten Tag und guten Appetit! Darf ich kurz stören?«

»Kein Problem, Herr Grempel. Was haben Sie denn Schönes für uns?«, fragte Angermüller den neuen Kollegen von der Kriminaltechnik.

»Wir haben unsere Untersuchungen abgeschlossen. Den Bericht kriegen Sie später. Ich wollt' Ihnen schon mal sagen, dass wir an verschiedenen Stellen auf der Kleidung des Opfers Fasern gefunden haben, die mit ziemlicher Sicherheit von einer Wolldecke stammen. Was ein weiterer Hinweis darauf ist, dass der Mann woanders getötet und in dieser Decke an den späteren Fundort verbracht wurde.«

»Was ich mich allerdings frage«, überlegte Angermüller, »warum schleppt jemand die Leiche auf diesen Golfplatz? Ist das nur Zufall oder steckt da irgendein tiefer Sinn dahinter?«

»Und legt sie so ab, dat sie früher oder später gefunden werden muss«, ergänzte Jansen. »Kann natürlich auch sein, dat der Verdacht bewusst auf irgendjemand anderen gelenkt werden sollte.«

»Oder der Täter ist nur gestört worden und hatte eigentlich einen anderen Platz für das Ablegen der Leiche geplant«, meinte Mehmet Grempel, der seiner weichen Aussprache nach bestimmt nicht in Norddeutschland aufgewachsen war, wie Angermüller auffiel.

»Ach, habt ihr eigentlich auch Getreideflocken oder so was auf der Kleidung gefunden?«, wollte er dann wissen.

»Tatsächlich, haben wir«, staunte der Kriminaltechniker. »Dazu wollt' ich eben kommen. An der Innenseite des Halsausschnitts seines T-Shirts klebten zwei Sultaninen, und an der einen haben wir auch Partikel von Haferflocken und Blütenpollen gefunden. Woher wussten Sie?«

Angermüller erläuterte kurz dem jungen Mann das Obduktionsergebnis.

Mehmet Grempel hatte sich gerade verabschiedet, da stand Thomas Niemann in der Tür.

»Mahlzeit, Kollegen!«

»Hallo, Thomas, was gibt's?«, fragte Angermüller den Mann, der in der ganzen Bezirkskriminalinspektion für sein phänomenales fotografisches Gedächtnis bekannt und berühmt war, aber vor allem für seine unvergleichliche Hartnäckigkeit beim Recherchieren von Daten und Fakten. Niemann wedelte fröhlich mit ein paar Papieren und setzte sich zu ihnen an den Tisch.

»Guten Appetit erst mal! Darf ich euch mit meinen Erkenntnissen von der DASTA nerven?«

»Wir sind sowieso fast fertig. Leg los«, seufzte Angermüller und schob sich das letzte Stück Fisch in den Mund.

»Eure beiden Musiker, Holger Andresen und Peggy Stein, sind den Kollegen vom K 4 bestens bekannt.«

»Rauschgift! Is nich wahr!«, rief Jansen. »Die Jungs aus der Metal-Szene konsumieren normalerweise eher reichlich Alkohol und Nikotin.«

»Ausnahmen bestätigen wohl die Regel«, meinte Niemann achselzuckend. »Die Latte an Rauschgiftdelikten von diesem Andresen ist jedenfalls ganz schön lang.«

»Und welches Zeug?«

»Ist alles dabei, von Marihuana über Pillen bis zu Kokain. Aber hauptsächlich wohl Gras. Vor allem beim Handel mit Marihuana wurde Andresen mehrmals erwischt. Einmal saß er auch im Bau, weil er mit einem bundesweit bekannten Dealerring zusammenarbeitete. Bei seiner Freundin ging's immer um kleine Mengen, die sie angeblich für den Eigenbedarf besaß. Ach so, und im Indoor-Anbau von dem Zeug hat er sich auch schon versucht. Da hatte er sich mit jemandem zusammen eine Lagerhalle gemietet, aber blöderweise die Stromversorgung von der Marmeladenfabrik nebenan angezapft. Die Leute haben sich über ihre wahnsinnig angestiegene Stromrechnung gewundert, und deshalb ist das Ganze dann aufgeflogen.«

»Der Holgi!«, Jansen wirkte ziemlich verblüfft. »Also, nee, wirklich!«

»Wer weiß«, überlegte Georg Angermüller. »Vielleicht war seine Freundin ja deshalb so nervös, weil die wieder irgendein Geschäft laufen haben. Ich denke, wir sollten bei Andresen sofort eine Durchsuchung machen, in der Hoffnung, dass die nicht schon alles beiseitegeschafft haben, nachdem wir bei ihnen waren. Ich ruf' gleich bei der Staatsanwaltschaft an. Vielleicht war der Staroske in diese Rauschgiftgeschäfte verwickelt, der brauchte ja immer Geld. Und die Diskussion, die Frau Langhusen beobachtet hat, ging vielleicht nicht um irgendwelche Schulden, sondern um dieses Thema. Und wir wissen ja: Beim Geld hört die Freundschaft auf.«

»Gut möglich«, stimmte Jansen zu.

»Claus, veranlasst du bitte, dass zwei Kollegen vom Rauschgift mitkommen. Zwei Streifenwagen sollen uns begleiten, und wir nehmen Anja-Lena mit.«

Sie hatten eine große Platte Rohkost wie Kohlrabi, Gurken, Tomaten, Radieschen, eben mit allem, was der Garten zurzeit hergab, verzehrt, mit Kräuter- und Erdnusssoße, sowie einem scharfen, roten Dip. Anschließend hatten sie sich noch auf einen großen Stapel Eierpfannkuchen gestürzt, dazu Apfelmus aus den ersten Frühäpfeln, die Thea und Lisamarie gestern aufgesammelt hatten.

Täglich so viele Leute zu bewirten, war nicht einfach. Möglichst viel von dem, was Gesche ihnen zum Essen servierte, kam hier vom Hof. Gleichzeitig versuchte sie, einen bunten und abwechslungsreichen Speiseplan zu gestalten, dachte dabei stets an die Kosten. Gewöhnlich hielt sie sich an die gute Regel der Bauern aus früheren Zeiten und servierte nur an Sonn- und Feiertagen Fleisch.

Wie üblich waren sie wieder eine große Runde beim Mittagessen, heute zwölf Personen mit Familie, Praktikanten, Betreuten und Lisamarie. In verschiedenen Einzelgesprächen hatten Gesche und Henning den anderen von Kurt und seinem Schicksal erzählt.

»Der Kurt ist doof«, war Dominiks lakonische Reaktion. Er hatte von Anfang an mit seiner Abneigung gegen den neuen Mitbewohner nicht hinter dem Berg gehalten, und wenn Kurt für Thea und ihre Freunde den Clown spielte, war er jedes Mal verärgert weggerannt. Dieser, im allgemeinen Sprachgebrauch Behinderte, hatte ein feines

Gespür für menschliche Charaktere, umso verwunderter war Gesche über seine tief sitzende Antipathie in diesem Fall. Inzwischen dachte sie jedoch, dass Dominik wohl früher als alle anderen Kurts Vorspiegelungen erkannt hatte.

Bis auf Svenja, die immer noch ziemlich durcheinander war, hatten alle die Neuigkeit recht gefasst aufgenommen. Thea hatte auf dem Jahreszeitentisch eine Kerze für Kurt angezündet, und Lisamarie, die bereits von ihren Großeltern informiert worden war, hatte etwas von Tatort und Kommissaren schwadroniert.

Als sie mit Henning allein bei ihrer Tasse Kaffee saß, die ihr kleiner Luxus jeden Tag nach dem Mittagessen war, schnitt Gesche ein Thema an, das ihr schon seit gestern durch den Kopf ging.

»Ich muss die ganze Zeit daran denken, was dem Kurt passiert ist und wer das wohl getan haben mag. Ob wir den Täter kennen?«

Henning trank weiter schweigend seinen Kaffee.

»Und außerdem überlege ich immer …«, sie zögerte, »ich meine, er muss doch schließlich bestattet werden.«

»Dafür sind wir nicht zuständig«, erwiderte Henning entschieden.

»Und wer kümmert sich darum?«

»Normalerweise die Familie, oder?«

»Hatte Kurt denn Familie? Weißt du irgendwas darüber?«

Henning zuckte mit den Schultern. »Hat er nicht immer erzählt, er wäre frei wie ein Vogel? Kein festes Zuhause, keine Verpflichtungen, keinen Besitz?«

»Ja, stimmt. Na ja, er hatte diese Anke«, grübelte Gesche. »Aber erstens waren die noch nicht sehr lange zusammen, und zweitens ist die finanziell ziemlich schlecht dran, glaube ich.«

»Ich ahne schon, was jetzt kommt!« Ihr Mann hob abwehrend seine Hände. »Bitte, Gesche, du musst nicht immer denken, dass du für alles verantwortlich bist! Du musst dir diese Sache nicht auch noch ans Bein binden, du hast genug zu tun. Bestimmt kümmert sich die Polizei darum.«

»Und wenn nicht? Ich finde, wir sollten zumindest versuchen herauszufinden, ob es da jemanden gibt.«

»Oh nein!« Hennings Stimme wurde lauter. »Das machst du bitte nicht! Ich habe überhaupt kein Interesse, diesem Mann das letzte Geleit zu geben, geschweige denn, ihm seine Beerdigung zu bezahlen!«

»Sag mal, was ist denn los?« Gesche sah ihren Mann völlig perplex an. »Du hast den Kurt angeschleppt! Und schließlich gehörten wir zu den letzten Bezugspersonen in seinem Leben. Irgendwie war er ja auch Teil unserer großen Familie auf dem Hof.«

»Familie! Tss!«, machte Henning aufgebracht. »Ein ichbezogenes Arschloch war der Typ!«

Der Hund, der die ganze Zeit neben Hennings Stuhl gedöst hatte, hob aufmerksam seinen Kopf.

»Psst, Henning! Die Kinder!«, machte Gesche. So hatte sie ihren Mann schon lang nicht mehr erlebt.

»Was ist denn los mit dir? Wie redest du denn?«

»Ich möchte darüber gar nicht mehr reden«, entgegnete Henning mühsam beherrscht. »Für mich ist das Thema beendet. Punkt.«

»Tut mir leid«, sagte Gesche, die sich so leicht nicht aus dem Konzept bringen ließ. »Für mich nicht. Ich sehe das anders. Ich finde, das sind wir dem Kurt von Mensch zu Mensch einfach schuldig, egal, wie er war.«

Ohne ein weiteres Wort stand Henning Langhusen abrupt auf und ging hinaus. Nero rappelte sich hoch und folgte seinem Herrchen auf dem Fuß. Gesche blieb allein in der Küche zurück. Sie wusste gar nicht, wie ihr geschah, und war ziemlich ratlos.

»Hallo, darf ich reinkommen?«

Tilde stand in der Tür zum Garten. Ob sie wohl etwas vom Wutausbruch meines lieben Mannes mitbekommen hat, fragte sich Gesche.

»Natürlich, komm rein, Tilde!«, forderte sie die Malerin erfreut auf. »Magst du vielleicht eine Tasse Kaffee?«

»Ach ja, das ist nett, vielen Dank. Ich hab den ganzen Tag Bilder aufgehängt und an Lichtschienen gebastelt. Eine kleine Pause kann ich gebrauchen. Aber gekommen bin ich eigentlich, weil ich mir eine Zange leihen wollte, wenn das geht.«

»Kein Problem. Geb' ich dir nachher.«

Die Malerin setzte sich mit an den großen Holztisch. »Oh, ich bin ein bisschen aufgeregt«, sagte sie mit einem verlegenen Lächeln. »Dabei habe ich schon öfter Ausstellungen vorbereitet.« Sie nahm einen Schluck aus der Tasse, die Gesche ihr hingestellt hatte.

»Ist doch klar! Du bist neu hier, kennst noch wenig Leute, kennst vor allem die ostholsteinische Kunstschickeria nicht«, grinste Gesche. »Da ist das völlig normal, dass man nervös ist, finde ich.«

»Mögt ihr denn zu meiner Vernissage am Mittwochabend kommen? Dann hätte ich wenigstens ein paar bekannte Gesichter um mich herum.«

»Ich habe fest vor zu kommen. Ob Henning es auch schafft, kann ich nicht sagen. Es muss ja abends noch gemolken werden.«

»Ich würde mich jedenfalls sehr freuen. Es wird bestimmt ganz schön. Außerdem soll es Wein und etwas zum Knabbern geben, wurde mir versprochen.«

»Ich komme auf jeden Fall«, versprach Gesche. »Männer!«, seufzte sie dann. »Die versteh einer! Hast du das eben mitbekommen? Laut genug geredet haben wir ja.«

»Ich hab deinen Mann mit dem Hund rauskommen sehen, sonst nichts.«

»Keine Ahnung, warum er so reagiert hat!« Die Bäuerin hob hilflos die Schultern. »Ich habe nur gesagt, dass wir uns um Kurts Bestattung kümmern sollten, beziehungsweise erst einmal herausfinden müssten, ob er Verwandtschaft hat. Aber davon wollte er überhaupt nichts wissen, und dann ist er richtig böse geworden.«

Tilde war sehr zurückhaltend. Sie fragte nichts, sie kommentierte nicht, sie hörte einfach nur zu. Gesche fand das sehr wohltuend.

»Ach, Tilde, ich find's schön, dass du meine Nachbarin bist«, sagte sie und ergriff ihre Hand. »Ich hab mir immer gewünscht, dass hier eine Frau einzieht, mit der ich ab und zu mal klönen kann oder mich bei ihr ausweinen kann. Das fehlte mir bisher ein bisschen. Ich bin froh, dass wir jetzt den Anfang gemacht haben. Und gerade heute kann ich so ein Gespräch von Frau zu Frau sehr gut brauchen!«

Die Nachbarin schwieg. Sie zog ihre Hand zurück und lächelte, fast ein wenig schüchtern, wie Gesche fand.

»Findest du nicht auch, dass man sich darum kümmern muss, Kurt ordentlich bestatten zu lassen? Vielleicht hat er ja Familie, das müsste man zumindest versuchen herauszufinden. Aber Henning meint, die Polizei würde das schon organisieren. Er jedenfalls will überhaupt nichts damit zu tun haben.«

Gesche hatte sich schon wieder heiß geredet.

»Na ja, letztendlich wird doch jeder irgendwie irgendwo bestattet. Und wenn einer niemanden hat, wird sich wohl die Gemeinde kümmern«, meinte Tilde nur ruhig. »Ich weiß nicht, ob das nötig ist, dass ihr da was unternehmt.«

»Ach, entschuldige, dass ich dich mit dieser Diskussion überhaupt behellige. Ich rede und rede«, nahm Gesche sich wieder zurück. »Du hast Kurt ja kaum gekannt. Zum Glück sind die meisten auf dem Hof ganz gut mit der Nachricht von seinem Tod umgegangen. Nur für Svenja war es ein bisschen viel, glaube ich. Sie hat wieder diese entsetzlichen Kopfschmerzen bekommen.«

»Die Arme! Was hat sie eigentlich für Probleme?«

»Svenja hat Schwierigkeiten, die Stimmungen, Gefühle und Empfindungen anderer Menschen wahrzunehmen und zu verstehen. Vielleicht hast du schon mal vom Asperger-Syndrom gehört, einer bestimmten Form von Autismus? Für Menschen, die darunter leiden, ist jede soziale Interaktion eine große Hürde, und oft scheitern sie daran.«

Tilde nickte.

»Als behindert würde ich Svenja trotzdem nie bezeichnen«, fuhr Gesche fort. »Sie hat eine völlig normale Intelligenz, und wenn man ihr Sicherheit verschafft, durch vertraute Bezugspersonen, feste Orte, wiederkehrende Routinen, dann merkt man ihr außer einer gewissen Zurückhaltung nichts an. Und dass sie auf die Nachricht vom Tod eines ihr bekannten Menschen heftig reagiert, ist ja eigentlich etwas Normales. Seit sie bei uns ist, hat Svenja jedenfalls einige Fortschritte gemacht. Das Leben in der Gemeinschaft, der Rhythmus der Jahreszeiten in der Arbeit mit der Natur, der Umgang mit den Tieren, das tut ihr alles sehr gut. Sie hatte früher auch massive Essstörungen, kam direkt aus einer Therapie zu uns. Zum Glück ist dieses Problem hier nicht wieder ausgebrochen.«

»Bewundernswert, was ihr hier alles macht«, sagte Tilde. »Neben der ganzen Landwirtschaft noch die Betreuung von Svenja, Dominik und den anderen. Bravo.«

»Wir sehen den Hof, die Menschen und die Arbeit mit der Natur als Einheit. Alle werden hier in die Pflicht genommen, jeder trägt auf seine Weise zum Gelingen des Ganzen bei, fühlt sich angenommen und verantwortlich. Und so werden bei unseren betreuten Menschen, quasi durch ihr eigenes Tun, heilsame Prozesse in Gang gesetzt.«

»Trotzdem, ich sehe ja, was ihr hier leistet. Das ist echt bewundernswert«, anerkannte die Malerin. »So, jetzt muss ich aber wieder. Vielen Dank für den Kaffee, Gesche. Und nicht vergessen, Mittwochabend!«

»Die Zange!«, erinnerte Gesche.

Nachdem ihre Nachbarin mit dem Werkzeug versorgt und gegangen war, musste Gesche sofort wieder an die Auseinandersetzung mit Henning und an seinen überraschenden Gefühlsausbruch denken. Seit Tagen war ihr Mann so wortkarg und grüblerisch. Ein Zusammenhang, der ihr bisher nicht aufgefallen war, drängte sich ihr mit einem Mal auf. Sie versuchte, sich genauer zu erinnern, ob er seit dem vorletzten Wochenende so verändert war. Damals war Kurt zum letzten Mal auf dem Hof gewesen. Und die Polizei schien anzunehmen, dass er an diesem Wochenende umgebracht worden war. Gab es da vielleicht irgendeine Verbindung? Langsam und stetig nahm eine Befürchtung in ihrem Inneren Platz, die sie gar nicht weiter ausformulieren wollte. Nein, das konnte nicht sein. Sie war verrückt, diese absurden Gedanken auch nur im Ansatz zuzulassen. Aber egal, wie Gesche es drehte und wendete, sie landete stets aufs Neue bei der einen, beängstigenden Vorstellung.

»Gesche!«, rief jemand aufgeregt und riss sie aus ihren finsteren Überlegungen.

»Was ist denn, Dominik? Du bist ja ganz zitterig!«

»Da! Gesche, guck doch! Die Polizei! Ganz viel Polizei!«

Ganz so cool wie bei ihren vorangegangenen Besuchen wirkte Holger Andresen diesmal nicht. Besonders nicht, als er die Beamten vom Kommissariat für Rauschgiftdelikte entdeckte, die ihn mit dem Durchsuchungsbefehl in der Hand begrüßten wie einen alten Bekannten. Peggy Stein brach sofort in Tränen aus. Gemeinsam mit den Streifenbeamten stellten die Rauschgiftfahnder die kleine Kate auf den Kopf, während Angermüller und Jansen den Musiker allein befragten. Die Frau hatte sich unter Anja-Lenas Obhut nach draußen in einen der Streifenwagen begeben müssen.

Der Wohnraum, in dem die Kommissare mit dem Musiker saßen, war ein wenig dunkel, aber mit einem großen Kaminofen, dem breiten, mit Fellen belegten Sofa, ein paar Lederpolstern und den vielen bunten Teppichen sah er recht gemütlich aus. An den Wänden hingen Plakate der Metal Shields und eine goldene Schallplatte, vier E-Gitarren standen auf Gestellen darunter. Trophäen aus vergangenen, glanzvollen Zeiten.

»Sie haben uns etwas von einer wichtigen Verabredung erzählt, die Kurt Staroske an besagtem Samstagnachmittag hatte. Das waren nicht zufällig Sie selbst, Herr Andresen, mit dem er einen Termin hatte?«, fragte der Kriminalhauptkommissar.

»So'n Quatsch! Wie kommen Sie darauf?«

Ohne auf diese Bemerkung einzugehen, forderte Angermüller den Mann auf: »Nun erzählen Sie uns ganz genau, worüber Sie mit Kurt Staroske bei Ihrem letzten Treffen so intensiv diskutiert haben.«

»Das hab ich Ihnen doch schon gesagt. Der Kurt brauchte mal wieder Geld, und ich hab ihm gesagt, is nich.«

»Sie hatten nicht vielleicht ein gemeinsames Projekt laufen, um Ihre Finanzen irgendwie aufzubessern?«

»Was denn für'n Projekt?«, gab Holger Andresen zurück, während er nervös zu den Männern vom K 4 schaute, die sich gerade die Küche vornahmen.

»Na ja, Sie sind gewissermaßen ein erfahrener Geschäftsmann im Handel mit allen möglichen Stoffen«, sagte Angermüller gedehnt. Aus der Küche hörte man metallische Geräusche. Die Kollegen vom Rauschgift nahmen gerade den großen Push-Abfalleimer aus Edelstahl auseinander.

Unkonzentriert fragte Andresen: »Welche Stoffe?«

»Na, den hier zum Beispiel!«, rief der eine Fahnder aus der Küche und kam herüber in den Wohnraum. Er hielt ein in Plastikfolie eingewickeltes Päckchen in der Hand. »Ist bestimmt ein gutes Pfund.« Er entfernte einen Teil der Folie und roch daran. »Feinstes Gras, würde ich sagen. Gibt's noch mehr davon? Wo haben Sie das denn wieder her, Andresen?«

Schnaubend drehte der den Kopf zur Seite.

»Dann würde ich doch vorschlagen, wir setzen unsere Unterhaltung auf dem Kommissariat fort, Herr Andresen«, sagte Angermüller und erhob sich. »Die Kollegen vom Rauschgift wollen sicher mit Ihnen reden, und wir haben auch noch ein paar Fragen. Vielleicht sind Sie dort ein wenig gesprächiger. Ach so, eins noch: Haben Sie Müsli im Haus?«

»Seh ich aus wie 'n Körnerfresser?«

Die Kollegen vom K 4 blieben mit zwei Streifenbeamten zurück, um die Durchsuchung zu beenden. Anja-Lena Kruse begleitete Peggy Stein in einem der Streifenwagen nach Lübeck. Auf dem Hof, wo sie ihre Autos abgestellt hatten, waren einige der Bewohner versammelt und reckten neugierig die Hälse, als Angermüller und Jansen mit Andresen zu ihrem Wagen gingen. Der Hauptkommissar entdeckte auch Gesche Langhusen unter den Leuten, die mit ihren Nachbarn, den Matthiesens, vor deren blauem Mercedes Oldtimer stand. Frau Matthiesen hatte ihre Enkelin an der Hand, ihr Mann lehnte mit verschränkten Armen am Auto.

»Bin gleich wieder da«, sagte Angermüller zu seinem Kollegen und ging auf das Grüppchen zu.

»Guten Tag zusammen!«

»Herr Kommissar, guten Tag!«, begrüßte ihn Frau Matthiesen, die ziemlich aufgeregt wirkte, und gab ihm die Hand.

»Was ist denn hier los? So viel Polizei! Wir kamen gerade vom Einkaufen, als ich die Polizeiautos hierherfahren sah, und da hab ich zu Björn-Ole gesagt, lass uns mal nachgucken. Schließlich ist unsere kleine Lisamarie hier, und Sie wissen ja, ich mach mir immer so schnell Sorgen, Herr Kommissar!«

»Dafür gibt es keinen Grund, Frau Matthiesen. Mit Langhusens hat das hier überhaupt nichts zu tun. Alles in Ordnung.«

So ganz überzeugt schien die Frau von Angermüllers Erklärung nicht zu sein.

»Na, dann is ja man gut, Herr Kommissar. Wir müssen jetzt nach Hause, nich, Lisamarie?«

Das Mädchen versuchte, sich von der Hand seiner Oma loszumachen, und verzog das Gesicht, als ihr dies nicht gelang.

»Aber ich will nicht nach Hause! Es ist noch lange nicht Abend«, protestierte sie. »Und ich will lieber mit Thea bei dem Kälbchen bleiben, das die Flora gekriegt hat!«

»Nun sei mal lieb, Lisamarie. Oma kocht dir deinen Lieblingspudding.«

»Ich will keinen Pudding! Ich will das Kälbchen!«, widersprach Lisamarie böse.

»Das Kälbchen ist morgen bestimmt auch noch da«, mischte sich Herr Matthiesen ein. »Jetzt ab nach Hause, los!«

Das Kind fing an zu heulen, und die Großeltern schoben es mit sanfter Gewalt in den Wagen.

»Ach ja, Kinder«, seufzte die Nachbarin mit einem entschuldigenden Lächeln beim Einsteigen. »Manchmal haben die aber auch einen Dickschädel! Tschüss, Frau Langhusen, vielen Dank und einen schönen Tag. Und für alle Fälle hab ich ja Ihre Nummer, Herr Kommissar.«

Sie winkte Angermüller freundlich zu, und daraufhin fuhren sie davon.

»Puh«, machte Gesche Langhusen. »Diese Großeltern sind vielleicht besorgt um das Kind! Aber ich würde auch gern wissen, was mit Peggy und Holger los ist. Oder dürfen Sie da nicht drüber reden?«

Der Kommissar sah die Bäuerin an. »Na ja, es ist wohl nicht das erste Mal, dass die Kollegen vom Rauschgiftdezernat bei den beiden auftauchen. Insofern kennen Sie ja das Problem.«

»Und ich dachte, das Thema wäre ein für alle Mal erledigt«, reagierte Gesche Langhusen empört. »Wir haben ihnen angedroht, dass sie hier endgültig rausfliegen, wenn wieder was in der Richtung vorkommt. Die sind einfach unverbesserlich! Und Sie sehen ja: Das fällt alles auch auf uns zurück, wenn Peggy und Holger solchen Mist machen. Ärgerlich!«

»Wir nehmen die beiden vorerst zur Vernehmung mit aufs Kommissariat, nur damit Sie Bescheid wissen. Ich habe aber auch noch ein paar kurze Fragen an Sie, Frau Langhusen.«

»An mich? Wieso?«

Erstaunt registrierte Angermüller, dass sie sein Anliegen etwas zu verunsichern schien.

»Zum einen wollte ich Sie bitten, noch einmal nachzudenken, ob Ihnen an jenem Samstag, an dem Kurt Staroske das letzte Mal hier auf dem Hof gesehen wurde, nicht irgendetwas aufgefallen ist. Ob Fremde hier auf dem Gelände waren, die Sie vielleicht gar nicht mit Staroske in Verbindung gebracht haben, oder vielleicht ein Wagen hier parkte, den Sie nicht kannten.«

Gesche Langhusen schüttelte den Kopf. »Ich bin an diesem Nachmittag mit Thea, Svenja und Dominik zum Strand gefahren. Nero haben wir auch mitgenommen.«

»Wer ist das?«

»Na, er hier«, erklärte die Bäuerin und tätschelte den Kopf des schwarzen Hundes, der direkt neben ihr saß. »Allerdings weiß ich nicht mehr genau, wann wir aufgebrochen sind. Es war auf jeden Fall später als sonst, vielleicht so um drei, halb vier. Und da habe ich niemanden hier gesehen.«

»Okay. Zum anderen wollte ich von Ihnen wissen, ob Sie hier Müsli haben.«

»Wie, Müsli? Was meinen Sie?«, fragte sie irritiert nach.

»Na ja, mich interessiert, ob der Kurt Staroske hier manchmal welches gegessen hat.«

»Ach so. Einige essen Müsli zum Frühstück. Aber der Kurt, wenn er überhaupt hier gefrühstückt hat, eigentlich nicht. Höchstens so zwischendurch hat er sich manchmal eins gemacht.«

»Könnten Sie mir Ihr Müsli mal zeigen?«

Die Bäuerin schaute ein wenig überrascht. »Ja, natürlich. Das hab ich im Küchenschrank. Wenn Ihnen das irgendwie hilft.«

Er ging mit ihr in die Küche, wo sie eine große Büchse mit Müsli aus dem Schrank holte und Angermüller eine Probe davon in seinen mitgebrachten Klarsichtbeutel füllte. Als sie schon wieder draußen standen und er sich schließlich verabschieden wollte, sagte sie plötzlich: »Wissen Sie was? Irgendjemand war an dem Nachmittag doch auf dem Hof zu Besuch. Das ist mir gerade eingefallen. Ich weiß natürlich nicht mehr, wer und bei wem. Aber als wir zum Strand losgefahren sind, parkte da so ein Geländewagen, den ich vorher noch nie gesehen habe.«

»Können Sie den näher beschreiben? Was für eine Marke? Welche Farbe?«

»Tut mir leid, mit Automarken kenne ich mich nicht aus. Der war ziemlich alt, würde ich sagen, und er war irgendwie sandfarben. Und so ein merkwürdiges Gitter hatte er über dem Kühler.«

»Ah ja. Falls Ihnen mehr dazu einfällt – hier, die lass ich Ihnen da. Da sind sämtliche Nummern drauf, unter denen Sie uns erreichen können.«

Er drückte ihr seine Karte in die Hand.

»Na denn, vielen Dank, Frau Langhusen. Tschüss.«

»Tschüss«, erwiderte sie seinen Gruß. Als Angermüller zu Jansen in den Wagen gestiegen war, stand sie immer noch in der Tür und blickte nachdenklich zu ihnen herüber. Kurz darauf drehte sie sich um und ging ins Haus.

Während Jansen und ein Kollege die Vernehmung von Holger Andresen durchführten, saß Angermüller mit Anja-Lena Kruse im Raum gegenüber und versuchte, Peggy Stein zu befragen. Die Frau mit dem blass geschminkten Gesicht und den schwarzen Locken wirkte sehr durcheinander und tat dem Kommissar fast leid. Anja-Lena streichelte ihr hin und wieder beruhigend die Hand.

»Frau Stein, hier reißt Ihnen doch niemand den Kopf ab. Beantworten Sie einfach wahrheitsgemäß unsere Fragen. Mehr verlangen wir gar nicht«, sagte sie in freundlichem Ton.

Die junge Kollegin macht das sehr gut, fand Angermüller. Die Zusammenarbeit mit ihr war insgesamt sehr angenehm durch ihr ausgeglichenes Naturell und ihre zugewandte Art. Vor zwei Jahren hatte sie von der Schutzpolizei in die Lübecker Bezirkskriminalinspektion gewechselt und war inzwischen auf dem Weg zur Kriminalhauptmeisterin. Die ersten Monate waren eine harte Prüfung für die große, natürlich aussehende Frau mit dem strohblonden Zopf gewesen, da sie ausgerechnet Andreas Meise von der Kriminaltechnik zugeteilt worden war. Dieser war bekannt und verrufen für sein Machogehabe und seine frauenfeindlichen Sprüche. Doch Anja-Lena hatte sich davon nicht irritieren lassen und Ameise des Öfteren vor versammelter Mannschaft in die Schranken gewiesen.

»Möchten Sie vielleicht etwas trinken? Ein Wasser, einen Kaffee?«, fragte sie die Frau, die sich mit vor der Brust gekreuzten Armen zusammenkauerte, als ob sie sich auf die Weise unsichtbar machen könnte.

»Kaffee, bitte«, kam es leise von Peggy Stein. »Und wenn ich rauchen dürfte?«

»Na klar. Ich hol Kaffee. Sie auch einen, Chef?«

Obwohl er dem Zeug aus dem Automaten nicht viel abgewinnen konnte, sagte Angermüller Ja. Vielleicht diente es der Vertrauensbildung, gemeinsam von dieser Plörre zu trinken. Während Anja-Lena draußen war, drehte sich die Musikerin eine Zigarette. Ihre Bewegungen waren noch fahriger als am Vortag.

Scheinbar wirkten sich aber das Rauchen und Trinken tatsächlich positiv auf die Aussagewilligkeit Peggy Steins aus. Als sie den ersten Schluck genommen hatte, hob sie kurz den Kopf und deutete sogar ein kleines, dankbares Lächeln an.

»Sie wissen ja, Frau Stein, unser Interesse hier gilt weniger Ihrer Rolle in dieser Rauschgiftgeschichte als vielmehr der Aufklärung der Todesumstände von Kurt Staroske. Sie sind für uns eine wichtige Zeugin. Deshalb wiederhole ich meine Frage: An diesem Samstagnachmittag, wann genau sind Sie da mit Staroske zusammen gewesen und was haben Sie gemacht?«, begann Angermüller noch einmal.

Sie sah zu Boden und rauchte, schnell und nervös.

»Es war nach dem Mittagessen, das wissen Sie ja schon. Wir sind mit Kurt rüber zu uns gegangen. Wahrscheinlich so zwischen zwei und drei«, sie zauderte einen Moment. »Die wollten was zusammen besprechen.«

»Wer, die?«

»Holger und Kurt.«

»Sie waren nicht mit dabei?«

»Ich wollte eigentlich nicht. Aber Holger hat darauf bestanden. Er will immer alles mit mir zusammen machen.«

»Und worum ging es? Es ging um Geld, hatten Sie uns beim letzten Mal gesagt.«

Peggy Stein seufzte.

»Ja, Geld. Immer war Geld das Thema!«, sagte sie, es klang verzweifelt. »Mit Holger. Mit Kurt. Wenn man keins hat, gibt es nur dieses Thema.«

»Und weiter?«

»Holger und Kurt hatten immer irgendwelche Ideen. Verrückte Ideen. Dieser Kurt war genau der Richtige für so was. Der konnte unglaubliches Zeug fantasieren und war für jeden hirnrissigen Quatsch zu begeistern. Und Holger ließ sich davon anstecken.«

Jetzt hob sie den Kopf.

»Ich wollte damit nie was zu tun haben, das müssen Sie mir glauben!«

»Womit denn?«

Sie holte noch einmal tief Luft, als müsse sie sich stärken, ermutigen.

»Mit ihrem ›Projekt Freiland‹.«

Nachdem sie dieses Stichwort genannt hatte, schien ein Damm gebrochen, und sie erzählte, nur von kurzen Pausen unterbrochen, in denen sie trank und rauchte, den Beamten von dem Vorhaben der beiden Männer.

»Der Holger hatte auf einer Waldlichtung dieses kleine Feld entdeckt, das der Henning in dieser Saison brachliegen lässt. Und da ist er auf die Idee gekommen, es dort mit Hanfanbau im Freiland zu versuchen. Weil, das ist ja viel billiger, als eine Halle zu mieten, meinte er. Und die hohen Stromkosten, die fallen auch weg.«

Sie zuckte mit den Schultern.

»Außerdem meinte Holger auch, das wird nicht so leicht entdeckt. Und bis jetzt ist ja wirklich noch niemand drauf gestoßen, scheinbar. Und als er dem Kurt davon erzählt hat, war der sofort begeistert. Bestes Gras vom Graswurzelhof, das klingt doch super, hat der gleich gesagt.«

Seit März waren die beiden Männer schon mit ihrem Projekt beschäftigt, hatten gesät, gedüngt, sich sogar von den biologisch-dynamischen Präparaten des Graswurzelhofes bedient. Zwar gab es immer mal Diskussionen um die Arbeitsteilung und die Investitionen, aber im Großen und Ganzen verstanden sich Holger Andresen und Kurt Staroske ganz gut. Nur waren sie eben immer knapp bei Kasse, schuldeten einem Bekannten von Holger noch einen ordentlichen Betrag für das Saatgut, brauchten Geld für Verpackungsmaterial. Darüber hatten sie dann an jenem Samstag so heftig diskutiert.

»Und dabei ist es nicht zu Handgreiflichkeiten zwischen den Männern gekommen, Frau Stein?«, hakte Angermüller ein. Erschrocken sah die Frau den Kommissar an.

»Natürlich nicht! Mit dem Tod von Kurt hat der Holger nichts zu tun! Das müssen Sie mir wirklich glauben!«

Sie schien den Tränen nahe zu sein.

»Ich hab gedacht, wenn ich Ihnen alles über diese Marihuana-Scheiße erzähle, dann glauben Sie mir das endlich«, sagte sie verzweifelt. »Sie hätten den Holger mal sehen sollen, wie nervös der war, als der Kurt sich in der vergangenen Woche überhaupt nicht mehr hat blicken lassen. Holger wartete ja immer auf das Geld, das der ihm schuldete. Außerdem war ich an dem Sonnabend doch die ganze Zeit dabei!«

»Wir glauben Ihnen ja, Frau Stein«, lächelte Anja-Lena sie an und legte ihr beruhigend eine Hand auf die Schulter.

»Hatte denn der Besucher, den Herr Staroske an dem Nachmittag erwartete, irgendwas mit diesem Projekt zu tun?«, fragte Angermüller.

»Das weiß ich nicht. Da tat er wirklich unheimlich geheimnisvoll, der Kurt. Vielleicht weiß der Holger mehr. Aber mir hat er nichts davon erzählt.«

»Und ich frage das jetzt noch mal: Sie haben nichts gesehen, niemanden? Kein unbekanntes Auto ist Ihnen auf dem Hof aufgefallen?«

Peggy Stein schüttelte den Kopf.

»Nein, ich habe niemanden gesehen, auch kein Auto. Holger und ich sind ja bald nach Neustadt zum Einkaufen und dann in die Badeanstalt am Pönitzer See gefahren. Da sind wir geblieben bis Sonnenuntergang«, sie stockte einen Moment.

»Der ist dort nämlich wunderschön«, sagte sie dann leise.

Als sie Holger Andresen mit der Aussage seiner Freundin konfrontierten, reagierte der natürlich stinksauer. Doch allmählich schien sein Realitätssinn zu siegen, und er sah ein, dass weiteres Leugnen nichts bringen würde. Im Prinzip bestätigte er Peggy Steins Angaben, und er wusste wohl tatsächlich genauso wenig wie sie über Staroskes groß angekündigten Besucher Bescheid.

Die Rauschgiftfahnder, die Angermüller noch auf dem Hof über Handy erreichte, waren über die Zuarbeit der Kollegen von der Mordkommission hocherfreut. Er gab ihnen die Lage des Hanffeldes durch, welches sie sofort in Augenschein nahmen, um die Pflanzen anschließend gleich vernichten zu lassen. Holger Andresen und Peggy Stein wurden dem K 4 zur weiteren Befragung übergeben, nicht ohne ihnen versprochen zu haben, dass sie bald wieder

Besuch von Angermüller und Jansen bekämen, da ja vielleicht doch noch nicht alles über Kurt Staroske gesagt worden war. Peggy Stein, die offensichtlich mit den Nerven am Ende war, reagierte darauf gar nicht, und von Andresen ernteten sie nur einen abfälligen Blick.

»Tja, das waren wohl so 300, 400 Pflanzen auf dem Feld. Bisschen viel für den Eigenbedarf, auch für'n starken Kiffer«, erzählte einer der Kollegen nach getaner Arbeit. »Das hätte eine Ernte von etwa fünf bis acht Kilo ergeben. Bei dem warmen Wetter in den letzten Wochen ist das Zeug wie doll gewachsen. Bei einem Schwarzmarktpreis von 3000 bis 4000 Euro pro Kilo kann man sich ja ausrechnen, was da für ein hübsches Sümmchen rausgekommen wäre. Nicht schlecht, was?«

Immerhin konnten sie sich nun den Erfolg an die Brust heften, eine Marihuanaplantage ausgehoben zu haben. Aber ansonsten waren sie in ihrem eigenen Fall noch nicht viel weitergekommen.

»Und, was mach ma jetzt?«, fragte Angermüller, unversehens in seinen Heimatdialekt verfallend, als er wieder an seinem Schreibtisch saß und Jansen ihm gegenüber auf dessen Kante.

»Wenn ich dat man wüsste«, meinte Jansen und spielte mit einem Bleistift. »Vielleicht machen wir einfach Schluss für heute. Is ja spät genug.«

»Halt! Da fällt mir was ein!«, sagte sein Kollege plötzlich. »Darüber haben wir ja noch gar nicht drüber gesprochen. Ich glaub, ich werd langsam alt.«

»Du bist alt, Georg.«

»Jetzt reiß dich aber ma zamm, Bursch!«, protestierte Angermüller und stand auf. »Auf geht's, wir müssen noch einen Besuch machen!«

Plötzlich hielt er inne.

»Geh schon vor, ich komm gleich.«

Er holte sein Handy heraus und drückte die Nummer von Frau Dr. Ruckdäschl. Als er das Gespräch beendet hatte, überlegte er einen Moment, dann rief er Astrid an.

»Ich wollte nur sagen, dass es bei mir heute Abend später wird. Ich hab noch eine Besprechung mit der Rechtsmedizin. Zum Essen bin ich nicht da. Ade.«

Die nette Dame am Empfang der Öko & Frisch-Zentrale war gerade dabei, Feierabend zu machen. Sie staunte die Beamten mit großen Augen an und begrüßte sie dann aufs Herzlichste.

»Natürlich ist Herr Bohm noch im Haus. Er ist fast jeden Abend der Letzte hier. Ich werde gleich schauen, ob er jetzt für Sie Zeit hat«, sagte sie in ihrer ausnehmend charmanten Art. »Nehmen Sie doch so lange da drüben in unserer Besucherlounge Platz.«

Angermüller und Jansen blieben lieber am Tresen stehen, und sie nahm das Telefon und fragte im Büro ihres Chefs nach. Er hatte Zeit für die Herren von der Kriminalpolizei, verkündete sie ihnen mit glücklichem Gesicht. Wieder bat Hauke Bohm sie an den achteckigen Tisch in seinem Büro.

»Darf es etwas zum Trinken sein? Mögen Sie vielleicht einmal unseren neuen Streuobstapfelsaft kosten?«, fragte er aufgeräumt.

»Danke, nein«, lehnte Angermüller ab und sah sein Gegenüber nachdenklich an. »Können Sie sich vielleicht denken, warum wir noch einmal hergekommen sind, Herr Bohm?«

»Ich glaube schon«, antwortete der junge Firmenchef und lächelte etwas gequält.

»Warum haben Sie uns vorhin nicht gleich erzählt, dass Sie am vorvergangenen Sonnabend mit Kurt Staroske verabredet waren?«

»Warum, warum.«

Hauke Bohm raufte sich die blonden Locken. Er könnte auch so eine Musikshow aus den Bergen im Fernsehen moderieren, musste Angermüller denken, so wie er aussieht. Dann gab sich der junge Mann einen Ruck.

»Wissen Sie, ich habe hier eine verantwortungsvolle Position, und durch meine Tätigkeit bin ich eine Person von öffentlichem Interesse. Was glauben Sie, wie rücksichtsvoll die Medien damit umgehen würden, wenn der Chef einer großen Ökomarktkette mit einem Mordfall in Verbindung gebracht würde?«

Er lachte unfroh.

»Das können Sie schon daran festmachen, mit welcher Häme wir überschüttet werden, wenn es mal wieder irgendwo einen Bioskandal gegeben hat. Dann ist aber gleich alles so was von schlecht! Und der ganzen Branche kann man nicht mehr trauen, weil Bio im Grunde sowieso nur Geschäftemacherei ist!«

»Da übertreiben Sie jetzt aber ein bisschen, oder nicht?«

»Nicht die Spur! Aber ganz abgesehen davon, woher weiß ich, dass nicht am nächsten Tag in der Polizeiberichterstattung der Lübecker Zeitung steht, auch der Chef einer großen Ökomarktkette, Hauke B., hatte noch kurz vor der Tat Kontakt mit dem Mordopfer?«

»Weil das Quatsch ist, Herr Bohm«, erwiderte Angermüller ungehalten. »Und jetzt erzählen Sie uns bitte, warum Sie sich überhaupt mit Staroske an dem Tag getroffen haben!«

Pustend atmete der Unternehmer aus, dann sagte er etwas ruhiger: »Sie wissen ja, dass der Staroske mich einiges an Geld gekostet hat. Er wusste, dass er bei mir tief in der Kreide stand. Und dann rief er mich an und sagte, er wolle mir ein Geschäft vorschlagen, damit ich mir zumindest einen Teil zurückholen könnte. Das sei er mir schuldig.«

Kann das sein, überlegte der Kriminalhauptkommissar, dass dieser erfolgreiche Jungunternehmer sich auf ein Geschäft ausgerechnet mit Staroske einlassen wollte? Aber vielleicht macht Geld ja irgendwie blind, auch so einen Mann wie Bohm, und er dachte nur an das, was er durch Staroske verloren hatte.

»Also bin ich zu diesem Graswurzelhof gefahren, wo Kurt wohnte. Und dann«, jetzt musste Hauke Bohm wirklich lachen, »der Typ war echt unglaublich! Er schlug mir allen Ernstes vor, mich an einer Marihuanaplantage zu beteiligen!«

Er schüttelte seinen Kopf.

»Abgesehen davon, dass ich mir bei ihm gar nicht sicher war, dass es diese Plantage wirklich gab, hab ich ihn natürlich gefragt, ob er noch sauber tickt, ob er nicht wüsste, dass der Anbau und der Handel mit dem Zeug ungesetzlich ist? Und wie er auf die verquere Idee kommen konnte, dass ausgerechnet ich bei so einem Quatsch mitmachen würde? Das hat ihn alles gar nicht interessiert. Er hat nur von dem Geld geredet, das wir damit verdienen könnten. Allerdings sei er momentan ein bisschen knapp und bräuchte eine Anschubfinanzierung für das Projekt. Da wurde es mir zu blöd, ich hab ihn einfach stehen gelassen und bin wieder weggefahren. Das war alles.«

»Wann war das, um welche Uhrzeit?«

»Genau weiß ich das nicht mehr. Zwischen drei und vier so was, denke ich. Und das ganze Gespräch dauerte vielleicht fünf Minuten oder so, mehr nicht.«

»Und wo genau haben Sie sich getroffen und miteinander gesprochen?«

»Also«, versuchte Bohm sich zu erinnern, »das war im Garten von einer der kleinen Katen dort. Ich weiß noch, dass die Gartenmöbel rot gestrichen waren und etwas ramponiert aussahen.«

Als keiner der Polizisten etwas sagte, fuhr er fort:

»Wissen Sie, der Kurt Staroske war ein echtes Charakterschwein, aber trotzdem irgendwie nicht unsympathisch. Deshalb bin ich ja auch erst so auf den abgefahren. So ein freundlicher, kommunikativer Typ, hab ich gedacht, genau der Richtige im Umgang mit Kunden und Personal. Bis ich dann seine Sprüche und seine Betrügereien durchschaut hab. Ich gebe zu, es gab Momente, da hätte ich ihm gern mal so richtig eine reingehauen. Aber über diese Phase war ich längst hinaus, als ich ihn das letzte Mal gesehen habe. Da hat er mir fast schon wieder leidgetan mit seinen schrägen Ideen. Wollte Drogenbaron werden! Der Kurt!«

Ein amüsiertes Lächeln spielte bei der Erinnerung daran um Bohms Mund.

»Als ich vom Graswurzelhof weggefahren bin, da war er jedenfalls noch putzmunter«, setzte er dann entschieden hinzu und sah die Kommissare an.

»Haben Sie sonst jemanden dort getroffen?«, fragte Jansen.

»Nicht, dass ich wüsste. Ich habe jedenfalls niemanden gesehen«, antwortete Hauke Bohm.

# KAPITEL VII

»Na dann! Auf das, was wir lieben!«

Ihr Glas, in dem irgendein aufregend bunter Cocktail leuchtete, und das seine, gefüllt mit einem sehr angenehmen Rioja, stießen mit einem leisen Klingen zusammen. Ein leichter Wind strich über die wenigen Gäste, die auf der Terrasse der Hotelbar hoch über der Trave den milden Sommerabend und den wunderbaren Blick auf die Lübecker Altstadt genossen.

»Schön, dass wir das endlich geschafft haben, findest du nicht auch?«, fragte sie und zog die sichelförmigen, dunklen Brauen nach oben, was ihr ausnehmend gut zum hübschen Gesicht stand. Ein spöttisches Lächeln umspielte ihre dunkelrot geschminkten Lippen.

»Ich habe, ehrlich gesagt, schon nicht mehr dran geglaubt. Na ja, wenn wir heute nicht diese schöne Leiche gehabt hätten, wer weiß …«

»Also, da muss ich jetzt doch widersprechen!«, protestierte Georg Angermüller. »Ich hab unsere Verabredung die ganze Zeit irgendwo im Hinterkopf gehabt.«

Ein helles Lachen war die Antwort.

»Sehr weit hinten im Kopf! Wahrscheinlich irgendwo weit hinter der Sehrinde. Aber ich will jetzt nicht ins Detail gehen.«

Frau Dr. Ruckdäschl, zu der er jetzt Anita sagte, was für diese kapriziöse, junge Frau auch irgendwie passender war, hatte offensichtlich großes Vergnügen daran, sich über ihren Begleiter zu mokieren. Während sie ihn nicht aus den Augen ließ, lehnte sie entspannt im Liegestuhl, spielte mit ihrem Trinkhalm, nahm ihn aus dem Glas und zog ihn durch die Lippen. Immer noch trug sie das gleiche, auf Figur geschnittene Kleid in dunklem Rot wie am Morgen und die hochhackigen, schwarzen Schuhe. Georg hatte, ohne groß darüber nachzudenken, einfach in den Kleiderschrank gegriffen, bevor er heute früh zum Dienst gegangen war, und hoffte, in seiner beigefarbenen Hose und dem braunen Leinenhemd neben ihr einigermaßen passabel auszusehen.

»Der Anlass für unseren Umtrunk ist ja deine fantastische Arbeit in unserem letzten gemeinsamen Fall. Die Identifizierung der Toten unter dieser speziellen Rose in Rekordzeit«, versuchte Georg, das Thema zu wechseln.

»Ah ja, du meinst die Rosa Alba, genauer: die göttliche Félicité Parmentier«, schwärmte Anita, »die ihren berauschenden Duft auch unter meinem Schlafzimmerfenster verströmt!«

»Ich trinke also auf die gute Zusammenarbeit mit der genialsten Rechtsmedizinerin, die ich je kennengelernt habe. Auf dein Wohl!«

»Prost, Georg! Und danke für die Blumen. Das ist der Anlass, ja«, stimmte sie zu und streifte mit dem Trinkhalm über seinen Arm.

»Aber vor allem wollte ich diesen interessanten, sympathischen Kriminalkommissar mal in etwas angenehmerer Atmosphäre treffen.«

»Aber Frau Dr. Ruckdäschl«, lachte Angermüller, um seine Verlegenheit zu überspielen, »durch Ihren Beruf müssten Sie doch eigentlich mittlerweile gemerkt haben, dass wir Kriminalkommissare keineswegs die tollen Kerle sind, wie sie in Büchern und Filmen immer dargestellt werden. Wenn du so eine Idealvorstellung von meinem Berufsstand hast, kann man dich ja nur enttäuschen.«

»Das glaube ich nicht«, lächelte die Rechtsmedizinerin hintersinnig. »Ich rede ja nicht von irgendeinem Kommissar. Ich meine ganz speziell dich.«

Georg steckte sich schnell ein paar von den Knabbersachen in den Mund. Wo war er da bloß reingeraten? Aber, wenn er ehrlich war … Er hatte es gewusst. Deshalb hatte er wahrscheinlich auch dieses Treffen so lange hinausgezögert oder gedacht, er würde vielleicht darum herumkommen, wenn er sich nicht meldete. Doch als sie dann heute Morgen vor ihm stand, war ihm sein innerer Widerstand plötzlich abhanden gekommen. Die Stimme der Vernunft war plötzlich verstummt, und in dieser Laune hatte er am späten Nachmittag in ungewohnter Spontaneität zum Telefon gegriffen.

»Ich glaube, du irrst dich. Ich bin auch nicht interessanter als andere.«

»Das werden wir noch sehen, lieber Georg. So einiges weiß ich ja schon von dir. Dein Freund Steffen hält jedenfalls ganz große Stücke auf dich!«

»Ach, ihr redet also über andere Leute, während ihr eurem, na ja, unappetitlichen Geschäft nachgeht!«

»Du liebst Italien, du magst Paolo Conte und du kommst aus Oberfranken …«, zählte Anita auf. »Und vor allem bist du ein fantastischer Koch.«

»Also nein, dieser Steffen! Das erzählt er dir einfach so?«

»Na ja, ehrlich gesagt, hab ich ihn ausgefragt. Ich weiß zum Beispiel auch, dass du verheiratet bist und zwei reizende Töchter hast«, fuhr Anita fort und sah ihn unverwandt an.

Das wusste sie also bereits. Vorhin hatte er noch darüber nachgedacht, wie er mit dieser Tatsache umgehen sollte. Aber so war es natürlich einfacher.

»Dann liegt mein Leben ja wie ein offenes Buch vor dir«, sagte er mit ironischem Unterton. »Aber jetzt bist du dran. Außer dass du diesen schrägen Beruf ausübst und für die Félicité Parmentier schwärmst, weiß ich gar nichts von dir.«

»Ich liebe Hotelbars, wie du siehst. Es sind sichere Oasen, wo du immer willkommen bist, aber mit ihrer ganz speziellen Atmosphäre, die so etwas Unverbindliches, Anonymes hat. Ich mag dieses Gefühl, unter Menschen zu sein, die irgendwie flüchtig sind, morgen wieder an einem anderen Ort, hier nur auf der Durchreise. Wahrscheinlich, weil ich selbst so schlecht Wurzeln schlage.«

»Da bin ich anders. Ein ganz langweiliger Typ, der jetzt seit 15 Jahren in Lübeck wohnt. Und in der Bar hier bin ich trotzdem noch nie gewesen.«

»Ach, weißt du, irgendwie beneide ich auch die Leute, die so richtig sesshaft werden können«, seufzte Anita. »Mein Leben war bisher immer so eine Art Wanderzirkus.«

»Erzähl doch mal ein bisschen davon«, ermunterte sie Georg. »So ein gewisser Informationsgleichstand wäre doch nicht schlecht, finde ich.«

Während Anita erzählte, knabberte Georg unentwegt von den Käsebällchen und den Wasabi-Erdnüssen, was ihm natürlich den Geschmack seines Rotweines verdarb.

Sie war ein Einzelkind, was Anita noch heute ihren Eltern vorwarf. Geboren in Stuttgart, war sie schon als Zehnjährige nach Hannover gekommen und sprach seitdem lupenreines Hochdeutsch. Während eines einjährigen Schulaufenthaltes in den USA hatte sie in der Familie eines forensic pathologist gelebt und dort ihre Begeisterung für die Rechtsmedizin entdeckt. Studiert hatte sie in Hamburg und Berlin, unterbrochen von Studienaufenthalten sowohl in anderen Ländern Europas als auch in Übersee. Sie hatte die große, weite Welt gesehen, und Georg kam sich richtig provinziell neben ihr vor.

Der diskrete Kellner hatte die Schälchen bereits zum zweiten Mal aufgefüllt. Georg konnte einfach nicht davon ablassen, denn er hatte ziemlich großen Hunger. Offensichtlich hatte Anita unter der Verabredung auf einen Wein wirklich nur das verstanden und ihn an diesen Ort geführt. Zwar hatte sie statt des Weines nun einen Cocktail bestellt, doch schien sie weder Hunger noch die Absicht zu haben, etwas essen zu wollen.

»Wollen wir noch was trinken?«, fragte Anita. »Ich werde immer so melancholisch, wenn ich anfange, über mein Leben nachzudenken.«

Warum nicht, dachte Georg, noch ein Wein würde auch gegen den Hunger helfen. Dann würde er sein Fahrrad eben stehen lassen. Und sie bestellten beide noch einmal dasselbe.

»Nach dem Studium bin ich nach Tübingen gegangen. Irgendwie dachte ich, als geborene Schwäbin werd ich dort vielleicht am ehesten heimisch …«

Mit ihren großen, dunklen Augen sah sie ihn traurig an, doch plötzlich lachte sie.

»Oh Gott, ich bin da ziemlich schnell wieder geflohen. Diese Enge, diese Provinzialität! Frau Doktor hier, Herr Professor da! Und die Männer …«

Nach Stationen in Düsseldorf und Münster war Anita nun zu Jahresbeginn in die Hansestadt gelangt.

»Nun bin ich hier, frei und ungebunden, und bin

gespannt, wie lange ich es in dieser schönen Stadt aushalten werde.«

Sie schenkte Georg einen langen Blick.

»Im Moment gefällt es mir ziemlich gut hier, muss ich sagen.«

Ihr Begleiter, dem der dunkle Rotwein auf den fast leeren Magen eine gewisse Leichtigkeit verliehen hatte, hob sein Glas, sie tranken, er redete lange über seine Anfangszeit in Lübeck, sie sprachen über Steffen und andere Leute, die sie beide aus beruflichen Zusammenhängen kannten, über die Besonderheiten im Umgang mit den Menschen hier im Norden, die ja doch irgendwie anders waren als die in Franken oder Schwaben. Schließlich machten sie bei dem aufmerksamen Kellner ihre dritte Order und bekamen ein weiteres Mal die Schälchen mit dem Knabbergebäck hingestellt. Georgs Hungergefühl war inzwischen verschwunden, und die Dunkelheit hatte sich über die Stadt gesenkt.

»Ich glaube, ich muss jetzt mal gehen. Heute ist schließlich Montag, und morgen früh steh ich wieder im Sektionssaal.«

Anita reckte sich.

»Mein Auto lasse ich wohl besser stehen, Herr Polizist?«

»Das würde ich raten. Ich habe für mein Fahrrad das Gleiche beschlossen.«

Als sie vor dem Hotel standen, war Georg ein wenig unsicher, wie er sich jetzt verhalten sollte. Doch Anita hatte gar nicht erst mehrere Möglichkeiten ins Auge gefasst.

»Du bist doch sicher ein Kavalier und bringst mich nach Hause?«, fragte sie mehr rhetorisch als ernsthaft an einer Antwort interessiert. »Und angesichts dieser wunderbaren Sommernacht wäre es doch eine Schande, nicht zu Fuß zu gehen, oder? Ich wohne in Sankt Gertrud, in einer der Straßen hinterm Stadtpark.«

»Das ist doch klasse, da haben wir ja fast denselben Weg«, log Georg.

So bummelten sie über die Altstadtinsel, vorbei an gut gefüllten Kneipen und Restaurants, einigen Gruppen blonder, rotgesichtiger Skandinavier, die fröhlich durch die engen Gassen schwankten, über die Burgtorbrücke, hinüber nach Sankt Gertrud. Nach einer guten Stunde erreichten sie schließlich das Haus, in dessen Erdgeschoss Anitas Wohnung lag.

»Und, kommst du noch auf einen Kaffee mit rein?«

Tau lag auf den Wiesen, und zwischen den Obstbäumen hing ein feiner Nebel. Ab und zu, als ob sie noch im Halbschlaf wäre, gurrte leise eine Taube. Es war frisch, aber nicht kalt draußen. Schon um diese frühe Morgenstunde kündigte sich ein neuer, warmer Sommertag an.

»Guten Morgen, Christos. Seid ihr gut wieder hier gelandet?«

»Guten Morgen, Gesche. Ja, irgendwann nach Mitternacht waren wir wieder hier. Ist eine weite Strecke von München hier rauf, und wir sind erst gegen Abend losgefahren. Da war es nicht so heiß und weniger Verkehr.«

»Und wie war es bei deiner Schwester?«

»Wie immer. Viel gegessen, viel getrunken, viel gequatscht. Sie lässt dich übrigens grüßen. Im September besucht sie uns mal wieder hier oben. Ach, sie hat mir ein Geschenk für dich mitgegeben. Hab ich jetzt aber vergessen, bringen ich oder Marianne später rüber.«

Immer noch war Christos, der sehr gut Deutsch sprach, mit seinen rollenden Rs und dem stimmlosen S an seinem Akzent schnell als Grieche zu erkennen.

»Und was war hier? Seid ihr ohne mich klargekommen?«

»Gerade mal so, Christos, gerade mal so!«, erwiderte Gesche. »Aber du weißt wahrscheinlich noch gar nicht, was hier alles passiert ist?«

Christos schüttelte seinen Kopf. Imposant sah er aus, mit seinen fast schulterlangen, graumelierten Haaren und dem grauen Vollbart.

»Wieso? Haben die Kühe mal wieder eine Stampede veranstaltet?«

»Das war's leider nicht. Etwas sehr Schlimmes und Trauriges ist passiert.«

Und Gesche erzählte ihm von Kurts Tod und den neuesten Ereignissen um Peggy und Holger.

»Kurt ist also tot, ja? Das tut mir leid für ihn. Er war ganz nett. Aber er war auch ein unglaublich faules Schwein. Doch sicher hat ihn niemand deswegen umgebracht.«

Christos kraulte sich den Bart.

»Weiß man denn schon, wer es getan hat?«

»Gestern jedenfalls schien die Polizei noch nichts zu wissen.«

»Oh, oh, wenn ich das Marianne erzähle!«

Der Grieche wiegte besorgt seinen Kopf.

»Die hat immer so eine blühende Fantasie. Hoffentlich traut sie sich dann noch, allein das Haus zu verlassen. Und wann soll das passiert sein?«

»So wie es sich anhört, wohl am Sonnabend vor einer Woche. Da hab ich Kurt auch zum letzten Mal gesehen.«

»Gruselige Geschichte«, nickte Christos. »Aber Holger!«

Jetzt regte er sich richtig auf.

»Der hat ja wohl wirklich ein Rad ab! Legt hier eine biodynamische Hanfplantage an, der Idiot! Der ist wirklich unverbesserlich.«

»Na gut. Jetzt weißt du, was hier alles so los war. Und da kommt auch Dominik. Dann lass uns mal loslegen«, meinte Gesche.

»Kalimera, Christos!«, rief Dominik begeistert, als er den Griechen sah, rannte zu ihm hin und umarmte ihn.

»Euch kann man wirklich nicht allein lassen«, sagte Christos kopfschüttelnd, aber mit einem Lächeln zu Gesche.

»Sollst uns ja auch nicht allein lassen, Christos, mein Christos!«, jubelte Dominik glücklich. Und dann begannen sie, die Lebensmittel in den Verkaufsanhänger zu räumen, mit dem Christos und Dominik gleich auf den Markt nach Lübeck fahren würden. Sie luden Gesches selbst eingekochte Marmeladen ein, die Milchprodukte wie Quark und Frischkäse, mit und ohne Kräuter, für deren Herstellung Svenja verantwortlich war, Honig, Eier, Wurst aus eigener Produktion und natürlich Gemüse, Kräuter und Obst. Und ihr eigenes Graswurzelhof-Spezial-Müsli.

»Guck mal, Christos, die hab ich ganz allein gemacht!«

Stolz zeigte Dominik auf die Radieschenbunde in einem der Erntekörbe.

»Extra prima!«, lobte Christos, und zufrieden trabte der kleine Mann davon, den nächsten Korb holen.

Während sie die Kiste mit den kiloweise abgepackten Müslitüten zum Wagen trug, überfiel Gesche wieder dieses eigentümliche Gefühl. Als der Kommissar sie nach dem Müsli gefragt hatte, da hatte sie ihm nur die Büchse mit der Sorte gezeigt, die sie für den Eigenbedarf in der Küche stehen hatte. Das selbst gemischte Spezialmüsli, das sie verkauften, hatte sie nicht erwähnt. Gut, den Mann hatte das ja scheinbar nur im Zusammenhang mit Kurts Ernährungsgewohnheiten interessiert. Doch vor allen Dingen, das wusste auch Gesche, gehörte die Frage zu den Ermittlungen der Umstände von Kurts Tod. Es wäre gelogen gewesen, zu behaupten, sie hätte gar nicht an das Müsli in der Lagerkammer gedacht. Der Vollständigkeit halber hätte sie es erwähnen müssen, das war ihr sonnenklar.

Doch da waren diese Zweifel, die in ihrem tiefsten Inneren bohrten. Ständig drehten sich ihre Gedanken im selben Teufelskreis. So ging es nicht weiter. Auch wenn sie noch so viel Angst hatte vor den Fragen, die ihr pausenlos durch den Kopf gingen, und vor den Antworten, die sie fast noch mehr fürchtete – sie musste mit Henning reden. Bald.

Gesche wuchtete die Kiste in den Wagen. Irgendwie fiel ihr das heute doppelt schwer. Das liegt wahrscheinlich an dem ganzen unausgesprochenen Kram, den ich auf dem Herzen hab, dachte sie. Und wer hatte bloß die Etiketten so auf diese Müslitüten geklebt? Da hatte mal wieder jemand ziemlich schlampig gearbeitet. Sie waren zum Teil schief angebracht und sahen faltig aus.

»Dominik, bist du das etwa gewesen? Hast du die Etiketten so unordentlich auf die Müslitüten geklebt?«, fragte Gesche in leicht gereiztem Ton.

Der Angesprochene kam angelaufen, besah sich genauestens die Tüten mit den Aufklebern und schüttelte dann heftig seinen Kopf.

»Das bin ich nicht gewesen, Gesche. Du weißt, ich mache meine Arbeit immer ordentlich«, protestierte er. »Das ist gar nicht nett von dir, so was zu sagen.«

Empörung stand ihm ins Gesicht geschrieben, und er schien kurz davor, in Tränen auszubrechen.

»Entschuldige, Dominik! Das war gedankenlos von mir«, sagte Gesche zerknirscht und nahm ihn in den Arm.

»Ich bin irgendwie ein bisschen durcheinander heute. Tut mir echt leid. Bitte sei mir nicht böse.«

Immer noch ziemlich vorwurfsvoll sah Dominik zu ihr hoch.

»Na gut. Aber du darfst nicht wieder so was sagen!«

»Du hast heute wirklich einen gesunden Appetit, Georg! Wie kannst du einfach so unkontrolliert in dich reinstopfen? Aber trotzdem: Irgendwie hab ich das Gefühl, du hast abgenommen«, meinte Astrid nach einem prüfenden Blick auf ihren Mann, als sie in der Küche beim Frühstück saßen. Zwar hatte sie Urlaub, doch sie brauchte immer ein paar Tage, bis sie das auch auskosten und länger schlafen konnte. Zu fest war der Alltagsrhythmus einprogrammiert.

Astrid löffelte Müsli aus einer Schale, Georg trank Tee und aß den fünften Toast mit Butter und der köstlichen Vogelbeerkonfitüre, wie sie nur seine Mutter daheim in Oberfranken herzustellen wusste. Schon lange war er nicht mehr so hungrig gewesen.

»Ach ja, glaubst du wirklich, ich hab abgenommen?«

Etwas irritiert sah Georg an sich herunter. Das war schon zum zweiten Mal innerhalb weniger Stunden, dass jemand diese Feststellung traf. Als sie gestern Nacht nebeneinander lagen, hatte Anita ihn auch gefragt, ob er in den letzten Wochen abgenommen hätte. Diese Erkundigung war ihm etwas unangenehm gewesen.

»Ich weiß nicht. Ich bin schon ewig nicht mehr auf eine Waage gestiegen«, hatte er gesagt, »kann ich mir eigentlich gar nicht vorstellen.«

»Ich glaube schon«, hatte die junge Rechtsmedizinerin beharrt. »Ich würde sagen, so ungefähr vier Kilo hast du weniger. Glaub mir, in meinem Job hab ich einen Blick dafür.«

Kurz darauf hatte Anita ihn zur Tür gebracht, ihm einen langen Kuss aufgedrückt und gesagt: »Das schmeckt nach mehr, Herr Kommissar. Bis bald mal wieder!«

Die Erinnerungen an die vergangene Nacht verursachten bei Georg in diesem Moment sehr zwiespältige Gefühle, und er versuchte, die Bilder aus seinem Kopf zu verdrängen.

»Dann muss ich mich wohl mal wieder auf die Waage stellen. Dann wissen wir es genau«, sagte er zu seiner Frau. »Aber jetzt muss ich los. Ich bin spät dran.«

»Wann bis du eigentlich nach Hause gekommen? Ich hab das gar nicht so richtig mitgekriegt. Wie spät war's denn?«

»Irgendwas nach Mitternacht.«

»So lange hat das mit der Rechtsmedizin gedauert?«

»Na ja, wir waren anschließend noch was zusammen trinken.«

»Ach so«, nickte Astrid. »Übrigens, die Mädchen sind zu einem Fest mit Übernachtung eingeladen. Wir sind heute Abend allein. Vielleicht magst du ja was kochen für uns?«

»Klar, mach ich gern. Dann bis heute Abend!«

Normalerweise hätte Georg diese Aufforderung gefreut, und er hätte Astrid genau nach ihren Wünschen ausgefragt, ob sie auf irgendetwas Spezielles Appetit hätte. Heute kam ihm Derartiges nicht in den Sinn. Er wollte nur weg. Nachdem er die Haustür hinter sich geschlossen hatte, atmete er erst einmal tief durch. Was für eine unangenehme Situation. Und selbstverschuldet. Mit weit ausholenden Schritten lief Georg los. Er passierte die Fußgängerbrücke am

Klughafen, hatte keinen Blick für das Spiel der morgendlichen Sonnenstrahlen auf dem Wasser unter einem wolkenlosen Himmelsblau. Er kam sich irgendwie schäbig vor. Wenn ihm klar war, dass es für Astrid und ihn keine Zukunft mehr gab, warum dann dieses Versteckspiel, diese Lügen? Und wenn es ihm immer noch nicht klar war, dann hätte die letzte Nacht eigentlich nicht passieren dürfen. Eigentlich.

Als er vor dem Hotel, wo der gestrige Abend begonnen hatte, sein Fahrrad aufschloss, fühlte Georg sich so richtig beschissen. Sein ganzes hausgemachtes Beziehungschaos lastete ihm schwer auf der Seele. Er schwang sich auf den Sattel und trat kräftig in die Pedale. Fast freute er sich, als das Behördenhochhaus in Sicht kam. Endlich konnte, ja musste er sich auf andere Dinge konzentrieren. Er passierte Tor eins, parkte sein Fahrrad und gelangte über den Schleichweg neben dem Schießkino ins Treppenhaus. Nach kurzem Überlegen verzichtete er auf den Fahrstuhl und stieg zu Fuß die Treppen zum siebten Stock hoch. Wenn er tatsächlich abgenommen haben sollte, dann war das doch ein Anfang, und er würde weiter daran arbeiten. Zum ersten Mal an diesem Morgen hatte er ein richtig gutes Gefühl.

Der Broccoli gedieh in diesem Sommer prächtig. Heute würde sie einen Broccoliauflauf zu Mittag machen, mit Kartoffeln und schön mit Sahne und Käse überbacken, überlegte Gesche. Es gab häufig Auflauf auf dem Graswurzelhof, in immer neuen Varianten. Zum einen war das ein einfach herstellbares Gericht, auch in den großen Mengen, die hier immer benötigt wurden, zum anderen konnte man hervorragend irgendwelche Reste damit verarbeiten. Manchmal mit Fleisch, manchmal mit Fisch, wenn sie preiswert welchen erstehen konnte. Meist vegetarisch und kostengünstig, waren Aufläufe etwas, das eigentlich immer allen schmeckte. Wenn Svenja heute zum Nachtisch noch eine Quarkspeise mit frischen Früchten machte, war das Mittagessen perfekt. Dann sollte sie ihr am besten gleich Bescheid sagen, entschied Gesche, denn die junge Frau brauchte immer ihre Zeit, um Aufgaben zu erledigen.

Gesche lief hinüber zur Milchkammer, wo Svenja gerade bei der Frischkäseproduktion war, die sie mit hoher Konzentration, in ihrem eigenen Tempo, äußerst gewissenhaft erledigte. Man durfte ihr diese Arbeit auch nicht wegnehmen oder sie zu einem schnelleren Tempo drängen, das endete jedes Mal in einer Katastrophe, wie Gesche bereits erfahren musste. Doch eben hatte Svenja den letzten Arbeitsschritt getan, die Klarsichtbecher geschlossen und mit den Etiketten versehen. So freute sie sich, dass sie nun ganz allein die Nachspeise herstellen sollte.

»Hallo, Gesche!«, rief Marianne ihr entgegen, als sie von der Milchkammer zurückkam. »Ich hab hier was für dich von meiner Schwägerin.«

Sie stellte zwei große Flaschen aus dunkelgrünem Glas auf den Gartentisch vorm Haus.

»Wir sollen dich ganz herzlich von Efgenia grüßen, und damit's bei euch läuft wie geschmiert, schickt sie dir zwei Flaschen Öl.«

»Hallo, Marianne! Das ist ja toll! So viel von Efgenias wunderbarem Olivenöl! Na, da können wir ja wieder schlemmen. Sag ihr vielen, vielen Dank!«, freute sich Gesche. »Da muss ich mich aber revanchieren, wenn sie im September hierher kommt.«

»Ach, das musst du nicht. Du weißt doch, sie ist glücklich, wenn euch das Öl von ihren Olivenbäumen schmeckt.«

»Und, war's schön in München, Marianne?«

»Na ja, wie das so ist bei Familienbesuchen. Von der Stadt haben wir wieder nicht so viel gesehen. Ansonsten war es nett mit Efgenia, ihrem Mann und den Kindern, wie immer«, erzählte Marianne. Sie war eine kleine, etwas rundliche Person Ende 50, mit halblangen, blonden Locken, die sie meist zusammengebunden trug, und fast immer gut gelaunt.

»Aber jetzt sag mir mal, Gesche, was hier los gewesen ist. Ich bin vorhin erst vom Frühdienst gekommen und hab kurz mit Christos telefoniert. Der hat sich ganz furchtbar über Holger und Peggy aufgeregt, dass die hier Marihuana angebaut haben und so. Und er hat auch ein paar komische Andeutungen gemacht, dass irgendwas mit Kurt passiert ist. Aber dann war so viel los am Stand, und er musste Schluss machen. Was ist mit Kurt? Was genau ist denn passiert?«

»Also, der Kurt ist tot«, sagte Gesche langsam und beobachtete ihre Nachbarin.

»Was?«

Erschrocken legte sich Marianne eine Hand auf den Mund.

»Wie ist das passiert? War er krank? Hatte er einen Unfall?«

»Setz dich doch. Dann erzähl ich dir das bisschen, was ich weiß«, lud Gesche sie ein.

»Man hat den Kurt am Sonnabend tot auf dem Golfplatz gefunden. Wie er gestorben ist, konnte die Polizei noch nicht sagen. Aber klar ist, dass es kein natürlicher Tod war.«

»Der Kurt, der hier bei euch gewohnt hat? Der ist ermordet worden?«

Marianne wollte es gar nicht glauben.

»Ich hab ihn ja kaum gekannt. Er hat immer ganz freundlich gegrüßt, wenn wir uns begegnet sind. Christos hat manchmal über ihn geredet, meistens geschimpft, weil er ihn ziemlich faul fand«, sie unterbrach ihren Redefluss, »und weiß man schon, wer …?«

Gesche berichtete ihr in kurzen Worten von den polizeilichen Ermittlungen und dass sie noch nichts über ein Ergebnis gehört hatte.

»Und das ist auf dem Golfplatz passiert?«, fragte Marianne, ohne eine Antwort zu erwarten, und sah sich um. »Der ist ganz hier in der Nähe. Und wenn die den Täter noch nicht haben – oh mein Gott, ich darf gar nicht darüber nachdenken!«

»Aber Marianne, ich glaube wirklich nicht, dass wir am Hof jetzt Angst haben müssen«, beruhigte die Bäuerin ihre Nachbarin. Dann meinte sie spöttisch: »Außerdem liest du doch immer so gern Krimis, denke ich!«

»Ja eben, das ist ja das Problem! Wenn du wüsstest, was für schräge Typen das gibt, dann wärst du auch nicht mehr so ruhig!«

Von Beruf war Marianne Krankenschwester und sie wirkte immer sehr energisch, wie jemand, den nichts so leicht aus der Fassung brachte, doch Kurts unnatürliches Ende schien sie wirklich schockiert zu haben. Dann aber setzte sich ihre kriminalistische Neugier durch, und sie wollte von Gesche möglichst alle Details über die Sache erfahren, die diese darüber zu berichten wusste.

»Und wann, sagst du, ist es passiert?«

»Sonnabend vor einer Woche, denke ich. Wenn ich die Polizei richtig interpretiere, wurde Kurt an dem Tag zum letzten Mal lebend gesehen.«

»Sonnabend vor einer Woche, ja? Was war denn da bei mir an dem Tag? Was hab ich da gemacht? Da muss ich mal genau drüber nachdenken. Wer weiß, vielleicht kann man der Polizei ja helfen.«

»Sicher. Der eine Kriminalbeamte hat mir extra eine Karte mit den ganzen Telefonnummern dagelassen.«

Marianne war auf einmal sehr schweigsam und saß mit zusammengekniffenen Augen am Tisch. Sie sah so konzentriert aus, dass Gesche glaubte, es in ihrem Kopf arbeiten zu hören. Etwas entfernt unter den Obstbäumen spielten Thea und Lisamarie. Schon den ganzen Vormittag flochten sie Kränze aus Blumen und Blättern. Eigentlich hatte Gesche nach dem gestrigen Nachmittag, als die Matthiesens ihre Enkelin abgeholt hatten, nicht geglaubt, dass Lisamarie wieder zum Spielen auf den Graswurzelhof kommen dürfte. Doch nach dem Frühstück hatte das Mädchen freudestrahlend wieder vor der Tür gestanden und ihrer Oma, die am Auto geblieben war und ihr nachwinkte, keinen Blick mehr geschenkt.

»Ach, deine Oma hat dir erlaubt, heute wieder herzukommen?«, hatte Gesche vorsichtig gefragt.

»Klar. Die freut sich doch, wenn ich jemanden zum Spielen habe. Außerdem will sie mit Opa zum Shoppen nach Lübeck. Da nerve ich nur«, hatte das Kind mit großem Realitätssinn festgestellt und war auf seine Freundin zugestürzt.

»Thea! Du wolltest mir doch zeigen, wie man Kränze macht!«

Das Bild der beiden Mädchen, die da so friedlich auf dem Rasen spielten, hatte fast schon etwas Kitschiges. Thea saß in einem fliederfarbenen Kleidchen an den Baumstamm gelehnt, einen Kranz aus bunten Blüten auf den weißblonden Locken, und Lisamarie lag auf dem Bauch daneben, in einem pinkfarbenen Top und weißen Shorts, ebenfalls einen Blütenkranz im langen, offenen Haar. Auch Nero, der sich bei ihnen niedergelassen hatte, war blumenbekränzt. Der gutmütige Neufundländer ließ sich von den Kindern fast alles gefallen. Thea und Lisamarie hatten um Erlaubnis gefragt, auch Blumen aus dem Garten nehmen zu dürfen, und waren nun eifrig dabei, noch mehr Kränze zu produzieren, die sie verschenken wollten.

»Hallo! Ich wollte nicht stören«, grüßte Tilde die beiden Frauen am Gartentisch. »Ich wollte nur die Zange zurückgeben und noch mal Danke dafür sagen.«

»Du störst doch nicht, Tilde! Grüß dich!«, antwortete Gesche erfreut.

Marianne, die in den letzten paar Minuten nur noch stumm am Tisch gesessen hatte, erhob sich.

»Ich muss jetzt sowieso los, ihr zwei. Bis bald! Und Tilde, vielleicht wird es ein bisschen später, aber ich komme morgen Abend auf jeden Fall zu deiner Ausstellungseröffnung.«

»Das ist schön. Da freu ich mich!«

»Ach, und Gesche: Wenn mir was einfällt, komm ich wegen der Telefonnummern noch mal rüber zu dir.«

»Kein Problem, Marianne! Und vielen, vielen Dank für das Öl! Und du?«, wandte sich Gesche dann an die Malerin. »Alles fertig für den großen Abend? Setz dich doch einen Moment!«

»Ja, fast alles fertig«, nickte Tilde und nahm neben ihr Platz. »Wenn ich den Abend doch schon hinter mir hätte.«

Sie sah ein wenig unglücklich aus.

»Aber warum denn?«, fragte Gesche erstaunt. »Das ist doch toll, dass du morgen schon deine erste Ausstellung hier oben eröffnen kannst! Alle Leute werden dich und deine Bilder bewundern, du wirst der Star des Abends sein!«

Die Malerin lächelte etwas gequält.

»Das ist ja das Problem. Malen ist das eine, die Bilder den Blicken so vieler fremder Leute auszusetzen, das andere. Eigentlich male ich ja für mich«, sie seufzte. »Und mich auch noch selbst auszustellen, das mag ich erst recht nicht.«

Sie saßen einen Moment schweigend da und beobachteten die beiden Mädchen.

»Ist das nicht ein schönes Bild, wie die beiden Hübschen da so romantisch im Gras sitzen, blütenbekränzt?«, fragte Gesche halb ernst, halb spöttisch. »So was solltest du malen. Das verkauft sich bestimmt.«

»So etwas male ich nicht«, antwortete Tilde unerwartet schroff.

»Oh, tut mir leid, im Vergleich zu dir verstehe ich sowieso nichts von Malerei. Ich dachte nur, das wäre irgendwie ein schönes Motiv«, bemühte sich Gesche zu erklären. »Ich wollte dir keine Ratschläge erteilen.«

»Entschuldige, so habe ich das nicht gemeint. Du hast recht, es ist ein zauberhafter Anblick«, sagte die Malerin mit einem wehmütigen Blick auf die Kinder und stand auf.

»Es liegt an mir. Wir sehen uns morgen Abend, ja?«

»Ja, natürlich, versprochen! Ich komme auf jeden Fall!«, nickte Gesche.

Tilde ging ein paar Schritte, dann drehte sie sich noch einmal um.

»Eure Tochter ist wirklich ein bezauberndes Kind. Passt gut auf den kleinen Schatz auf«, sagte sie mit einem scheuen Lächeln und verschwand ums Haus.

Verwundert blieb Gesche für einen Moment sitzen und

dachte über das Verhalten ihrer Nachbarin nach. Sie ist halt Künstlerin. Solche Menschen sind ja meistens etwas wunderlich. Vielleicht hat es auch etwas mit dem Verhältnis zu ihrer Tochter zu tun, überlegte sie. Wenn ich Tilde besser kennengelernt habe, werde ich sie bei Gelegenheit noch einmal danach fragen.

»Oh, hoher Besuch! Dann verkrümel ich mich besser mal«, sagte Thomas Niemann und räumte seinen Platz auf der Ecke von Angermüllers Schreibtisch.

»Passt mal auf, jetzt kriegt ihr einen Orden!«

Es wirkte ein wenig albern, wie der leitende Kriminaldirektor sich etwas neigte und an die offen stehende Bürotür klopfte, bevor er hereinfederte. Unter seinem Bürstenschnitt strahlte Harald Appels übers ganze Gesicht. Recht selten sahen seine Mitarbeiter ihren Chef in dieser aufgeräumten Stimmung. Meist ließ er sich nur blicken, wenn er etwas zu monieren hatte, sie zu größeren Fortschritten in ihrer Arbeit antreiben wollte. Er beklagte sich dann stets über seine Position, die ihn so absolut gnadenlos dem Druck der Öffentlichkeit aussetze, die stets schnelle Erfolge der Polizei sehen wolle.

»Schönen guten Tag, meine Herren!«

»Hallo, Harald«, grüßte Angermüller aus seinem Schreibtischstuhl.

»Moin«, sagte Jansen, der mit verschränkten Armen und skeptischem Gesicht in der Tür zu seinem Büro Stellung bezogen hatte.

»Ja! Das sind ja dolle Sachen, die man so über euch hört! Gratulation!«

Der Kriminaldirektor rieb sich die Hände und sah von einem zum anderen.

»Ganz nebenbei, quasi als Beifang, spüren meine Mitarbeiter vom K 1 eine Hanfplantage auf, stellen den Täter und servieren ihn den Kollegen von der Drogenfahndung auf dem silbernen Tablett. Gut gemacht!«

Mit seinem leicht rundlichen Körper tänzelte er zwischen Angermüller und Jansen hin und her und schüttelte jedem kräftig die Hand.

»Diese Peggy Stein wurde einstweilen wieder nach Hause geschickt. Die Verdachtsgründe reichten für einen Haftbefehl nicht aus. Sie war wohl wirklich nur bei der Sache dabei, weil sie die Freundin von dem Andresen ist. Eine aktive Beteiligung an dem Geschäft konnte ihr jedenfalls bisher nicht nachgewiesen werden. Gut, der Prozess kommt erst noch. Aber dieser Holger Andresen als Wiederholungstäter wird bestimmt für drei Jahre aus dem Verkehr gezogen. Und ihr seid ja auch noch an dem dran. Vielleicht kommt da sogar noch mehr zusammen. Wie dem auch sei«, fuhr der Chef hochzufrieden fort, »habe für morgen Nachmittag eine Pressekonferenz angesetzt, mit Powerpoint-Präsentation, Fotos von der amtlichen Zerstörung des Marihuanafeldes, ein paar Demonstrationsexemplaren der Hanfpflanzen und so weiter und so fort. Und ihr solltet nach Möglichkeit natürlich auch dabei sein!«

Das war ja klar, dachte Angermüller. Der Behördenchef liebte es, auf Pressekonferenzen für die Information und Aufklärung der Bevölkerung zu wirken, seiner Pflicht zur Transparenz der Exekutive nachzukommen, wie er es ausdrückte. Harald Appels sonnte sich nun mal gern im Licht der Erfolge seiner Mitarbeiter.

»Und für alle Journalisten gibt's 'nen kleinen Joint als Kostprobe, oder wie?«

Nach einem irritierten Blick auf den feixenden Jansen fuhr Appels mit seiner Lobrede fort.

»Kollegen, ich bin stolz auf euch! Habe eben mit dem Innenministerium telefoniert. Die waren auch schwer beeindruckt!«

»Und«, fragte Jansen ungerührt, »gibt's 'ne Gehaltszulage?«

»Unser Claus Jansen! Immer einen Scherz auf den Lippen«, stellte Appels mit schräg gelegtem Kopf fest. »Natürlich nicht. Aber ein großes Lob und ein Dankeschön!«

»Na denn. Danke auch. Dann können wir jetzt ja weiterarbeiten.«

»Na selbstverständlich«, antwortete der Kriminaldirektor leicht verschnupft und rückte seine auffällige blaue Designerbrille zurecht. »Das sollt ihr auch. Schließlich müsst ihr euren eigenen Fall auch zügig aufklären. Wie sieht's aus?«

Zügig aufklären – das war eine der Lieblingsfloskeln des Chefs.

»Gut sieht's aus. Wir arbeiten gerade die Berichte aus der Kriminaltechnik und der Rechtsmedizin durch.«

Sollte er Harald Appels sagen, dass sie noch ziemlich weit von der Aufklärung des Mordes an Kurt Staroske entfernt waren, noch nicht einmal den Tatort kannten? Angermüller zog es vor, dem Mann nicht die Laune zu verderben.

»Ich denke, bis Ende der Woche können wir ein Ergebnis präsentieren«, teilte er seinem Chef mit.

»Na, das ist doch wunderbar. Dann weiterhin frohes Schaffen, und wir sehen uns morgen um 16 Uhr bei der Pressekonferenz!«

»Du vertellst dem Chef ja Geschichten, du Optimist! Ende der Woche!«, schüttelte Jansen seinen Kopf, als sie wieder allein waren. »Dat glaubst du doch selbst nich!«

»Wieso? Wir arbeiten doch wirklich dran«, erwiderte Angermüller. »Oder was siehst du hier? Lese ich etwa Zeitung? Na bitte! Also, wo waren wir stehen geblieben, bevor uns Harald mit seinem Besuch beehrte?«

»Na, bei den überaus spannenden Berichten aus der Kriminaltechnik und der Rechtsmedizin zum Thema Müsli. In allen Müsliproben gab es Haferflocken, Rosinen und Nüsse. In den Bronchien des Mannes fanden sich unter anderem auch Spuren von Blütenpollen, Kleieflocken und Reste von gepopptem Amaranth«, las Jansen. »Gepopptes Amaranth, wat is dat denn für ne Schweinerei?«

»Amaranth kommt aus Südamerika. Das sind so kleine getreideähnliche Körner, die schon bei den Inkas auf dem Speiseplan standen. Und wenn das ähnlich wie Popcorn behandelt wird, ist es im Müsli besser verdaulich«, erklärte Angermüller. »Ich hab das schon mal als Beilage statt Reis gemacht. War gar nicht schlecht.«

»Aha. Muss ich ja nich essen. In dem Müsli von Anke Mewes fand sich jedenfalls nichts von den drei Zutaten, im Öko & Frisch-Müsli war nur das Amaranth und das von Langhusens enthielt nur die Blütenpollen. Nirgendwo hundertprozentige Übereinstimmung mit den Spuren am Opfer.«

»Tja, Claus, dann bleibt wohl nichts anderes übrig, als dass du jetzt durch die Bioläden pilgerst, sämtliche Müslisorten kaufst, analysierst und im Selbstversuch testest.«

»Sach ma, geht's noch?«

»Was hast du denn? Dann kannst du dich endlich mal gesund ernähren. Eiweiß, Vitamine, Ballaststoffe, Mineralien, alles drin! Das Kontrastprogramm zu deinem ewigen Junkfood!«

»Seh ich aus wie ’n Wellensittich? Ich ess doch kein Vogelfutter!«

»Täte dir aber gut, Claus«, freute sich Angermüller. »Allerdings glaub ich auch nicht, dass uns das voranbringen würde. Lass uns Feierabend machen, wir wühlen uns hier doch nur fest. Auf dich wartet bestimmt Vanessa, und ich muss gleich noch einkaufen gehen.«

»Ja, ja, Vanessa«, sagte Jansen ohne große Begeisterung. »Okay, machen wir Feierabend.«

# KAPITEL VIII

Als er die Kalbsleber beim Schlachter seines Vertrauens, der nur Ware aus artgerechter Tierhaltung verkaufte, in der Auslage liegen sah, erinnerte sich Georg Angermüller einer Köstlichkeit, die er bei einem Besuch Venedigs kennengelernt hatte. Im Garten eines kleinen Ristorante in San Polo, nicht weit vom Rialtomarkt, hatte er eine delikate Fegato alla Veneziana genossen. Also nahm er diese angenehme Erinnerung als Inspiration für das heutige Abendessen und kaufte ein gutes Pfund von der frischen Kalbsleber.

Erstaunlicherweise war Astrid, die sonst eher wenig Fleisch aß, ein großer Fan von allen Innereien. Und da der noch nicht ganz so weit entwickelte Geschmack von Julia und Judith heute nicht berücksichtigt werden musste, war es eine gute Gelegenheit, Astrid mit diesem leichten, überaus schmackhaften Gericht zu erfreuen.

Im Ökoladen besorgte Georg eine duftende Charentaismelone für die Vorspeise, außerdem Polenta und eine Ciabatta, der man die handwerkliche Herstellung auf den ersten Blick ansah. Und dann entdeckte er wunderbar aromatische Aprikosen, die sich bestimmt zu irgendeinem Nachtisch verarbeiten ließen. Er packte für alle Fälle noch eine Schlagsahne dazu.

So war er in ziemlich guter Stimmung, als er zu Hause ankam und seine Einkäufe auf dem Küchentisch aufbaute. Astrid war noch nicht da, und voller Elan stürzte er sich in die Zubereitung des Essens. Dass er diesen Abend für ein entscheidendes Gespräch nutzen wollte, dessen Themen nicht unbedingt zu den angenehmen zählten, war während der Überlegungen um das Abendessen weit in den Hintergrund von Georgs Bewusstsein geraten. In der Küche zu stehen, die Lebensmittel zu fühlen, zu schmecken, zu riechen, sie zu bearbeiten und zu einem neuen, köstlichen Ganzen zu komponieren, das war für ihn immer noch die beste Ablenkung von den Mühen des täglichen Lebens, ob nun privater oder beruflicher Natur.

Liebevoll umwickelte er die Melonenviertel mit zartem Parmaschinken und stellte sie in den Kühlschrank. Er wusch und pürierte die Aprikosen, aromatisierte mit etwas Orangenlikör, süßte mit Ahornsirup und vermischte das Ganze mit geschlagener Sahne. Schließlich gab er noch je eine Handvoll Mandelblättchen und kandierte Orange dazu und packte das Ganze in den Tiefkühler. Dann machte er sich ans Hauptgericht.

Von einem hellen Weinrot, am ehesten an einen Trollinger erinnernd, glatt und glänzend, löste der Anblick der Leber, nachdem er sie aus der Verpackung genommen und in eine Edelstahlschüssel gelegt hatte, bei Angermüller plötzlich ganz neue Assoziationen aus. Er sah die muffige Präparatorin, wie sie lustlos ihrer Pflicht nachging und die Organe wog, hörte das Scheppern der Metalltabletts auf den Fliesen, blickte auf den seltsam grünlich verfärbten Körper und – was das Unangenehmste war – hatte plötzlich den Gestank nach Fäulnis und Verwesung in der Nase und ein flaues Gefühl im Magen.

Kurz entschlossen warf er ein paar Eiswürfel in ein Glas, goss großzügig vom Averna darüber und gab einen Spritzer Zitronensaft dazu. Schon nach dem ersten Schluck fühlte er sich besser. Trotzdem blieb seine Erinnerung bei der Szene im Sektionssaal gefangen, er sah Steffen mit den Instrumenten hantieren, hörte dessen angenehm ruhige Stimme und sah die junge Rechtsmedizinerin assistieren. Auch in der grünen Verkleidung war Anita ziemlich attraktiv. Anita – auch an sie wollte Georg nicht denken.

Die Haustür wurde aufgeschlossen. Gerade jetzt wollte er überhaupt nicht an sie denken.

»Hallo, da bin ich!«

Astrid kam herein, in dem türkisfarbenen Sommerkleid, das ihr ausgezeichnet stand und das er so gern an ihr mochte. Die seit Wochen scheinende Sommersonne hatte ihr blondes Haar mit noch helleren Strähnchen durchzogen, und ihre Haut hatte einen sanften Goldton angenommen.

»Hallo, Schatz«, begrüßte er sie in alter Gewohnheit und gab ihr einen Kuss auf die Wange.

»Ich habe jetzt vielleicht Hunger!«, stöhnte Astrid und ließ sich auf einen Stuhl am Küchentisch fallen. »Bei Bergers war ein großes Büffet aufgebaut, als ich die Mädchen dort abgeliefert habe, und Frau Berger wollte unbedingt, dass ich was esse. Das sah wirklich alles sehr gut aus! Aber ich habe gesagt, nein danke, heute werde ich ganz allein zu Hause bekocht, und da kann ich jetzt nichts essen. Was gibt es denn?«

»Als Vorspeise Schinken mit Melone, zum Nachtisch Halbgefrorenes mit Aprikosen, und den Hauptgang bereite ich jetzt zu.«

»Du bist unverbesserlich, Georg. Ein Glück, dass ich nichts gegessen habe! Ein schlichtes Abendessen kriegst du einfach nicht hin«, sagte seine Frau, aber sie hatte nicht so ganz den kritischen Ton wie sonst in letzter Zeit.

»Und was muss ich als Hauptgang noch essen?«

»Ach, ich dachte, vielleicht hast du ja mal wieder Appetit auf Leber nach venezianischer Art«, antwortete er beiläufig.

»Mmh, Georg, das ist ja wunderbar!«, freute sich Astrid, und Georg war glücklich, die richtige Wahl getroffen zu haben. Ein mit Genuss gefüllter Magen machte zufrieden und war eine gute Grundlage für eine Aussprache in entspannter Atmosphäre.

»Dann decke ich draußen schon mal den Tisch, während du hier deinen Kochkünsten nachgehst.«

Die Fegato alla Veneziana in der Weißweinsoße, die Georg immer mit einem frischen Lorbeerblatt würzte, begleitet von der mildnussigen Polenta, schmeckte wirklich einmalig. Sogar Astrid, die sonst die personalisierte Disziplin war und sich stets eine zweite Portion versagte, auch wenn es noch so berauschend mundete, ließ sich noch einmal auftun. Das Halbgefrorene mit seinem fruchtigen Aprikosenaroma schien ihrem Gaumen ebenfalls zu gefallen.

»Georg, das war ganz wunderbar! Vielen Dank für die Mühe!«

»Du weißt, kochen ist für mich pures Vergnügen. Es war keine Mühe.«

»Wie auch immer, danke!«

Mit ihrem Löffel kratzte Astrid emsig auch noch die letzten Reste aus dem Schälchen, dann hob sie ihren Blick.

»Georg, ich dachte, wir sollten die seltene Gelegenheit eines Abends zu zweit endlich nutzen, um über ein paar Dinge zu reden«, sagte sie langsam. »Tja, wie soll ich anfangen?«

»Magst du noch ein bisschen von dem Halbgefrorenen?«, fragte Georg, was natürlich etwas unpassend war in dem Moment. Doch Astrids Vorstoß kam für ihn so überraschend, dass er diese Kunstpause brauchte.

»Nein, wirklich nicht«, lehnte sie ein wenig irritiert ab. »Das Essen war prima, danke, ich bin satt. Jetzt möchte ich einmal in Ruhe mit dir sprechen. Also, es gibt da nämlich so einiges, was mir schon länger auf der Seele liegt.«

Er selbst hatte ja vor zwei Tagen vorgeschlagen, das Gespräch zu suchen, ihre Probleme und Konflikte einmal zum Thema zu machen, und er war sich dabei sicher gewesen, dass Astrid genau wusste, wovon er sprach, und diese Notwendigkeit einsah. Dass sie jetzt die Initiative ergriff, fand er nun allerdings erstaunlich, und fast störte es ihn ein bisschen. Hatte sie vielleicht sogar diesen Abend zu zweit extra zu diesem Zweck arrangiert, ging es ihm durch den Kopf? Nun gut, was sollte er darüber nachgrübeln. Besser so als nie. Er war gespannt, wie sie anfangen würde.

»Ja, sehr gut. Ich finde das total richtig und wichtig, dass wir mal reden. Ich hätte das auch noch angesprochen heute. Jetzt bist du mir zuvorgekommen.«

Ob sie ihm das wirklich glaubte, war an ihrem kurzen, zerstreuten Lächeln nicht zu erkennen. Aber sie schien Georgs Antwort auch gar nicht hören zu wollen, so tief war sie in ihre Gedanken versunken, konzentrierte sich auf das, was sie sagen wollte.

»Ich habe gemerkt, dass wir in letzter Zeit, wenn wir unterschiedlicher Auffassung sind, immer ziemlich schnell in so einen gereizten Ton verfallen. Alle beide. Irgendwelche Dinge, die man ganz ruhig besprechen könnte, irgendwelche Kleinigkeiten, enden gleich in einem Streit. Früher haben wir nie gestritten, Georg!«, sagte sie und sah ihn an.

Er hob nur hilflos die Schultern. Die Traurigkeit, mit der Astrid diese Feststellung traf, hinderte ihn daran zu antworten, dass es seiner Beobachtung nach in 95 Prozent der Fälle an ihr lag, wenn es so lief. Ihre Betroffenheit war wirklich echt, und sie tat ihm leid. Sie begann aufzuzählen, was sich für sie im letzten Jahr alles verändert hatte. Die Zwillinge waren zwar selbstständiger geworden. Ihrer Meinung nach wurde die Erziehung dadurch aber keineswegs einfacher. Seit sie die neue Stelle hatte, wurde sie in ihrem Job ganz anders gefordert. Sie freute sich darüber, doch ihr größeres Engagement im Beruf mit all ihren privaten Pflichten und Aufgaben in Einklang zu bringen, fiel ihr zunehmend schwer.

Gern hätte Georg eingewendet, dass der Stress, unter dem sie litt, in vielerlei Hinsicht hausgemacht war, da sie immer und überall perfekt sein wollte. Würde sie öfter einmal alle fünfe gerade sein lassen, würde das niemandem auffallen außer ihr selbst, aber sie wollte alles immer 150-prozentig gut machen, im Beruf wie im Privatleben. Doch er behielt diese Argumente für sich, da er wusste, wie sie darauf reagieren würde, und die lang erwartete Aussprache vielleicht ein abruptes Ende finden könnte. Also ließ er sie einfach weiterreden.

Nun kam Astrid auf ihn zu sprechen, dass er eben leider nicht immer ein verlässlicher Partner im manchmal recht stressigen Alltagsleben war. Dass er oft Versprechen machte, die er nie einlöste, Termine einfach vergaß, häufig zu spät kam oder auch die Notwendigkeit bestimmter Dinge, die ihr wichtig waren, nicht einsah.

»Also, wenn ich den Kindern etwas verspreche, dann halte ich das eigentlich immer ein, Astrid. Ich hab die beiden noch nie enttäuscht.«

»Okay, das stimmt wohl. Ich will nicht ungerecht sein«, lenkte Astrid ein. »Aber wenn ich auf etwas Wert lege, das du überflüssig oder unwichtig findest, dann schaltest du auf stur. Also mache ich vieles lieber selbst, statt dich erst mühsam zu überzeugen. Aber das sehe ich eigentlich nicht ein, dass ich mir immer alles auflade, nur weil es mich noch mehr belastet, wenn du etwas übernimmst und ich ständig befürchten muss, mich nicht auf dich verlassen zu können.«

Jetzt musste Georg aber widersprechen. Schließlich hatte sich da vieles gebessert, und was sie überhaupt nicht erwähnte, waren seine beruflichen Verpflichtungen, die manchmal einfach seine zeitliche Selbstbestimmung außer Kraft setzten. Aber sein Job war ihr ja schon lange ein Dorn im Auge. Außerdem ließ sich doch im Vorfeld klären, ob man unbedingt einen Stand auf dem Schulbasar machen musste, den Fahrdienst zum Hockey übernehmen wollte oder das nächste Elterntreffen organisieren konnte. Immer halste Astrid sich solche Pflichten auf und musste dann oft hinterher feststellen, dass er sie bei diesen Aktivitäten anderer Termine wegen nicht unterstützen konnte. Doch sie ließ ihn nicht zu Wort kommen.

»Nur eines noch, dann bin ich fertig: Du hast dich verändert, Georg. Früher war das nämlich alles nicht so. Da waren wir ein Team. Jetzt hab ich mehr und mehr das Gefühl, dass wir uns fremd geworden sind. Wahrscheinlich habe auch ich mich verändert. Ich weiß es nicht. Aber manchmal denke ich, wir haben uns in vielerlei Hinsicht voneinander wegbewegt.«

Astrid atmete tief ein.

»Es ist keine schöne Erkenntnis, aber ich glaube, wir tun uns nicht gut im Moment, Georg«, fügte sie leise, aber bestimmt hinzu und griff nach ihrem Rotweinglas. Was Astrid zum Schluss gesagt hatte, fand Georgs ungeteilte Zustimmung. Sie taten sich nicht mehr gut.

Allerdings war es aus seiner Sicht vor allem Astrid, die sich verändert hatte. Sie war schon immer eine vernünftige Person gewesen, doch mittlerweile schien sie jegliche Spontaneität abgelegt zu haben. Und gar so etwas wie Übermut oder Leichtsinn, die manchmal zum Leben einfach dazugehörten, waren ihr völlig abhanden gekommen. Alles lief bei ihr nach Plan, bloß keine Überraschungen, nichts Improvisiertes, allein die Vorstellung davon war für sie schon Stress. Aber Georg sah ein, dass es nicht weiterführen würde, diese Wahrheiten ungeschminkt auszusprechen. Und wenn er ihr gestehen würde, dass sie ihn immer mehr an Johanna erinnerte, wäre sowieso alles vorbei. Das würde sie wahrscheinlich zutiefst verletzen, und es brachte sie beide nicht weiter. Also richtete er seinen Blick nach vorn, wollte hören, zu welchem Schluss sie gekommen war. Denn so wie er seine Frau kannte, hatte sie sicherlich bereits einen Plan.

»Ich danke dir für deine Offenheit. Ich bin froh, dass du das alles so klar ausgesprochen hast. Wahrscheinlich kannst du dir denken, dass ich einiges etwas anders als du sehe. Doch auf diese Details will ich jetzt nicht eingehen. Natürlich haben wir uns beide verändert, auch du, Astrid, keine Frage. Wir sind schließlich beide 15 Jahre älter geworden, und da arbeitet die Zeit, ob man das will oder nicht.«

Georg nahm einen Schluck Rotwein.

»Und was wollen wir jetzt machen?«

Einen Moment blieb Astrid stumm, dann gab sie sich einen Ruck.

»Bitte, denke jetzt nicht, dass mir das leichtfallen würde, was ich dir vorschlagen will. Ich habe wirklich lange darüber nachgedacht«, sie seufzte und sah Georg an.

»Ich glaube wirklich, das Beste ist, wenn wir für eine Weile etwas Abstand zueinander haben. Weißt du noch, als du bei Steffen das Haus gehütet hast? Danach lief es doch eine Weile wieder viel besser mit uns, findest du nicht?«

Sie sprach schnell und wirkte ein wenig aufgeregt.

»Ich möchte nicht, dass du das jetzt falsch verstehst, ich will dich hier nicht rausschmeißen oder so. Ich dachte nur, zumindest für eine Zeit lang wäre es vielleicht ganz gut, wenn wir getrennt wohnen. Dann kann jeder für sich in Ruhe nachdenken, und wir können uns über unsere Zukunft klar werden.«

Bevor sie fortfuhr, warf sie einen Seitenblick auf Georg.

»Und um den Kindern gerecht zu werden, müsste es eine Wohnung von entsprechender Größe sein, hab ich mir überlegt, damit sie sowohl bei dir als auch bei mir sein könnten. Da müssten wir halt eine praktikable Aufteilung finden.«

Nach einer kurzen Pause fragte sie ihn mit nicht zu übersehender Nervosität: »Und wie siehst du das? Was hältst du davon?«

Georg brauchte einen Moment, um zu begreifen. Das war wirklich verrückt! Nie hätte er gedacht, dass Astrid so etwas vorschlagen würde. Das, was er seit Wochen vor sich herschob, sprach sie jetzt einfach so aus und hatte bereits alles bedacht und geplant. Und er hatte sich höchst konspirativ letzten Sonnabend diese Wohnung angeschaut! In seinem tiefsten Innern fühlte er sich plötzlich ganz schön jämmerlich. Und er leistete seiner Frau innerlich Abbitte, dass sie so klug und so mutig die Dinge endlich auf den Tisch gepackt hatte. Er musste ihr eigentlich dankbar sein.

»Doch, ja, du hast vollkommen recht. Ich hab auch schon mal in die Richtung darüber nachgedacht.«

Astrid nahm ihr Glas, das noch halb gefüllt war, und trank es in einem Zug leer. Das machte sie sonst nie.

»Bin ich froh, dass ich dir jetzt alles gesagt habe. Seit Wochen ging mir das ständig durch den Kopf. Das war ganz furchtbar. Und dass du das so ruhig aufgenommen hast, erleichtert mich wirklich sehr. Und, Georg«, sie legte ihre Hand auf die seine und sah ihm ernst in die Augen, »es soll ja erst mal nur vorübergehend sein.«

Der leitende Kriminaldirektor strahlte vor Zufriedenheit. Die Pressekonferenz war sehr gut besucht. Sogar das Regionalmagazin vom Fernsehen hatte ein Team geschickt, und gerade präsentierte Harald Appels den versammelten Journalisten stolz einen Korb voll sichergestellter Hanfpflanzen. Angermüller, der neben seinem Chef hatte Platz nehmen müssen, war nicht so ganz bei der Sache.

Der Kriminalhauptkommissar musste immer wieder an den vergangenen Abend denken. Natürlich hatte Astrid bereits genau überlegt, wann und wie sie den Mädchen von ihren Plänen erzählen sollten. Sie hatten sich auf das Wochenende geeinigt, um in dieser nicht einfachen Situation möglichst viel Zeit für die Kinder zu haben. Dann hatte Astrid sogleich begonnen, einen Plan für die systematische Wohnungssuche zu entwerfen. Und irgendwann hatte sie fast schüchtern gefragt, ob es denn in seinem Leben jemand anderen gäbe. Er hatte mit einem klaren Nein geantwortet. Was ihm vorgestern mit Anita passiert war – das hatte hiermit nichts zu tun.

Auch er hatte Astrid die Frage gestellt, und sie hatte den Kopf geschüttelt.

»Und was ist mit Martin?«

»Ach, Martin.«

Sie hatte in sich hineingelächelt.

»Er ist der beste Kollege, den man sich vorstellen kann, und jemand, der immer zur Stelle ist, wenn man ihn braucht. Ein Typ, mit dem man Pferde stehlen kann«, hatte sie dann gesagt. »Aber du weißt ja, da ist die Geschichte mit seiner Frau. Ich bin die Kummerkastentante, der er immer alles erzählt. Mal will er zu ihr zurück, doch dann sagt sie nein, das möchte sie nicht, und beim nächsten Mal ist es wieder umgekehrt. Ich denke, das ist noch lange nicht ausgestanden.«

Angermüller war sich nicht sicher, ob er da nicht ein Bedauern herausgehört hatte. Doch warum sollte er sich darüber den Kopf zerbrechen? Er konnte jetzt den Dingen ihren Lauf lassen. Die Zeit würde zeigen, was Bestand haben würde. Auch wenn das alles nicht einfach werden würde – der Alltag mit den Kindern, die Reaktionen der Verwandtschaft und gemeinsamer Freunde, das plötzliche Alleinleben in einer anderen Wohnung – er fühlte sich trotzdem ziemlich gut. Endlich herrschte mehr Klarheit in seinem Leben.

»Und hier neben mir sitzen Kriminalhauptkommissar Georg Angermüller und Kriminalkommissar Claus Jansen, die Sie ja vielleicht schon aus anderen Zusammenhängen kennen«, stellte sie der Behördenchef vor. »Die beiden waren es, die quasi kommissariatsübergreifend die Hanfplantage entdeckt haben. Im Rahmen ihrer Ermittlungen in einem Todesfall für das K 1 sind sie auf den Beschuldigten gestoßen, der diese illegale Pflanzung angelegt hat, und haben die Kollegen von der Drogenfahndung darauf angesetzt. Ein wirklich vorbildliches Beispiel für die hervorragende Zusammenarbeit unserer Kommissariate untereinander. Es ist übrigens die größte Freiluftplantage für Marihuana, die in Schleswig-Holstein jemals gefunden wurde.«

»K 1, ja? Mord und Kapitaldelikte. Davon haben Sie ja noch gar nichts verlauten lassen, Appels«, bemerkte Victor Hagebusch von der Lübecker Zeitung mit unverkennbarer Häme in der Stimme. »Hat der Mord mit dem Rauschgift zu tun? Oder ist das streng geheim?«

Grinsend sah er sich unter den anderen Medienleuten um. Hagebusch war der Senior unter den Lokaljournalisten, ein altes Schlachtross, das mit Vergnügen seine Macht als Meinungsmacher auskostete. Früher hatte er für die großen Magazine gearbeitet, doch offensichtlich hatten die nie lange mit ihm zu tun haben wollen. So war er vor einigen Jahren bei der Lübecker Zeitung hängen geblieben und hatte sich mit seiner ziemlich boshaften Schreibe einen ergebenen Leserkreis erobert. Mit ihm durfte man es sich nicht verderben, denn wer sich ihn zum Feind machte, den nahm er mit seinen journalistischen Mitteln nach allen Regeln der Kunst auseinander. Und dafür war ihm jedes, oft auch nicht ganz feine, Mittel recht.

»Gut, dass Sie fragen, werter Herr Hagebusch«, sagte denn auch der Behördenchef mit einem charmanten Lächeln. »Gerade wollte ich drauf kommen. Wir hatten am vergangenen Sonnabend eine unbekannte männliche Leiche auf einem Golfplatz, gestorben durch Fremdeinwirkung, Identität zunächst unbekannt. Doch schon am Sonntag konnten die Kollegen den Mann identifizieren lassen. Der Kollege Angermüller kann Ihnen bestimmt noch mehr dazu sagen. Bitte, Georg.«

Da verplapperte sich der Chef, machte die Leute erst neugierig, und dann schob er ihm die Sache unter. Warum hatte er den Toten vom Golfplatz überhaupt erwähnt?

Gerade auf so eine Geschichte waren die Zeitungsschreiber doch immer scharf. Angermüller neigte sich zum Mikrofon.

»Tja, nach unseren bisherigen Erkenntnissen können wir einen Zusammenhang zwischen dem Rauschgiftfund und dem Tod des Mannes nicht bestätigen«, sagte er ohne Begeisterung. »Aber wir sind dran und ermitteln in alle Richtungen. Bitte haben Sie Verständnis, wenn ich Ihnen aus ermittlungstaktischen Gründen keine weiteren Einzelheiten nennen kann. Gegen Ende der Woche kann das schon ganz anders aussehen. Danke.«

Natürlich gefiel den Journalisten diese Ansage nicht. Die Wortmeldung von Viktor Hagebusch geflissentlich übersehend, übernahm Appels wieder das Mikrofon.

»Ja, meine Herrschaften, Sie haben es gehört. Wir arbeiten schon so lange hervorragend mit Ihnen zusammen, dass ich auch in diesem Fall auf Ihre Kooperation hoffe. Geben Sie uns also für den Toten vom Golfplatz bitte noch ein paar Tage Zeit. Sie haben jetzt ja erst einmal genug Material für eine spannende Marihuana-Story, nicht wahr?«

Der Behördenchef zeigte ein joviales Lächeln.

»Vielen Dank für Ihre Aufmerksamkeit. Ich wünsche Ihnen noch einen schönen Tag.« Hagebuschs verärgerter Protest ging im allgemeinen Stühlerücken unter.

»Das musste doch nicht sein, die Presseheinis auf unseren Fall aufmerksam zu machen, oder? Ich hab eigentlich keine Lust, dass die ihre Nasen in unsere Ermittlungen stecken«, beschwerte sich Angermüller bei seinem Chef, als die Journalisten gegangen waren.

»Wieso? Ich hab doch gar nichts weiter dazu gesagt.«

»Ach, Harald, ein Toter im Zusammenhang mit dem Marihuanafeld ist doch eine super Schlagzeile! Und gerade der Hagebusch, der ist doch nicht blöd! Der weiß doch auch, wo der Golfplatz liegt, und dann zählt der einfach zwei und zwei zusammen, und schon steht er beim Graswurzelhof auf der Matte. Wirklich, sehr professionell war das nicht von dir!«

»Damit wirst du doch locker fertig. Da bin ich ganz zuversichtlich«, klopfte ihm Harald Appels auf die Schulter, Angermüllers Kritik glimpflich überhörend. »Also, ich muss, Kollegen! Freue mich auf eure Ergebnisse!«

Und schon war er verschwunden. Das ungeschickte Agieren seines Chefs verstärkte Angermüllers Frust über den schleppenden Fortgang ihrer Ermittlungen. Eine erneute morgendliche Vernehmung von Andresen am Morgen, der sich mittlerweile in Lauerhof in Untersuchungshaft befand, hatte keine neuen Erkenntnisse gebracht. Vielleicht sollten sie sich doch noch einmal seine Gefährtin vornehmen. Wenn Andresen etwas mit Staroskes Tod zu tun hatte, würde Peggy Stein irgendwann damit herauskommen. Aber wahrscheinlich hätte sie es längst getan, sagte Angermüller sich unzufrieden, so wie sie mit den Nerven runter war. Irgendwie traten sie in diesem Fall auf der Stelle.

»Oh Mann, so richtig Spaß macht dat heute nich. Und dann noch der Appels, der alte Schnacker!«, rief Jansen durch die geöffnete Tür, als sie wieder in ihren Büros saßen. »Warum konnte der nich einfach mal seine Klappe halten?«

»Das kannst du laut sagen! Weißt du was, ich hab keine Lust mehr. Was hältst du davon, wenn wir hier bald Schluss machen und ein Bier zusammen trinken gehen?«, fragte Angermüller seinen Kollegen. »Das haben wir doch schon seit Tagen machen wollen. Oder hast du heute keine Zeit?«

»Doch! Eine sehr gute Idee.«

So saßen sie eine gute halbe Stunde später im Biergarten eines bayrischen Lokals in der Innenstadt.

»Ich weiß, du hast diese Kneipe extra meinetwegen ausgesucht. Aber leider muss ich dir ja sagen, Claus, dass ich in erster Linie Franke, und zwar Oberfranke, bin. Bayer bin ich nur auf dem Papier.«

»Wusste nich, dat dat bei euch da unten so kompliziert is! Für mich is ab Hannover irgendwie alles Bayern«, meinte Jansen achselzuckend. »Die können zwar überhaupt kein richtiges Pils brauen, die Bayern, aber dat Zeug hier schmeckt nich mal schlecht.«

»Ja, bei diesem warmen Wetter ist so ein Weißbier genau das Richtige gegen den Durscht. Prost, Claus!«

Sie redeten eine Weile so über dies und das, erst über ihren Fall, dann den üblichen Kollegentratsch aus der Bezirkskriminalinspektion, und schließlich fragte Angermüller: »Wo drückt denn der Schuh, Claus?«

»Wieso?«, antwortete sein Kollege mit verwunderter Miene, wich aus, nein, da wäre nichts. Die Sache schien ihm irgendwie peinlich zu sein. Doch Angermüller blieb hartnäckig.

»Vanessa will sich verloben«, erklärte Jansen schließlich und sah dabei betreten auf den Tisch.

»Gratuliere«, sagte der Kriminalhauptkommissar überrascht. »Aber du scheinst das ja nicht für eine so gute Idee zu halten.«

»Ich hab da noch gar nich richtig über nachgedacht. Letzte Woche ist sie auf einmal damit angekommen.«

Unfroh starrte Jansen auf sein Bierglas.

»Wir sind jetzt schon paar Monate zusammen. Und es ist ja auch ganz nett mit ihr. Aber muss man sich denn deshalb gleich verloben?«

»Na ja, da gehören natürlich immer zwei dazu. Was hast du ihr denn geantwortet?«

»Dat ich da erst mal über nachdenken müsste, natürlich. Da hat sie nur so schnippisch gesagt: Aber nich zu lange. Und seitdem ist sie irgendwie komisch.«

Der Arme, dachte Angermüller. Da ist er doch tatsächlich mal an eine geraten, die sich nicht so leicht hin- und herschieben lässt wie die Mädchen, die er sonst nach Lust und Laune gesammelt und abserviert hatte. Ist ja eigentlich nur gerecht.

»Tja, ich fürchte, da kann ich dir auch nicht helfen. Diese Entscheidung kann dir keiner abnehmen, Claus.«

»Wie war dat denn bei dir? Du und deine Frau, habt ihr euch auch bald verlobt und so?«, wollte Jansen wissen und lachte ein wenig albern. Das alles war ganz und gar nicht sein Thema.

»Wir?«, fragte Angermüller mehr sich selbst und sah auf einmal ganz gedankenschwer aus, »wir haben damals nach knapp einem Jahr geheiratet. Ohne Verlobung. Ein Jahr später kamen die Zwillinge.«

»Ich weiß jedenfalls nich, wie ich da wieder rauskomme«, meinte Jansen bekümmert.

»Willst du denn wieder rauskommen? Ich meine, das kommt doch ganz drauf an, ob dir an Vanessa was liegt.«

»Ich weiß es doch nicht, Kollege«, sagte Jansen. Es klang fast ein wenig verzweifelt, doch gleich darauf fügte er mit einem schiefen Grinsen hinzu: »Deshalb hab ich doch gedacht, ich frage am besten mal dich, als leuchtendes Beispiel eines glücklich verheirateten Mannes.«

Einen Moment überlegte Angermüller, ob er nicht besser seine eigene Situation für sich behalten solle. Aber warum eigentlich? In nicht allzu ferner Zeit würde ihn der

Kollege eh von einer neuen Wohnadresse mit dem Dienstwagen zum Einsatz abholen kommen, und bevor irgendwelche Gerüchte die Runde im Kollegenkreis machten …

»Abgesehen davon, lieber Claus, dass natürlich niemand außer dir selbst wissen kann, was für dich richtig ist: Ich kann als Vorbild für die perfekte Beziehung auch nicht unbedingt herhalten. Meine Frau und ich haben gerade beschlossen, dass ich, zumindest für eine Zeit lang, zu Hause ausziehe.«

»Echt?«

Claus Jansen war erst einmal sprachlos und sah seinen Kollegen nur ungläubig an. Der nickte und sagte:

»Du siehst, in diesen Dingen gibt es für nix eine Garantie. So leid es mir tut, Claus, diese Entscheidung musst du wirklich allein treffen, und erst viel später wirst du merken, ob es die richtige war.«

Jansen nickte stumm.

»Tscha, dat is alns son komplizierten Kram mit die Weibers«, meinte er schließlich und schnitt eine komische Grimasse, »dann haben wir ja wohl beide ein Problem. Noch 'n Bier, Kollege?«


»Dominik, kannst du bitte ein paar Stangen Lauch aus dem Garten holen? Svenja will ihre Käse-Lauchpfanne für euch zum Abendbrot machen.«

»Ey super, Lauchpfanne! Wieviele Stangen denn?«

»Vier bis fünf dicke, würde ich sagen. Und bring sie dann in die Küche zu Svenja.«

»Okydoky, Chefin«, sagte Dominik, schnappte sich den Erntekorb aus Gesches Händen und rannte in Richtung Garten.

Gesche ging zum Haus. Sie wollte endlich einmal in

ihrem Kleiderschrank nachschauen, was sie nachher zu Tildes Ausstellungseröffnung tragen könnte. Nero, der Gesche gefolgt war, drehte sich plötzlich um und ließ sein dumpfes Bellen ertönen. Ein fremder Wagen kam auf den Hof gefahren, und ein älterer Mann, ein großer, schwerer Typ, hievte sich aus dem nicht mehr ganz neuen Fahrzeug, begann zu winken und ging auf sie zu. Dominik hatte den Motor auch gehört, und statt zum Garten zu gehen, kam er neugierig näher.

»'n Abend! Hagebusch, Lübecker Zeitung, wohnen Sie hier?«

»Guten Abend. Ja, ich wohne hier, und was wollen Sie?«, fragte Gesche.

»Bei Ihnen ist doch vorgestern diese Hanfplantage ausgehoben worden. Darüber müsste ich ein bisschen mehr wissen. Da können Sie mir sicher was erzählen, oder?«

Er verzog sein griesgrämiges Gesicht zu einer Art schiefem Lächeln.

»Tut mir leid, außer dass die Polizei dieses Feld entdeckt und vernichtet hat und einer unserer Mieter deshalb verhaftet wurde, weiß ich nichts darüber«, antwortete Gesche höflich. »Und gerade jetzt habe ich leider gar keine Zeit. Also dann, auf Wiedersehen.«

»Gute Frau, das machen Sie einem wie mir doch nicht weis, dass Sie keine Ahnung haben, was hier auf Ihrem Grund und Boden passiert. Vielleicht kann ja der junge Mann da weiterhelfen?«, wandte er sich an Dominik, der mit großen Augen zwischen den beiden hin- und herschaute.

»Und Sie werden vielleicht verstehen, dass weder ich noch sonst jemand hier für Auskünfte zur Verfügung stehen. Wir sind eine biologisch-dynamisch arbeitende Hofgemeinschaft und sonst nichts. Und wie ich Ihnen schon sagte, mit dieser Hanfsache haben wir nichts zu tun.«

Als ob sie ihn vor diesem impertinenten Fremden schützen müsste, hatte Gesche ihren Arm um Dominik gelegt und ziemlich laut und energisch gesprochen. Der massige Kerl, der mit seinem zerknitterten Hemd und den ausgelatschten Flechtslippers alles andere als seriös aussah, warf ihr einen unfreundlichen Blick zu.

»Aber Sie wollen doch sicher auch nicht, dass Ihr Biohof als Marihuanaparadies in die Schlagzeilen kommt, oder?«

»Solche Drohungen zeigen mir nur, wie richtig es ist, nicht ein Wort mit Ihnen zu sprechen«, antwortete Gesche nun wieder etwas ruhiger. »Ich würde Sie bitten, jetzt zu gehen. Ich habe zu tun.«

»Und der tote Mann, den man hier auf dem Golfplatz nebenan gefunden hat, haben Sie davon etwa auch keine Ahnung?«

Natürlich überraschte Gesche diese Frage. Woher wusste dieser unsympathische Schmierfink über Kurts Tod Bescheid? Doch sie versuchte, sich nichts anmerken zu lassen. Als sie Dominiks Unruhe bemerkte, der wohl etwas dazu sagen wollte, schüttelte sie leicht den Kopf und legte einen Finger auf den Mund.

»Sie sagen es, auch da kann ich Ihnen leider nicht weiterhelfen«, beschied sie den Journalisten. »Würden Sie dann bitte unseren Hof wieder verlassen?«

Der Neufundländer, der Gesche nicht von der Seite gewichen war, knurrte leise. Der Mann warf einen finsteren Blick auf den Hund. Es schien für ihn ungewohnt, die Auskunft nicht zu bekommen, die er wünschte. Seine kleinen Augen, die hinter dem übergroßen, altmodischen Brillengestell meist an ihr vorbeischauten, verengten sich.

Eigentlich interessierte ihre Person ihn gar nicht, nur das, was er von ihr zu erfahren hoffte, und nun musste er sich mit ihrer albernen Dickköpfigkeit herumschlagen.

»Sie werden schon sehen, was Sie davon haben«, sagte er leise drohend, drehte sich um und ging mit schweren, langen Schritten zu seinem Wagen zurück.

»Warum bist du so böse zu dem Mann gewesen, Gesche?«, wollte ihr Mitbewohner wissen.

»Ich war nicht böse, Dominik, nur deutlich. Der fremde Mann hat seine Nase in Sachen gesteckt, die ihn nichts angehen. Und du weißt doch auch, dass man nicht immer so neugierig sein soll, oder?«

Dominik nickte mit ernster Miene und zog dann mit dem Korb wieder los, um die Lauchstangen aus dem Garten zu holen. Was für ein unangenehmer Mensch, dieser Reporter, dachte Gesche mit Unbehagen und lief schnell nach oben ins Schlafzimmer.

Zu einer Vernissage ging sie nicht oft, und so stand sie nun etwas ratlos vor ihrem ohnehin nicht sehr vollen Kleiderschrank. Sollte sie das festliche schwarze Kleid tragen, oder war das zu diesem Anlass übertrieben? Oder einfach eine schwarze Hose und die neue weiße Bluse? Wie doof, sie wusste wirklich nicht, was sie machen sollte, und jetzt hatte sie dieser Zeitungsmann mit seiner dämlichen Fragerei wieder an das erinnert, was sie den ganzen Tag über erfolgreich verdrängt hatte. Nun konnte sie sich überhaupt nicht mehr auf die Garderobenwahl konzentrieren. Schon gingen ihr aufs Neue die gleichen Fragen durch den Kopf, die sie in Verbindung mit Kurts Tod immer wieder beschäftigten. Und natürlich war Henning auch jetzt nicht da. Sicher, er hatte immer etwas zu tun. Auf dem Hof hörte die Arbeit nie auf. Aber sie spürte in den letzten Tagen immer deutlicher, dass er ihr bewusst auswich. Doch wenn sie ihm nicht bald von ihren Befürchtungen erzählte, wurde sie noch verrückt! Außerdem war es auch ein Zeichen mangelnden Vertrauens, und sie hatte ihrem Mann doch eigentlich immer voll und ganz vertraut. Sie wollte ihm auch jetzt voll und ganz vertrauen.

Was half 's. Nun musste sie erst einmal zu Tildes großem Abend. Ihrem Sohn Jonas hatte Gesche die Verantwortung für das Abendessen übertragen, weil sie Henning den ganzen Nachmittag nicht zu Gesicht bekommen hatte. Sollte sie vielleicht doch einfach ein etwas besseres Sommerkleid anziehen? Man wusste ja nicht, wie warm es dort in den Räumen sein würde, und stundenlang schwitzend herumzustehen, war auch nicht sehr angenehm.

Eine halbe Stunde später verabschiedete sich Gesche von den anderen, die in der Küche das Abendessen vorbereiteten. Es duftete zwiebelig scharf. Hoch konzentriert und mit roten Wangen schnitt Svenja die Lauchstangen in akkurate Ringe, während Thea und Dominik mit dem Käse beschäftigt waren.

»Du siehst sehr schön aus, Mama«, sagte Thea mit ehrlicher Bewunderung zu Gesche, die sich für die leichte, weiße Spitzenbluse zur schwarzen Leinenhose entschieden hatte. Das Kind sprang zu seiner Mutter und umfing sie mit beiden Armen.

»Tschüss, Mama, viel Spaß!«

Gesche beugte sich herunter und gab Thea einen Kuss auf die blonden Locken.

»Tschüss, meine Kleine!«

Es war gar nicht so einfach, einen Parkplatz auf dem Gelände der Marina zu finden. Die Hauptsaison war in vollem Gange, und aus allen Ecken Deutschlands stammten die Kennzeichen der zahlreich abgestellten Autos. Viele der Besitzer hatten ein Motor- oder Segelboot an einem der Stege liegen oder charterten eine Yacht und brachen von hier aus auf zu einem längeren Törn auf der Ostsee.

Der Einladung zur Ausstellungseröffnung waren offensichtlich eine Menge Leute aus der näheren Umgebung gefolgt. Rund um die neue Halle stand eine Vielzahl an Edelkarossen, aber auch bescheidenen Kleinwagen, allesamt mit OH-Nummern. Und Tilde hatte befürchtet, es würde niemand kommen!

So um die 60 Personen hatten sich in der großen Halle versammelt, die meisten hielten Weingläser in der Hand, manche standen in Grüppchen plaudernd zusammen, andere in stummer Andacht vor Tildes ausgestellten Werken. Gesche grüßte und winkte den vielen bekannten Gesichtern zu, holte sich ein Glas Rotwein bei den jungen Mädchen hinter dem weiß eingedeckten Tisch und schlenderte dann langsam an den zumeist ziemlich großen Bildern vorbei.

Einige wenige davon hatte sie schon einmal in Tildes Kate gesehen. Doch wirkten sie hier in der Größe des Raumes, mit großem Abstand an den weißen Wänden, ohne jegliche störende Objekte, völlig anders. Tildes Motive waren ausschließlich Figuren in Bewegung, die sie vor imaginären Landschaften darstellte. Auf den Schwarzweißbildern waren es oft nur Schemen oder schwarze Schatten, die etwas Unheimliches, ja Bedrohliches ausstrahlten, während die farbigen Gemälde klarer waren, die Wesen darauf deutlich menschenähnlich, allerdings alle ohne Gesichter. Und dann gab es ein paar Exemplare, auf denen sich die schwarzweiße mit der farbigen Welt mischte. Es war faszinierend, die Bilder anzuschauen, fand Gesche, man tauchte ein in diese unwirklichen Landschaften, und die eigene Fantasie ging auf eine Reise.

»Na, du?«

Leicht berührte jemand Gesches Schulter. In einem sehr schlichten, langen Leinenkleid stand Tilde plötzlich neben ihr. Das kräftige Braunrot passte ausgezeichnet zur Hennafarbe ihrer kurzen Haare. Eine Kette aus transparenten, rauchfarbenen Steinen lag um ihren schmalen Hals.

»Hallo, Tilde! Du siehst toll aus heute Abend!«

»Danke. Ich freu mich, dass du gekommen bist, Gesche. Du bist die Einzige, die ich hier kenne.«

»Aber es sind alle Leute nur wegen dir hier! Na, wie fühlt sich die Künstlerin?«

»Irgendwie ausgeliefert«, antwortete Tilde leise. »So viele Menschen. Da muss ich mich jedes Mal erst wieder dran gewöhnen.«

»Aber das ist doch prima, dass du so viel Interesse hervorrufst! Ein toller Anfang!«, meinte Gesche. »Ist ja auch nur heute Abend. Und deine Bilder wirken in dieser nüchternen Umgebung sehr intensiv. Das ist wirklich beeindruckend.«

»Danke«, sagte die Malerin bescheiden. Jemand klopfte laut gegen ein Glas.

»Oh, entschuldige, ich muss«, sagte Tilde und ging nach vorn, wo ein paar wichtig aussehende Leute um ein Rednerpult standen. Der Pressechef der Marina begrüßte die Gäste der Vernissage, dann folgten der Vortrag einer Kunsthistorikerin zu Tildes Werken und schließlich die offizielle Eröffnung durch die Neustädter Bürgervorsteherin. Vom langen Stehen und konzentrierten Zuhören fühlte sich Gesche nach ihrem arbeitsreichen Tag ziemlich müde. Sie sah sich um – keine Sitzgelegenheit weit und breit. Plötzlich winkte ihr Marianne aus einer Ecke. Daneben stand Henning und grinste zu ihr herüber. Zwar hatte er angedeutet, dass er auch nachkommen würde, wenn die Zeit es zuließe, aber Gesche hatte nicht daran geglaubt. Ihrem Mann lag auch nicht besonders viel an Kunstausstellungen. Umso größer war ihre Freude, dass er es nun doch wahr gemacht hatte und mitgekommen war. Sie schlängelte sich durch die Menge zu den beiden hinüber.

»Na, schöne Frau, Kunst genossen?«, fragte Henning lächelnd und zog sie kurz an sich.

»Na klar. Das ist ja schön, dass du mitgekommen bist! Habt ihr auch schon die Bilder angeschaut?«

»Ja, hab ich, hab ich«, nickte er wie ein gehorsames Kind.

»Ich werde jetzt noch mal in aller Ruhe gucken«, meinte Marianne. »Und dann fahr ich zurück zu Christos. Tilde hat sowieso keine Zeit, und ich bin irgendwie kaputt. Dein Mann kann ja mit dir zurückfahren. Tschüss, ihr zwei!«

Die Lokalpresse war da und Tilde ständig von kunst-interessierten Menschen umringt, die mit der Künstlerin sprechen wollten. Als sie Gesches und Hennings Blicke sah, hob sie ein wenig hilflos die Schultern und lächelte. Aber sie wirkte ganz glücklich und schien mit dem Inter-esse an ihrer Person auch irgendwie klarzukommen.

Draußen empfingen Gesche und Henning sommerli-che Wärme und Helligkeit, viel zu schön, um sofort nach Hause zu fahren.

»Und was machen wir mit dem angebrochenen Abend?«, fragte Henning. »Hast du eigentlich schon gegessen? Ich habe einen Riesenhunger. Von den paar Käsestangen da drin bin ich nicht satt geworden.«

»Wollen wir nach Neustadt zum Hafen fahren? Da gibt es doch diesen Italiener, wo man so nett draußen sitzen kann.«

Kurz darauf stellten sie ihren Wagen vor der Brücke ab, die Hafen und Binnenwasser voneinander trennte, und fanden einen Tisch in einer ruhigen Ecke, von wo aus sie das Treiben auf dem Wasser und um sie herum verfolgen konnten. Lange waren sie nicht mehr zu zweit aus gewesen, und Gesche genoss es, das Essen einmal serviert zu bekommen, trank ihren Wein und sah den hereinkommenden Booten zu. Die ganze Zeit allerdings überlegte sie auch, wie sie die Fragen, die sie schon seit Tagen mit sich herumtrug, endlich loswerden konnte. Sie aß langsam von der gemischten Vorspeise, die für ihren nicht ganz so großen Hunger perfekt war, und beobachtete Henning, der sich mit Heißhunger auf seine Pasta stürzte.

»Oh, das war gut«, freute der sich, nachdem er den Teller noch mit dem frischen, hausgebackenen Pizzabrot von den letzten Soßenresten gesäubert hatte.

»Nachtisch?«

»Danke, für mich nicht. Aber wenn du gern möchtest«, antwortete Gesche.

»Nee, dann auch kein Nachtisch. Das süße Zeug schadet nur meinem makellosen Athletenkörper«, witzelte Henning.

Sie fasste sich ein Herz. »Henning, es gibt da was, worüber ich mit dir reden muss. Seit Tagen geht mir das schon im Kopf rum.«

»Ich weiß«, erwiderte er sehr ernst. »Mir geht es genauso. Ich muss dir auch endlich, endlich etwas sagen. Aber nicht hier. Lass uns erst einmal zahlen.«

# KAPITEL IX

»Du glaubst es nich!«

Claus Jansen kam vom Flur des K 1 in den kleinen Raum gestürmt, der sein Büro von dem des Kriminalhauptkommissars trennte.

»Meinst du den Artikel von diesem Hagebusch? Biodynamisch: Marihuana und ein Toter – so ein Schwachsinn! Da werden sich die Biobauern vom Graswurzelhof bestimmt nicht drüber freuen.«

Gleich nach seiner Ankunft in der Bezirkskriminalinspektion hatte Angermüller einen Blick in die Lübecker Zeitung geworfen, um zu sehen, was der Chef mit seiner Geschwätzigkeit wieder einmal angerichtet hatte.

»Nee, wat ganz anderes! Moin erstmal.«

»Hallo, Claus. Was ist los? Du bist ja total aufgedreht.«

»Es gab einen Anruf von einer Zeugin. Die wohnt mit ihrem Mann in einer der Katen auf dem Graswurzelhof. Und der ist an dem Sonnabend, an dem dat mit dem Staroske aller Wahrscheinlichkeit nach passiert ist, angeblich ein fremdes Auto aufgefallen, dat nich dorthin gehörte. Wir sollten sofort mit der Frau sprechen. Sie ist Krankenschwester und arbeitet hier um die Ecke in der Klinik an der Kronsforder Allee.«

Nur eine Viertelstunde später saßen die Kommissare in der Cafeteria auf dem Klinikgelände Marianne Varelas gegenüber.

»Mein Mann und ich waren am vergangenen Wochenende in München bei seiner Schwester und sind Montagnacht nach Hause gekommen. Deshalb hab ich auch erst vorgestern erfahren, was Schreckliches mit diesem Kurt passiert ist. Ich hab immer wieder überlegt, ob mir an dem Sonnabend, wo er zum letzten Mal lebend gesehen wurde, irgendwas aufgefallen war«, sie lächelte ein wenig verlegen. »Ich bin nämlich eine begeisterte Krimileserin und weiß, dass jeder noch so kleine Hinweis für die Kripo sehr wichtig sein kann.«

»Selbstverständlich, da haben Sie völlig recht«, stimmte Angermüller zu, während Jansen eine undurchsichtige Miene zeigte.

»Und stellen Sie sich vor: Heute Morgen seh ich in der Zeitung diese Anzeige vom Lubeca Country Golf Club, und da fällt es mir plötzlich wieder ein!«

Marianne Varelas hatte ein Auto vom Hof fahren sehen. An die genaue Uhrzeit erinnerte sie sich nicht mehr. Sie wusste nur, es war am späten Nachmittag jenes Sonnabends gewesen. Den Zeitraum grenzte sie zwischen vier und sechs ein. Aber sie wusste hundertprozentig, dass es ein kleiner, weißer Wagen war, mit einem ausländischen Nummernschild, auf dessen Fahrertür das Logo des Lubeca Country Golf Clubs prangte.

Seit Wochen war es das erste Mal, dass die Sommerhitze sich unangenehm anfühlte. Die Luft war drückend, und die Sonne stach vom Himmel. Zwischen den Johannisbeersträuchern tanzten kleine Insekten, und die Fliegen zog es magisch auf die schweißfeuchte Haut. Immer wieder schlug Gesche nach dem unangenehmen Gekrabbel, und Svenja pustete sich ein ums andere Mal eine dunkle Haarsträhne aus dem verschwitzten Gesicht. Thea und Lisamarie, die sich erst eifrig zum Beerenpflücken angeboten hatten, war ziemlich schnell die Lust daran vergangen.

»Mama, schafft ihr das vielleicht auch allein? Können wir wieder spielen gehen?«, hatte Thea etwas kleinlaut gefragt.

»Aber natürlich!«, hatte Gesche gelacht. »Geht da hinten in den Schatten unter die Bäume. Ihr könnt euch ja wieder die große Wanne mit Wasser füllen, das ist doch eine gute Idee! Und bleibt in der Nähe, ja?«

»Das machen wir doch immer, Mama!«, hatte Thea etwas verwundert geantwortet. »Komm, Lisamarie, wir machen uns unsere Planschwanne fertig!«, rief sie ihrer Freundin zu. Und dann waren die beiden, von Nero mit großen Sprüngen begleitet, fröhlich zum Rasen unter den Obstbäumen gehüpft.

Als Gesche die Mädchen wenig später in ihren bunten Badeanzügen – die pummelige Lisamarie trug einen modischen Tankini – ausgelassen in der kleinen Wanne hüpfen und mit Wasser spritzen sah, gab es ihr einen leisen Stich ins Herz. Seit ihrem Gespräch mit Henning am gestrigen Abend war die Welt eine andere geworden, und sie konnte die badenden Kinder nicht mehr unbefangenen Geistes betrachten.

Henning und sie waren an den Strand bei Sierksdorf gefahren und hatten sich in den Sand gesetzt. Gesche musste ihm nicht einmal Fragen stellen. Henning hatte einfach angefangen zu erzählen. Und was sie zu hören bekam, hatte sie so gefangen genommen, dass sie ihre Zigarette, die sie sich angesteckt hatte, zu rauchen vergaß. Sie hatte deutlich gespürt, wie sehr Henning selbst unter seinem tagelangen Schweigen gelitten haben musste, denn nun floss es nur so aus ihm heraus. Doch so, wie sie es verstand, hatte er sich wohl auch in einem regelrechten Schockzustand befunden, der ihn gehindert hatte, sich zu offenbaren.

Als sie gehört hatte, was an jenem Sonnabend geschehen war, hatte sie plötzlich eine Art Lähmung überkommen, und es war, als ob ihr jemand eine Faust in die Magengrube gerammt hätte. Die Vorstellung, dass diese Dinge um sie herum passiert waren, ohne dass sie auch nur die geringste Ahnung davon gehabt hatte, erschreckte sie zutiefst.

Einerseits war es natürlich sehr einfühlsam von Henning gewesen, dass er sie nicht hatte belasten wollen mit seinem Wissen. Andererseits hätte er es ihr sofort sagen müssen. Schließlich war sie die Mutter, die ihr Kind vor allem Bösen beschützen und behüten wollte.

Auch hätte sie ganz andere Konsequenzen gezogen, hätte den Kerl sofort angezeigt und ihn dann ohne Gnade vom Hof gejagt.

Aber sie glaubte ihrem Mann. So verrückt sich die Geschichte auch anhörte, sie war sicher, dass Henning die Wahrheit gesagt hatte. Und so befand sie sich jetzt in einem merkwürdigen Grenzstadium zwischen Erleichterung und Entsetzen. Sie war dem Schicksal dankbar, dass ihre Ängste bezüglich ihres Mannes sich nicht bewahrheitet hatten. Und sie war erfüllt von Grauen darüber, dass ein Mensch, der unter ihrem Dach gewohnt und an ihrem Tisch gesessen hatte, die Nähe und das Vertrauen in der Gemeinschaft auf diese Weise mit Füßen treten konnte, ohne dass sie den geringsten Verdacht geschöpft hatte.

Die große Entscheidung, vor der sie und Henning jetzt standen, war, ob er seine Geschichte auch der Polizei erzählen sollte. Würden die ihm auch so einfach glauben, wie sie es getan hatte? Wem wäre damit geholfen?

War es überhaupt wichtig zu wissen, wie und warum Kurt auf den Golfplatz gekommen war? Natürlich, nach Recht und Gesetz musste ein Täter bestraft werden. Aber wem würde das dienen? Würde das irgendwas ändern?

So durfte man nicht denken, ging es ihr dann durch den Kopf. Wir dürfen uns nicht zum Richter aufschwingen. Auge um Auge, Zahn um Zahn – so geht das nicht in einer zivilisierten Gesellschaft. Wir müssen beide noch einmal ganz genau überlegen, wie wir das anfangen wollen. Doch es führt kein Weg daran vorbei, dass Henning mit der Polizei redet.

Angermüller und Jansen war der neu erwachte Tatendrang direkt anzumerken. Während sie eilig über das Klinikgelände, neben dem das Institut für Rechtsmedizin lag, zu ihrem Auto gingen, redeten sie lebhaft über die glückliche Fügung, dass sich diese Zeugin mit ihrem ausgeprägten visuellen Gedächtnis aus eigenem Antrieb noch bei der Polizei gemeldet hatte.

»Ich kann zwar nicht verstehen, wie man sich dafür so begeistern kann, aber wenn diese Frau Varelas nicht so ein Krimifan wäre, wer weiß, ob die sich dann auch bei uns gemeldet hätte.«

»Dat is wohl wahr«, stimmte Jansen zu, »und ich«, er tippte an seine Nase, »ich hab's von Anfang an hier gehabt, dat dieser Typ uns wat vorgesponnen hat! Stimmt doch!«

»Natürlich, natürlich, Claus, du und deine Nase! Berühmt, berüchtigt.«

Angermüller klopfte seinem Kollegen auf die Schulter.

»Sollten wir jetzt gleich Anke Mewes besuchen und fragen, was sie genau gemacht hat, nachdem Kurt Staroske an dem Morgen dort wütend abgehauen war?«, überlegte er.

»Denkst du nicht, wir sollten lieber auf dem Kommissariat mit ihr reden? Die nette Atmosphäre bei uns wirkt sich auf den Wahrheitsgehalt von Zeugenaussagen doch meistens sehr positiv aus. Und dann lassen wir die zwei sich zufällig begegnen ...«

»Du bist ja ein Fuchs, Claus! Sehr gute Idee. Dann rufen wir gleich Anja-Lena an, die soll sich darum kümmern.«

»Hallo, Herr Kommissar! Lange nicht gesehen«, sagte plötzlich jemand neben ihnen.

»Oh, hallo, Frau Dr. Ruckdäschl!«, grüßte Angermüller möglichst unbefangen. »Geh schon mal, Claus. Ich komme gleich nach.«

Mit schräg gelegtem Kopf und einem herausfordernden Lächeln stand die Rechtsmedizinerin vor ihm, eine Bürotasche unter dem Arm. Auch in der einfachen weißen Bluse und einem kurzen, schwarzen Rock sah sie wieder fantastisch aus.

»Sag bloß, ich hab dich erschreckt, Georg? Du machst so ein Gesicht«, grinste sie und fragte, ehe er protestieren konnte: »Bist du gut nach Hause gekommen?«

»Ja, natürlich«, sagte er leichthin. Der unerwartete Smalltalk fiel ihm schwer. »Du bist auf dem Weg ins Institut?«

»Ach, wie kommst du denn darauf?«

Ihre Stimme war der pure Spott. Was ist mir an dieser Begegnung nur so peinlich, dachte Angermüller und lachte albern.

»Ich merke schon, das ist nicht die Zeit und nicht der Ort, Herr Kommissar«, stellte Anita Ruckdäschl mit amüsierter Miene fest. »Vielleicht trinken wir besser mal wieder einen Wein zusammen. Du hast ja meine Nummer. Ciao, bello.«

Und mit energischen Schritten verschwand sie auf ihren hochhackigen Schuhen in Richtung Rechtsmedizin. Angermüller eilte zum Wagen, der in Sichtweite stand. Natürlich musterte ihn sein Kollege neugierig, nachdem er eingestiegen war, doch erstaunlicherweise sagte Jansen nichts außer: »Ich hab Anja-Lena schon Bescheid gesagt. Dann fahren wir jetzt mal wieder Golfen.«

Ich hab mich wirklich unmöglich benommen eben, ärgerte sich Angermüller, wie ein linkischer Pennäler in der Pubertät. Wahrscheinlich war ihm das mit Anita einfach alles zu schnell gegangen. Er kannte sie ja kaum. Wer weiß, ob es neben ihrer unleugbaren Anziehungskraft als Frau sonst noch Verbindendes zwischen ihnen beiden gab. Und wer weiß, ob Anita das überhaupt erwartete. Ihr Vorschlag, doch mal wieder einen Wein zusammen zu trinken, hatte sich nicht verpflichtender als beim letzten Mal angehört. Und wahrscheinlich meinte sie es auch heute wortwörtlich. Kein romantisches Dinner bei Kerzenschein mit anregenden Tafelgesprächen, keine gemeinsamen kulinarischen vor den anderen Genüssen, sondern wieder ein weinseliger Abend in der Bar, der recht zügig im Bett endete. Eine – zugegeben – aufregende Abwechslung, aber nichts weiter. Wollte er das?

Angermüller ließ die reizvolle Landschaft vor dem Autofenster vorbeiziehen, den See, der in einer Senke zwischen grünen Wiesen und kleinen Wäldchen glitzerte, die Koppeln mit den weidenden Schafen, die Reetdachhäuser mit ihren blühenden Bauerngärten, ohne dies alles bewusst wahrzunehmen. Auch dass der Himmelsrand im Westen seine Farbe inzwischen eher in ein trübes Blaugrau verändert hatte, war ihm bis jetzt nicht aufgefallen.

»Na, Georg, du sachst ja gar nix«, meinte Jansen irgendwann und warf einen prüfenden Seitenblick.

»Hab ich doch schon vor Wochen gewusst, dat die Frau Doktor ein Auge auf dich geworfen hat.« Er schmunzelte zufrieden.

»Was?«, riss sich Angermüller von seinen Gedanken los.

»Ach, Quatsch. Wir müssen doch gleich da sein, oder?«

Nicht ganz so viele Autos wie am Wochenende waren auf dem Parkplatz vor den alten Gutsgebäuden abgestellt. Mit wenig Begeisterung reagierte die Dame im Clubsekretariat, mit der sie bereits am Sonntag Bekanntschaft gemacht hatten, auf ihre Frage nach Rob Higgins.

»Herr Higgins ist bei der Arbeit. Aber unser Gelände hier ist wirklich sehr weitläufig. Tut mir leid, wo der sich gerade aufhält, kann ich Ihnen überhaupt nicht sagen.«

Es tat ihr keineswegs leid, sie hatte einfach keine Lust, für diese Polizisten, die in ihren Augen immer nur den Golfbetrieb störten, auch nur den Finger krumm zu machen.

»Vielleicht könnten Sie Herrn Higgins ja über Handy erreichen?«, versuchte es Jansen.

Mit einem Seufzen griff sie nach dem Telefon und angelte sich eine Liste mit Telefonnummern. Durch eine Glastür gelangte man aus dem Vereinsbüro in den angrenzenden Golfshop, wo man die für diesen Sport übliche Kleidung und das Spielzubehör erwerben konnte. Eine gut aussehende junge Frau stand dort hinter dem Tresen, auf den sich ihr gegenüber ein Mann stützte, mit dem sie redete, wobei sie lebhaft gestikulierte und lächelte. Er antwortete ebenfalls mit großen Gesten, schien sich Mühe zu geben, sie zu unterhalten, und sie brach in Lachen aus.

»Lassen Sie man, is schon gut«, sagte Jansen zu der immer noch gelangweilt auf der Liste suchenden Clubsekretärin und winkte Angermüller nach nebenan.

Als Rob Higgins der Kommissare ansichtig wurde, machte er eine reflexartige Bewegung zum Ausgang, und einen Augenblick schien es, als wolle er nach draußen stürzen. Verwundert blickte die junge Dame hinter dem Verkaufstisch zwischen ihm und den Polizisten hin und her.

»Bye, honey«, sagte er dann zu ihr, »see you!«, und an Angermüller und Jansen gewandt, »gehen wir?«

»Ihre neue Freundin?«, fragte Jansen, als sie im Freien vor der Tür standen.

»Quatsch«, erwiderte Higgins. »Ein Kollegin. Was wollen Sie denn schon wieder von mir?«

»Hatten wir Ihnen doch versprochen, dat wir uns wiedersehen! Können Sie sich das nicht denken, Higgins?«

Der Schotte zuckte nur abweisend mit den Schultern.

»Können Sie uns bitte mal Ihren Wagen zeigen«, forderte ihn Angermüller auf. Higgins führte sie zu einem Platz neben der sogenannten Caddy-Garage, wo neben einem Trecker der weiße Mini stand.

»Den haben Sie wohl von zu Hause mitgebracht?«

Angermüller deutete auf das Lenkrad, das sich auf der rechten Seite befand. Rob Higgins bestätigte mit einem Nicken.

»Und bekommen Sie was dafür, dass Sie mit der Reklame für den Golfclub hier durch die Gegend fahren?«

»Ein bisschen, ja. Zehn Euro im Monat.«

»Das ist ja nicht sehr viel. Dabei ist der Schriftzug doch ziemlich auffällig«, meinte Angermüller.

Misstrauisch sah der Greenkeeper den Polizisten an.

»Herr Higgins, wir müssen Sie leider bitten, mit aufs Kommissariat zu kommen.«

»Aber warum? Ich habe nix getan!«, empörte sich der Mann.

»Das wird sich zeigen, wenn wir uns in aller Ruhe mit Ihnen unterhalten haben.«

Gerade hielt Jansen die Tür auf, um Higgins in den Dienstwagen einsteigen zu lassen, da stoppte ein Golfcar neben ihnen.

»He, wo wollen Sie denn mit meinem Head Greenkeeper hin?«, fragte die laute Stimme des Golfplatzbesitzers. »Der Mörder ist doch nicht immer der Gärtner, was, Rob?«

Außer Therhagen lachte niemand über seine Bemerkung. Wieder trug er den schmutziggrauen Overall, den Angermüller schon von Sonnabend kannte, und das weinrote Basecap.

»Tag, Herr Therhagen. Herr Higgins ist ein wichtiger Zeuge in einem Mordfall. Deshalb muss er uns auf die Bezirkskriminalinspektion begleiten.«

»Und wann kommt er wieder zurück zur Arbeit?«

»Das kann ich Ihnen jetzt leider nicht sagen. Hängt ganz davon ab.«

»Was soll das denn heißen?«, empörte sich Therhagen. »Hören Sie, der Mann wird hier gebraucht! Außerdem tut mein Greenkeeper keiner Fliege was zuleide!«

»So leid es mir tut, ich kann es nicht ändern«, beschied ihn Angermüller knapp. »Wir fahren jetzt. Sie kriegen Bescheid. Tschüss, Herr Therhagen.«

Schweigend hatten sie die etwa 20-minütige Fahrt nach Lübeck hinter sich gebracht. Mit undurchdringlicher Miene hatte Rob Higgins aus dem Wagenfenster auf die dunklen Wolkenmassen gestarrt, die sich in der Ferne am Himmel immer näher heranschoben. Im siebten Stock der Bezirkskriminalinspektion ließen ihn die Kommissare eine Weile unter der Obhut eines Uniformierten warten. Er saß am Tisch in einem kleinen, kahlen Vernehmungsraum ohne Fenster. Angermüller und Jansen beobachteten ihn ab und zu durch die einseitig verspiegelte Scheibe, die in der Wand eines Nebenraumes angebracht war. Der junge Mann war sichtlich bemüht, gelassen und locker zu wirken, nur an dem ständig wandernden Blick war ihm seine starke Anspannung anzumerken.

Jansen ging erst einmal allein hinein.

»Dann erzählen Sie doch mal, Higgins«, forderte er den Greenkeeper auf und setzte sich ihm abwartend gegenüber. Der verzog nur verächtlich den Mund. Jansen klickte unablässig mit einem Kugelschreiber und sah ihn erwartungsvoll an. Higgins kreuzte die muskulösen Arme vor dem Oberkörper und fixierte seinerseits den Kommissar. Allerdings hielt er nicht lange durch und wandte sich bald mit einem Unmutsgeräusch ab. Ihm schien heiß zu sein, denn sein sonst recht blasses Gesicht unter dem rotblonden Haar überzog eine unnatürliche Röte. Nach ein paar Minuten sagte Jansen: »Okay, dann will ich Ihnen mal 'n büschen behilflich sein. Der vorletzte Sonnabend, Sie haben in Vertretung eines Kollegen gearbeitet. Wann hatten Sie Feierabend?«

»Feierabend ist immer so um 16 Uhr.«

»Was haben Sie dann gemacht?«

»Wie ich schon gesagt habe. Ich bin zu meiner Freundin nach Neustadt gefahren.«

»Sie sind gleich nach der Arbeit dorthin gefahren?«

»Ich habe geschauert, mich umgezogen. Ja, und dann bin ich hingefahren.«

»Sie haben geduscht und sich umgezogen und sind ohne Umwege direkt dorthin gefahren?«

»Exactly.«

»Und den ganzen restlichen Tag und Abend sind Sie dort bei Ellen Trede gewesen?«

»Nein. Ellen hat was gekocht, und später sind wir in ein Beachdisco, das in Timmendorfer Strand war.«

»Sie sind also ganz bestimmt vom Golfplatz direkt zu Ihrer Freundin gefahren?«

»Ja, bestimmt.«

»Warum lügen Sie, Herr Higgins?«

»Ich lüge nicht!«

Angermüller verfolgte draußen vor dem Einwegspiegel das zähe Gespräch. Inzwischen war Anja-Lena mit Anke Mewes eingetroffen. Er hatte sie in den Besprechungsraum gegenüber geschickt und begab sich nun auch dorthin. Die Zeugin trug ein leichtes Sommerkleid, dessen dünne Träger ihre knochigen Schultern frei ließen. Sie saß auf der Stuhlkante wie jemand, der nicht vorhat, lange zu bleiben.

»Guten Tag, Frau Mewes. Wie geht es Ihnen?«

»Soll ich sagen, super, oder was?«, fragte sie mit unverkennbarer Gereiztheit.

»Sie bestellen mich einfach mitten am Tag hierher, weil Sie mich sprechen wollen! Hätten Sie das nicht auch bei mir zu Hause machen können? Ich hab meine Zeit nicht gestohlen, auch wenn ich keinen Job hab. Meine beiden Mädchen musste ich bei der Nachbarin lassen, das fand die auch nicht toll. Was wollen Sie überhaupt von mir? Ich hab Ihnen doch schon alles gesagt.«

»Ich dachte, Sie wären daran interessiert zu wissen, wer Ihren Freund auf dem Gewissen hat.«

»Davon wird Kurt auch nicht wieder lebendig«, sagte sie hart und blickte nach unten. So verletzlich und bemitleidenswert ihm Anke Mewes am Sonntag vorgekommen war, so widerborstig und abweisend war sie heute. Wahrscheinlich blieb ihr vor lauter Kampf mit dem Alltag keine Zeit zu trauern. Für diese junge Frau war es offensichtlich Herausforderung genug, ihr Leben und das ihrer Kinder irgendwie auf die Reihe zu kriegen.

»Trotzdem muss ich Sie jetzt was fragen, Frau Mewes«, sagte Angermüller freundlich. »An dem Sonnabendmorgen, als der Kurt Staroske zum letzten Mal bei Ihnen war und dann wütend das Haus verlassen hat, haben Sie da vielleicht jemanden angerufen, um sich über sein Verhalten zu beklagen?«

Diese Frage schien sie nicht erwartet zu haben. Sie verschränkte die mageren Arme vor der Brust, und ihr Gesichtsausdruck wurde noch abweisender.

»Wieso?«

Er war also auf der richtigen Spur, dachte Angermüller, sie hatte ihnen nicht alles erzählt.

»Und warum eigentlich haben Sie uns das alles nicht gleich gesagt?«, fragte Angermüller, nachdem er von Anke Mewes erfahren hatte, was er hören wollte. Sie schaute mit leerem Blick an ihm vorbei. Obwohl er sie nicht zum ersten Mal sah, fühlte sich der Kriminalhauptkommissar aufs Neue betroffen von den Spuren, die das Leben der 30-Jährigen in ihr verhärmtes Gesicht gegraben hatte. Gleichgültig sagte sie: »Weiß nicht. Hab's wohl nicht so wichtig gefunden.«

»Andere Gründe gab es nicht?«, hakte Angermüller nach.

»Ich wollte niemandem Schwierigkeiten machen. Und es hatte ja auch nichts mit dem zu tun, was Kurt passiert ist.«

Angermüller verzichtete darauf, sie zu belehren, dass es Aufgabe der Polizei war, die Bedeutung von Zeugenaussagen für einen Mordfall zu bewerten. Es hätte sie eh nicht interessiert.

Er rief Jansen im Vernehmungsraum an.

»Und lass die Tür weit offen stehen!«, forderte er am Ende des kurzen Gesprächs.

»Na, sehen Sie, Frau Mewes, das ging doch schnell!«, meinte er aufmunternd zu der jungen Frau, während er sie über den Flur in Richtung Ausgang begleitete.

»Die Kollegin Kruse wird Sie jetzt mit dem Wagen nach Hause bringen, dann sind Sie auch gleich wieder bei Ihren Kindern. Noch vor dem Regen, der bestimmt bald kommt.«

Sie reagierte nicht auf die nett gemeinten Worte des Kommissars. Angermüller hatte den Eindruck, dass sie mit dem Kapitel Kurt Staroske ein für alle Mal abgeschlossen hatte. Weder wollte sie Genaueres über die Umstände seines Todes wissen, noch sonst irgendwie an den Mann erinnert werden, mit dem sie noch vor Kurzem auf eine neue Lebensperspektive gehofft hatte. Sie kamen an der geöffneten Tür des Vernehmungsraumes vorbei.

»Vielen Dank, dass Sie hier waren, Frau Mewes. Sie haben uns sehr geholfen«, sagte Angermüller ziemlich laut und deutlich. Anke Mewes reagierte darauf nicht. Sie hatte auch keinen Blick für ihre Umgebung, doch der Kommissar registrierte zufrieden die Verblüffung im Gesicht von Rob Higgins.

»Ich wünsche Ihnen und Ihren Töchtern alles Gute, Frau Mewes«, sagte Angermüller herzlich und meinte es wirklich ehrlich. Er gab Anke Mewes die Hand und hielt ihr die Glastür auf.

»Wiedersehn«, sagte sie nur, ohne ihn anzusehen, und ging hinüber zum Fahrstuhl, wo Anja-Lena Kruse sie schon erwartete.

»So!«

Angermüller gesellte sich zu Jansen und Higgins und rieb sich unternehmungslustig die Hände.

»Dann wollen wir mal, Herr Higgins.«

Der junge Mann, der wieder sein weinrotes Poloshirt mit dem Clubemblem zur Jeans trug, nahm Haltung an, schien es. Mit wachsamer Miene setzte er sich auf, und seine Blicke gingen ein ums andere Mal zwischen den Beamten hin und her.

»Wie man so über Sie hört, scheinen Sie ja wirklich ein echter Gentleman zu sein. Was sag ich, ein edler Ritter, der für die Dame seines Herzens auch mal was riskiert!«, stellte der Kriminalhauptkommissar gut gelaunt fest.

»Was meinen Sie?«, fragte Higgins verständnislos.

»Na ja, die Ritter sind doch damals bei Richard Löwenherz für die Ehre ihrer Herzensdamen ins Turnier gezogen. Und so ähnlich haben Sie es doch auch für Anke Mewes gemacht. Oder nicht?«

»Ich verstehe nicht.«

»Ich erkläre es Ihnen gern: An dem Sonnabend, an dem Kurt Staroske mutmaßlich ums Leben kam, hatte es einen heftigen Streit zwischen Anke Mewes und ihm gegeben, in dessen Verlauf Staroske die Wohnung wütend verließ. Auch Frau Mewes war ziemlich aufgebracht und vor allem enttäuscht, weil ihr der neue Freund unter anderem versprochen hatte, sich um eine gemeinsame Wohnung zu kümmern und so weiter und immer noch nichts passiert war. Haben Sie das bis hierher verstanden?«, unterbrach sich Angermüller.

Higgins machte eine unschlüssige Bewegung.

»Das soll Ja heißen, nehme ich an. Wie wir ja wissen, war der Kontakt zwischen Ihnen und Frau Mewes nie abgerissen. Also hat Frau Mewes bei Ihnen angerufen, um sich auszuheulen und ihren Frust über Kurt Staroske loszuwerden. Und als hilfreicher Kavalier haben Sie Ihrer ehemaligen Freundin versprochen, mal mit ihm zu reden, so von Mann zu Mann. War das so, Herr Higgins?«

Es war ihm anzusehen, wie er mit sich kämpfte. Natürlich war Rob Higgins inzwischen klar, dass es keinen Sinn mehr hatte, dieses Telefonat abzustreiten. Mit gesenktem Blick rutschte er auf seinem Stuhl herum.

»Ja, es stimmt. Ich hab Anke das versprochen. Sie war so aufgeregt und so unglucklich, da wollte ich ihr trösten.«

Er lachte etwas einfältig und fuhr sich mit der Hand durch die kurzen Haarstoppeln.

»Ich wollte aber gar nicht mit dem Mann sprechen.«

»Ach nee«, meinte Jansen, »Sie haben Ihrer Exfreundin also nur wat vorgeflunkert, um Eindruck zu schinden?«

Statt einer Antwort grinste Rob Higgins nur.

»Na, Sie sind mir ja einer«, sagte Jansen, und es war ihm anzumerken, wie sehr er diese Situation genoss. »Dann sind Sie also nicht, wie Sie es versprochen hatten, an dem Sonnabend nach der Arbeit zum Graswurzelhof gefahren, um mit Staroske zu sprechen?«

Zwar vermeinte Angermüller, einen leisen Anflug von Unsicherheit in Higgins' Gesicht zu entdecken, doch tapfer schüttelte der Schotte seinen Kopf. Wieder einmal musste sich der Kriminalhauptkommissar wundern, wie lange manche Menschen für die Einsicht brauchten, dass Leugnen der schlechteste Weg war.

»Ja, wat nu?«, blaffte sein Kollege ungnädig. »Ja oder nein? Waren Sie nun da oder nicht?«

»Ich war nicht da.«

»Dann find ich dat aber irgendwie komisch, dat man Sie an diesem Sonnabendnachmittag auf dem Graswurzelhof gesehen hat, Herr Higgins. Wie kommt das? Haben Sie dafür eine Erklärung?«, wollte Jansen wissen.

Gespannt beobachtete Angermüller den Greenkeeper. War der Wendepunkt erreicht, würde er seine Salamitaktik jetzt aufgeben? Es war ihm anzusehen, unter welchem Druck er stand. Er starrte auf den Boden, und sein Atem ging deutlich schneller.

»Herr Higgins, Sie tun sich wirklich keinen Gefallen, wenn Sie weiter abstreiten, an jenem Sonnabendnachmittag auf dem Graswurzelhof gewesen zu sein«, sagte Angermüller in versöhnlichem Tonfall. »Es gibt eine Zeugin.«

Dass die Frau nicht ihn, sondern nur sein Auto gesehen hatte, konnte Higgins ja nicht wissen. Nach einem weiteren Moment des Schweigens, der Angermüller wie eine Ewigkeit vorkam, kam Bewegung in die Sache.

Higgins hob den Kopf und schaute Angermüller an.

»Ich war da«, gestand er, und nach kurzem Zögern fügte er hinzu: »Aber ich habe wirklich nicht mit Kurt gesprochen.«

»Warum nicht? War er nicht da? Oder wollte er nicht mit Ihnen reden?«

Etwas wie ein Stöhnen kam von Rob Higgins. Gequält schaute er die Kommissare an.

»Er war tot.«


Zum Mittagessen war Henning sehr spät und stocksauer aus der Stadt zurückgekommen und hatte die Lübecker Zeitung auf den Tisch geknallt. Ganz groß stand ein Artikel über den Marihuanafund auf dem Graswurzelhof auf der ersten Seite der Regionalnachrichten, und es wurde eine nebulöse Verbindung zum Fund der Leiche hergestellt.

»Ach, das hab ich gestern ganz vergessen, dir zu erzählen«, hatte Gesche ihm berichtet. »Gegen Abend war so ein aufdringlicher Mensch von der Lübecker Zeitung hier. Der hat nach dem Rauschgift und dem Toten vom Golfplatz gefragt. Natürlich habe ich ihm gesagt, dass wir mit beidem nichts zu tun haben, und ihn sofort wieder weggeschickt, aber wie man sieht, hat der seine Sensationsstory trotzdem geschrieben.«

»Und der hat das so geschickt und unterschwellig gemacht, mit Andeutungen und offenen Fragen, dass man ihn nicht mal wegen übler Nachrede belangen könnte. Eine ausgesprochen widerwärtige Art der Stimmungsmache! Man kann nur hoffen, dass die Leute, die uns kennen, sich selbst ausrechnen können, dass wir nicht in diese Marihuanasache verwickelt sind, auch wenn die Pflanzen auf unserem Land gefunden wurden. Den ganzen Spießern, denen unser Biohof und die Lebensgemeinschaft sowieso suspekt sind, ist das natürlich wieder Wasser auf die Mühlen. Sehr ärgerlich, das Ganze.«

Da konnte Gesche ihm nur zustimmen. Lisamarie war ja auch heute wieder bei ihnen auf dem Hof. Aber Frau Matthiesen war Gesche am Morgen beim Bringen ihrer Enkelin viel reservierter erschienen als in den letzten Tagen. Eigentlich hatte sie geglaubt, die Nachbarin hätte langsam Zutrauen gefasst und gemerkt, dass sie keine schmuddeligen, arbeitsscheuen Hippies oder Schlimmeres waren. Doch auch wenn der Kommissar höchstpersönlich Frau Matthiesen erklärt hatte, dass es keinen Zusammenhang zwischen dem Marihuanafund und dem Graswurzelhof gab – jetzt hatte die gute Frau, und nicht nur sie, mit Sicherheit das Geschmiere von diesem Schreiberling in der Zeitung gelesen, und neben den Telefonen lief auch die

Fantasie der braven Leute in der Umgebung heiß. Wirklich ärgerlich.

Ohne Appetit stocherte Gesche in der Tofupfanne mit Chinakohl, die sie mit Sojasoße, Chili und frischem Knoblauch gewürzt und mit geröstetem Sesam bestreut hatte. Eigentlich mochte sie dieses asiatisch inspirierte Gericht, doch heute war ihr der Magen wie zugeschnürt. Es gab so vieles, das sie von Henning noch wissen wollte, so vieles, was geklärt werden musste. Ungeduldig wartete sie, dass der Nachtisch verteilt wurde – heute gab es Apfelreis –, nahm davon nur ein paar Löffel und schenkte den Rest an Dominik weiter, der ihn glücklich auflöffelte.

Endlich saß sie mit Henning allein hinten im Gartenpavillon bei ihrer Tasse Kaffee.

»Es zieht sich zu«, sagte ihr Mann und blickte zum dunkler werdenden Himmel. Kein Lüftchen regte sich mehr in den Obstbäumen.

»Ein Glück, dass wir kein Heu mehr draußen haben, da kommt heute bestimmt noch mächtig was runter.«

»Henning, ich bin wahnsinnig froh, dass wir gestern über alles gesprochen haben. Auch wenn ich jetzt Thea nicht mehr anschauen kann, ohne ständig daran zu denken«, sagte Gesche und legte ihre Hand auf die ihres Mannes. Henning nickte.

»Sag mir noch mal, wie war das genau, als du ihn darauf angesprochen hast?«

»Wenn du das unbedingt möchtest«, er kniff konzentriert die Augen zusammen. »Eigentlich war es ja so, dass die Szene, die ich beobachtet hatte, zweideutig war. Ich bin also nicht mit der Tür ins Haus gefallen, ich konnte mich ja auch getäuscht oder das Ganze überinterpretiert haben. Also hab ich das Thema erst einmal nur vorsichtig angesprochen.«

Ganz in seine Erinnerung versunken, saß Henning da.

»Er war völlig locker. Wie immer halt. Erst schien er gar nicht zu verstehen, was ich überhaupt wollte. So nach dem Motto, wieso, was willst du eigentlich, da war doch gar nichts. Ich bin doch einfach nur nett und die kleinen Mädchen, die mögen mich eben. Aber natürlich wusste er ganz genau, worauf ich hinauswollte. Spätestens, als er anfing, mir einen Vortrag zu halten über verklemmte bürgerliche Moral und dass auch Kinder ein Recht auf das Ausleben ihrer Sexualität hätten. Na ja, du weißt ja, wie er war. Total von sich überzeugt, ein Narziss in jeder Hinsicht.«

»Oh, Mann«, sagte Gesche nur. Sie schüttelte den Kopf, als könne sie es gar nicht glauben.

»Und er war gar nicht irgendwie schuldbewusst?«

»Überhaupt nicht! Er war sich keines Fehlers bewusst. Im Gegenteil. Er wollte mir klarmachen, dass ich eine völlig falsche Einstellung habe!«

Henning rutschte unruhig auf der Bank hin und her.

»Ich werde schon wieder wütend, wenn ich nur an sein selbstzufriedenes Gesicht dabei denke!«

»Es ist wirklich ungeheuerlich! Wie konnte er nur!«, brach es aus Gesche heraus. »Unser kleines Mädchen. Oh, mein Gott!«

»Beruhige dich, Gesche. Ich habe doch gleich mit Thea gesprochen, ganz behutsam, ganz vorsichtig, und ich bin mir sicher, das war das erste und einzige Mal, dass er sich ihr so genähert hat. Aber wir haben verdammtes Glück gehabt, dass ich es rechtzeitig mitbekommen habe! Und wenn da wirklich noch mehr vorgefallen wäre, hätte sie es uns gesagt, da bin ich mir bei unserer Thea ganz sicher. Schließlich weiß sie, dass sie uns rückhaltlos vertrauen kann.«

»Meinst du wirklich?«, fragte Gesche halb zweifelnd, halb hoffend.

»Sie ist ein starkes Kind, sie weiß sich zu wehren und dass sie sich immer und zu jeder Zeit auf ihre Eltern verlassen kann«, war Henning überzeugt.

Seine Frau sah ihn an und seufzte.

»Wahrscheinlich hast du recht. Ach, Henning«, sie beugte sich zu ihm herüber und umarmte ihn. »Ich bin so glücklich, dass ich dich habe, dich und deinen unerschütterlichen Optimismus.«

Er lächelte und strich ihr liebevoll über den Rücken.

»Auch wenn du son oller Sturkopp bist!«

»Ich doch nich!«

Gesche lachte.

»Du weißt schon, was ich meine, Herr Langhusen!«

Sie wurde wieder ernst.

»Ich hoffe nur, ich verliere wieder diese übertriebene Furcht, die ich jetzt immer um Thea habe. Und sag mal, seine Freundin, die hat doch auch zwei kleine Mädchen ...?«

Einen Moment saßen sie schweigend da, dann sagte Gesche:

»Henning, ich habe nachgedacht, wegen der Polizei und so ...«

»Ich muss mich bei der Polizei melden und denen die Wahrheit sagen«, unterbrach er sie, »und zwar bald.«

»Genau, am besten heute noch«, sagte Gesche erleichtert. »Und ich bin froh, dass du das genauso siehst wie ich. Aber nicht du, sondern wir müssen uns bei der Polizei melden. Ich lass dich in dieser Sache doch nicht allein!«

»Was?«

Fast gleichzeitig riefen Angermüller und Jansen diese Frage.

»Wie, er war tot? Nu ma ganz sutsche, Mister Higgins, eins nach dem andern, und ganz von vorn«, forderte Jansen den Mann auf. Er zog seinen Stuhl näher an den Tisch, als ob er sich kein Wort entgehen lassen wollte. Ihm und auch seinem Kollegen war die gespannte Ungeduld deutlich anzumerken.

»Also, Sie kamen auf den Hof gefahren. Wann etwa war das?«

»About five, so um fünf, glaube ich.«

»Sie haben das Auto abgestellt, und dann?«

»Ich bin zu dem Haus, wo Kurt wohnte. Ich wusste das, ich war früher schon mal da gewesen.«

»Als Sie den Staroske damals verprügelt haben, ja?«

»Ja«, gab Higgins widerwillig zu. »Aber es war niemand zu Hause. Auch nicht im Garten. Ich habe keine Mensch gesehen.«

»Und dann?«

»Ich habe in den Stall geschaut, die Kühe waren auch nicht da. Und dann habe ich in so einem kleinen Hütte daneben eine Tür offen gesehen. Und da bin ich hineingegangen.«

Rob Higgins sah jetzt ziemlich klein und unsicher aus.

»Wat war da drin? Sagen Sie schon!«, drängelte Jansen, der seine Ungeduld kaum zügeln konnte.

»Da hat er gelegen.«

»Kurt Staroske?«

Higgins nickte.

»Nicken reicht leider nicht. Sie müssen es uns schon sagen, Herr Higgins.«

»Kurt hat da gelegen.«

»Was war das für ein Raum? Und wo genau hat er gelegen?«

»Ich weiß nicht. Da waren viele Regale mit Gläsern und Kisten. Und er lag da auf dem Fußboden. Auf der Rücken.«

»Und was haben Sie gemacht?«

»Ich war sehr erschreckt. Ich bin sofort zu meine Auto gelaufen und weggefahren.«

»Haben Sie denn so einfach sehen können, dass Kurt Staroske tot war?«, fragte Angermüller.

»Der lag da mit offene Augen und bewegte sich nicht.«

»Und sonst? Haben Sie niemanden gesehen? Ist Ihnen nich noch irgendwas aufgefallen?«, hakte Jansen nach.

Rob Higgins überlegte. Dann fiel ihm noch etwas ein.

»Da waren ganz viele Flakes, so Müsli, um ihn herum.«

»Wie? Auf dem Boden?«

»Ja, auf ihm, auf dem Boden, überall. Aber es war alles wahnsinnig schnell. Ich hab das nur so kurz gesehen, wie wenn ein Kamera macht ein Klick, und dann war ich schon wieder weg.«

»Und das ist jetzt die Wahrheit?«

Nachdenklich sah Angermüller den Mann an.

»At least, Mr. Higgins?«

Der Schotte hob die rechte Hand und streckte Mittel- und Zeigefinger.

»This is the truth, I swear«, sagte er, die blauen Augen in seinem sommersprossigen Jungengesicht fest auf die des Kommissars geheftet.

»Das wollen wir hoffen. Und Anke Mewes? Hat die nicht gefragt, ob Sie bei Kurt Staroske waren und wie es gelaufen ist?«

»Doch. Sie hat angerufen, am Sonntag. Aber es war für mich alles so kompliziert zu erklären, und da habe ich besser gesagt, ich war gar nicht da.«

Das deckte sich mit Anke Mewes' Angaben, dass Robby ihr zwar versprochen hatte, mit Kurt zu reden, sich dann aber wohl doch nicht getraut hatte.

»Na, dann.«

Der Kriminalhauptkommissar erhob sich.

»Claus, rufst du bitte in der Kriminaltechnik an? Wir brauchen ein Team. Und ein Streifenwagen wär auch nicht schlecht. Dann machen wir jetzt nämlich erst mal einen Ausflug zusammen.«

# KAPITEL X

Keine Sonne mehr. Bleigrau drückte der Himmel auf die Landschaft. Wind kam auf. Henning war mit Jonas und den Praktikanten los, um die Schafe in ihren Stall zu holen und die Kühe von der Weide zu treiben, obwohl es noch mitten am Nachmittag war. Normalerweise wurden die Kühe immer erst am frühen Abend zum Melken gebracht, und die Schafe blieben den ganzen Sommer über draußen. Doch da der Wetterdienst eine Unwetterwarnung herausgegeben hatte, ging Henning lieber auf Nummer sicher.

Gesche und die anderen stellten die Gartenmöbel zusammen und nahmen die Wäsche ab, die in dem ungewohnten Zwielicht nun besonders weiß leuchtete. Thea und Lisamarie rannten aufgeregt zwischen den flatternden Bettbezügen und Handtüchern auf der Leine und dem Wäschekorb hin und her, sichtlich erfreut über die Abwechslung nach den endlosen, gleichmäßigen Sommertagen, und kicherten und quiekten um die Wette.

»Setzen wir uns alle zusammen in die Küche, wenn das Gewitter kommt, Gesche?«, fragte Dominik, während er bedächtig einen Gartenstuhl nach dem anderen zusammenklappte und alle ordentlich hintereinander an die Hauswand stellte. Er mochte nicht allein sein, wenn es blitzte und donnerte.

»Aber klar! Ist ja auch bald Teezeit. Oder möchtest du lieber im Regen sitzen?«

»Quatsch!«

Dominik lachte und freute sich über Gesches Antwort.

»Und du musst wieder für alle Kakao machen!«

»Ach, daher weht der Wind! Der Herr möchte heute Kakao trinken, soso«, zog Gesche ihn auf. »Mal sehen, was sich machen lässt.«

Sie war ganz froh über die Ablenkung, denn dauernd musste sie an das denken, was Henning und ihr noch bevorstand. Eigentlich hatten sie heute Nachmittag bei der Polizei anrufen und anschließend nach Lübeck fahren wollen. Gesche hatte schon die Karte von diesem Angermüller bereitgelegt. Doch angesichts des Wetters gingen die Pflichten auf dem Hof erst einmal vor. Aber morgen würden sie es ganz bestimmt hinter sich bringen!

Ein heftiger Windstoß griff nach einer Plastiktüte, die jemand draußen hatte liegen lassen, und trieb sie auf die Hühner zu, die gackernd in alle Richtungen stoben. Als gleich darauf aus der Ferne ein dumpfes Kollern ertönte, flog eine Amsel mit lautem Zetern aus der Hecke auf. Die Vorboten des nahenden Unwetters versetzten auch Gesche in einen Zustand vibrierender Unruhe. Jetzt sah sie am Horizont erste Blitze zur Erde niederschießen.

»Und, habt ihr alles weggepackt? Gut, dann lasst uns reingehen. Geht bestimmt gleich los mit dem Regen. Svenja, hilfst du mir bitte, den Wäschekorb nach drinnen zu tragen?«

Der Wind hatte aufgefrischt und zerrte an Bäumen und Büschen, Staub und Blätter flogen durch die Luft. Gesche fröstelte. Die Temperatur war in kurzer Zeit um einige Grad gesunken. Umso angenehmer fühlte sich die aufgestaute Wärme unter der niedrigen Decke in der Küche an.

»Sollen wir vielleicht Kerzen anzünden, Mama?«, fragte Thea erwartungsvoll. »Es ist ja schon so dunkel, und da könnten wir doch Strom sparen!«

»Ja, macht das man ruhig«, meinte Gesche. »Ich mach mir nur das Licht über dem Herd an zum Kakaokochen.«

»Kakao, yeah!«, rief Dominik begeistert und reckte die rechte Faust in die Luft. Thea und Lisamarie schleppten alle Kerzen, die sie finden konnten, zum Küchentisch und zündeten sie an, stolz, ganz allein mit den Streichhölzern hantieren zu dürfen.

»Ihr könnt dann auch den Tisch für alle decken. Henning und die Jungs sind bestimmt bald zurück. Und Svenja, holst du bitte den Pflaumenkuchen, den du heute fast ganz allein gebacken hast?«

Ein stolzes Lächeln glitt über Svenjas Gesicht. Sie nickte und stürmte los.

»Sollen wir auch Sahne dazu essen?«, überlegte Gesche. »Eigentlich ist ja heute nicht Sonntag.«

Dominik, der neben ihr stand, nickte heftig.

»Na gut, irgendwie bringt dieses komische Wetter den ganzen Tag durcheinander. Du musst die Sahne dann aber auch schlagen, Dominik!«

»Klar, mach ich, Gesche!«

Es schien wieder zu blitzen. Gesche sah aus dem Fenster. Hinter dem Gebüsch an der Hofeinfahrt näherte sich zuckendes Blaulicht.

»Guten Tag, Frau Langhusen«, begrüßte Angermüller die Biobäuerin. »Wir müssten einen Blick in Ihre Vorratskammer nebenan werfen oder besser gesagt, dort ein paar Untersuchungen vornehmen. Wäre das wohl möglich?«

Die Frau schien ziemlich überrascht von seinem Ansinnen. Sie war zwar nicht gerade unfreundlich, aber er merkte ihr deutlich einen gewissen Widerwillen an.

»Es geht um den Mordfall Kurt Staroske«, erklärte er

überflüssigerweise, in der Annahme, sie dadurch gewogener zu stimmen.

»Wenn's nicht anders geht, bitte«, sagte Gesche Langhusen distanziert und deutete mit der Hand nach links. Dort befand sich zwischen Wohnhaus und Stall an der Ecke ein kleiner Vorbau.

»Sie meinen unsere Lagerkammer, nehme ich an. Die Tür ist offen.«

»Okay, danke.«

Komisch, so abweisend wie eben war ihm die Frau bei ihren früheren Begegnungen nicht vorgekommen. Auch hatte er stets den Eindruck gehabt, dass sie ein gewisses Interesse an der Aufklärung der Todesumstände eines ihrer Mitbewohner hätte. Aber da war sie schon die zweite Person heute, deren Einstellung dazu sich geändert zu haben schien.

Der Kriminalhauptkommissar winkte seinen Kollegen und ging schnellen Schrittes voraus, da die ersten dicken Tropfen vom Himmel zu fallen begannen. Der ebenerdige Raum war vielleicht 20 Quadratmeter groß. Die Außenmauern waren ziemlich dick, und da es nur weit oben ein kleines Fenster gab, herrschten recht obskure Lichtverhältnisse. Angermüller schaltete die beiden Energiesparleuchten an, die von der Decke hingen. Der Fußboden war mit gebrannten Ziegeln gepflastert und etwas uneben. Gegenüber der Tür, durch die er eingetreten war, gab es in der anderen Außenwand einen zweiten Ausgang nach draußen.

Alles war sehr sauber und aufgeräumt. In dem einen Holzregal, akkurat hintereinander aufgereiht, standen Gläser mit Marmelade und Honig, darüber Klarsichttüten in Reih und Glied, kleinere mit getrockneten Äpfeln und Birnen, größere mit Müsli. Ein zweites Regal war unter anderem mit einigen hohen Metalldosen vollgestellt. Laut den darauf angebrachten Schildern enthielten sie diverse Nüsse, Saaten und Trockenfrüchte, am Boden standen auf einer Palette ein paar große Säcke aus dickem Papier. ›Haferflocken, grob, Demeter, 25 kg‹ war auf dem einen zu lesen.

›Amaranth, gepoppt‹, entzifferte Angermüller die Aufschrift auf einer der Metalldosen und hob dann ein großes Vorratsglas hoch, um dessen Inhalt genauer zu betrachten. Stecknadelkopfgroße Kügelchen in verschiedenen Gelbtönen befanden sich darin, und auf den Aufkleber hatte jemand in sauberer Handschrift ›Blütenpollen‹ geschrieben. Etwa einen halben Meter vor der Rückwand war im Boden ein kleiner Absatz eingearbeitet. Dort stand umgedreht eine große, schwarze Plastikwanne auf einem niedrigen Tisch. Eine Art Paddel aus Holz war darüber gelegt. Auf einem weiteren Tisch daneben, etwas höher, gab es eine alte, mechanische Kaufmannswaage mit dreieckiger Skala, aber scheinbar noch funktionstüchtig.

»Also, Herr Higgins«, forderte der Kriminalhauptkommissar den Schotten auf, der inzwischen mit Jansen die Lagerkammer betreten hatte, »war es dieser Raum, in dem Sie Kurt Staroske gefunden haben?«

»Ja«, kam leise die Antwort.

»Von wo sind Sie hereingekommen?«

»Genau hier. Ich habe hier, so an diese Tür, gestanden.«

»Dann erklären Sie uns doch jetzt bitte noch einmal, was Sie gesehen haben.«

Rob Higgins wirkte nervös. Mit kurzen, schnellen Blicken tastete er die Räumlichkeit ab. Dann zeigte er in die Mitte des Raumes auf den Boden und machte mit dem Arm eine nicht sehr präzise Schlenkerbewegung.

»Da hat er so gelegen.«

»Mit den Füßen zur Tür?«

»Ja, so. Seine Kopf war dort irgendwie«, erklärte Higgins und deutete zum anderen Ende des Raumes.

»Und alles andere hier drin war so, wie wir es jetzt sehen?«

Der Mann überlegte einen Moment. Seine Augen blieben an der schwarzen Plastikwanne hängen.

»Ich glaube, das hat mehr hier vorn gestanden, das schwarze. Neben Kurt.«

»Die Wanne meinen Sie?«

»Ja«, Rob Higgins schloss kurz die Augen. »Das stand da in die Mitte und war voll mit diese Flocken. Ich bin mir sicher.«

»Mmh«, Angermüller nickte. »Und wo haben Sie gestanden?«

»Ich war genau hier, an diese Tür, und ich habe wirklich nur kurz hereingeschaut«, betonte der Greenkeeper in beschwörendem Tonfall.

»Also Sie standen hier, wo wir jetzt stehen. Und was war mit der Tür da drüben?«

»Vielleicht war sie offen. Aber das weiß ich nicht mehr so gut.«

Vom Dach oben war ein Prasseln zu hören, das immer lauter wurde. Mehmet Grempel und Dario Striese kamen in ihren weißen Overalls im Laufschritt durch den stärker werdenden Regen heran, hinter ihnen zwei Streifenpolizisten. Während die Männer von der Streife sich an den Türen postierten, zogen sich die Kriminaltechniker Plastikfüßlinge über die Schuhe und packten ihre Geräte aus.

»So, was hammer denn hier?«, fragte Mehmet Grempel in seinem weichen, freundlichen Tonfall. Er hatte sich eine Beobachtungsbrille mit orangefarben getönten Gläsern aufgezogen und hielt eine Xenonleuchte in der Hand. Irgendwie hatte sich das eben vertraut angehört, dachte Angermüller. Er unterdrückte den Impuls, den neuen Kriminaltechniker endlich einmal nach seiner Herkunft zu fragen, denn der Name Grempel war ihm aus seiner fränkischen Heimat recht geläufig. Doch das war jetzt wohl kaum der passende Moment. Auf jeden Fall war der junge Mann schon seines angenehmen Wesens wegen ein Gewinn, verglichen mit dem stets knurrigen Ameise.

»Unser Mann soll ungefähr hier gelegen haben«, sagte Jansen. »Ich mach mal dat Licht aus.«

Es dauerte nicht lange, da hatte der Kriminaltechniker eine Blutspur in Höhe des kleinen Absatzes im Fußboden ausgemacht, die für ihn mit bloßem Auge ohne das so genannte Crime-Light und seine Spezialbrille nicht erkennbar gewesen wäre.

»Okay. Wir wollen euch nicht länger bei der Arbeit stören«, wandte sich Angermüller an Mehmet Grempel. »Dann haben wir jetzt ja wahrscheinlich immerhin einen Tatort.«

Er warf einen nachdenklichen Blick auf den Schotten. Plötzlich war der Raum in ein grellweißes Licht getaucht, und krachend fuhr ein Blitz ganz in der Nähe herunter, gefolgt von einem ohrenbetäubenden Donner.

»Den Täter dazu werden wir wohl auch noch finden.«

Draußen tobte sich jetzt das Gewitter aus. Wassermassen ergossen sich vom Himmel, die der Wind fast waagerecht gegen die Fenster trieb. Blitz und Donner zischten, grollten, rumpelten, was das Zeug hielt.

»Ihr habt hoffentlich alle eure Fenster zugemacht?«, fragte Gesche in die Runde. Keiner hatte es vergessen. Es sah richtig heimelig aus, wie sie alle im Kerzenschein um den Küchentisch versammelt waren, ihren Kakao tranken und sich auf den Pflaumenkuchen stürzten.

»Henning und die anderen werden bestimmt ganz doll nass!«, stellte Dominik fest, und es war ihm anzumerken, wie glücklich er war, selbst in der sicheren Küche sitzen zu können.

»Oh ja, die Armen«, stimmte Gesche ihm zu, doch mehr als die Wetterunbilden, die ihren Mann und die anderen erwischt hatten, beunruhigte sie der Besuch der Polizei. Was wollten die jetzt hier? Was wussten sie? Zu flüchtig, um ihn zu erkennen, hatte sie aus dem Fenster einen Mann gesehen, der sich in Begleitung der beiden Kripomänner befunden hatte. Hätten sie und Henning sich doch bloß schon bei der Polizei gemeldet! Sie waren ohnehin in Erklärungsnot, warum sie so lange gezögert hatten, und nun wurde ihre Glaubwürdigkeit wahrscheinlich noch mehr erschüttert.

Schnelle Schritte platschten über den Hof. In ihren kurzen Hosen und T-Shirts kamen Henning, Jonas und die Praktikanten angerannt. Sie waren natürlich völlig durchnässt, was ihnen aber nichts auszumachen schien, denn sie prusteten und lachten und liefen um die Wette.

»Erster!«, Jonas steckte den Kopf durch die Küchentür. »He, das haben wir gern! Wir retten Schafe und Kühe, und ihr lasst es euch hier bei Kakao und Kuchen gut gehen! Wir müssen noch trockene Sachen anziehen. Lasst uns ja auch was übrig!«

Während Jonas schnell die Treppe hochlief, hielt Gesche ihren Mann im Flur auf.

»Die Polizei ist da.«

»Ich hab schon gesehen. Tja, das ist natürlich nicht gut, dass es jetzt so gelaufen ist, aber nicht zu ändern. Wir müssen was machen. Ich komme gleich, zieh mich nur schnell um.«

Gesche fühlte eine unangenehme Spannung bis in die Fingerspitzen, als sie zurück zu den anderen ging. Wieder blitzte und donnerte es, aber es hörte sich schon ein wenig entfernter an. Wortlos setzte sie sich wieder auf ihren Platz. Das Stück Kuchen auf ihrem Teller hatte sie nicht angerührt.

»Der Pflaumenkuchen schmeckt«, sagte Svenja, ohne hochzuschauen. Als Gesche das hörte, zwang sie sich, einen Happen davon zu essen.

»Oh ja, der Pflaumenkuchen ist wirklich köstlich«, stimmte sie zu und sah das verstohlene, glückliche Lächeln, das sie damit bei Svenja auslöste. Es klingelte an der Haustür. Gesche schrak zusammen. Dominik sprang sofort auf, um zu öffnen. Auch sie hielt es nicht am Tisch und ging ihm nach. Dieser Kommissar Angermüller, der Mann mit den Töchtern in der Waldorfschule, stand wieder vor der Tür.

»Hallo«, begrüßte ihn Dominik, »willst du reinkommen?«

»Hallo. Ja, gern«, antwortete der Polizist freundlich.

»Dominik, gehst du bitte wieder zu den anderen«, ordnete Gesche an und schloss hinter ihm die Küchentür.

»Sind Sie schon fertig?«, wandte sie sich dann in viel schrofferem Tonfall, als sie das eigentlich wollte, an den Kommissar.

»Nein. Die Kollegen werden in der Lagerkammer noch eine Weile zu tun haben. Ich hoffe, wir stören Sie da jetzt nicht bei irgendwelchen Abläufen, aber das muss leider sein.«

»Nein, das ist kein Problem.«

Er war zuvorkommend und höflich, registrierte Gesche, die ständig nur an das dachte, was sie und Henning immer noch nicht der Polizei erzählt hatten. Ob er jetzt wohl deshalb gekommen war?

»Frau Langhusen, ist Ihr Mann zu Hause?«

Ihr wurde ganz anders. Sie fühlte sich plötzlich irgendwie schwach auf den Beinen, und in ihren Ohren rauschte es. Sie fasste nach dem Treppengeländer neben sich.

»Warum?«

»Wir müssten ihn sprechen.«

Was sollte sie jetzt machen? Warnen konnte sie Henning nicht mehr, sicher war er fertig mit dem Umziehen und kam gleich die Treppe herunter. Aber wieso sollte sie ihn überhaupt warnen? Bist du denn irre, schalt sie sich, vorhin wolltest du noch selbst mit ihm zur Polizei gehen, und jetzt benimmst du dich, als hättest du oder er diesen Kurt auf dem Gewissen!

»Ja, mein Mann ist da«, sagte sie so gefasst wie möglich. »Er hat mit den Jungs die Tiere reingeholt und war völlig durchnässt. Er zieht sich gerade um.«

»Ah, gut. Sagen Sie, läuft Ihr Mann eigentlich regelmäßig?«

»Ja, ein paar Mal die Woche, wenn er es schafft.«

Warum fragte er das jetzt? Durch die Scheibe sah sie den Kollegen des Kommissars und diesen anderen Mann, einen mittelgroßen, kräftigen um die 30, in dem sie einen der Mitarbeiter vom Golfplatz zu erkennen glaubte. Im schwächer werdenden Regen kamen die beiden zur Haustür. Gesche öffnete, um sie hereinzulassen. Schnelle Schritte erklangen aus dem oberen Flur, und gleich darauf sprang Jonas die Treppe herunter, immer drei Stufen auf einmal nehmend.

»Tach«, sagte er, schaute etwas verwundert auf die Besucher und verschwand in der Küche. Dann hörte sie Henning kommen.

»Henning! Die Polizei ist hier. Sie wollen mit dir sprechen«, rief Gesche ihrem Mann entgegen.

»Eine Frage habe ich auch an Sie, Frau Langhusen«, wandte sich der Kommissar an sie.

»Warum haben Sie eigentlich nicht das Graswurzelhof-Spezialmüsli erwähnt, als ich Sie neulich nach Ihrem Müsli gefragt habe?«

Gesche schluckte und machte eine hilflose Handbewegung.

»Weil ich, äh, ich dachte halt, Sie interessieren sich nur für das, was der Kurt gegessen hat …«

»Ah ja«, nickte der Polizist. Er schaute sie durchaus wohlmeinend an. Trotzdem fühlte Gesche sich nicht wohl unter seinem Blick.

»Guten Tag«, sagte Henning, der inzwischen heruntergekommen war. Unauffällig griff er nach der Hand von Gesche, die neben ihm stand, und drückte sie. Sie war ihm dankbar dafür. Hennings kleine Geste vermittelte ihr Zuversicht, und sie wurde gleich etwas ruhiger. Auch die beiden Kommissare grüßten, dann fragte der jüngere den Mann vom Golfplatz: »Und, Herr Higgins, ist er das?«

Der Typ mit den rotblonden Haarstoppeln musterte Henning aufmerksam.

»Ja, das ist der Mann«, antwortete er nach einem kurzen Moment.

»Gut. Bringst du Herrn Higgins bitte zu den Kollegen von der Streife«, forderte Angermüller seinen Kollegen auf. »Und mit Ihnen, Herr Langhusen, würden wir uns gern irgendwo ungestört unterhalten, wenn das möglich wäre.«

Eine kleine Irritation gab es, weil Henning Langhusens Frau unbedingt bei seiner Vernehmung dabei sein wollte. Letztendlich gelang es Langhusen selbst, sie zu überzeugen, dass sie ihn ruhig allein lassen konnte. Sie nahmen im Wohnzimmer der Familie Platz, auf einer nicht mehr ganz neuen, aber gemütlichen Couchgarnitur. Auf dem Holztisch in der Mitte stand eine handgetöpferte Schale mit Wasser, in der ein bunter Kranz aus Sommerblumen schwamm. Es gab ein Klavier und einige alte Bauernschränke, an den Wänden viele, wahrscheinlich selbst produzierte Aquarelle und um den offenen Kamin, neben dem Feuerholz gestapelt war, noch eine ganze Reihe niedriger Stühle und Sitzpolster.

Mit der üblichen Erklärung für den Zeugen packte Jansen das kleine Diktiergerät auf den Tisch.

»Also, Herr Langhusen«, eröffnete Angermüller, »Sie haben angegeben, an jenem Sonnabend vorletzter Woche nach Ihrer Mittagspause bis zum Abend bei der Heuernte gewesen zu sein. Bleiben Sie bei diesen Angaben?«

»Ich möchte Ihnen bitte zuerst etwas erklären, wenn ich darf«, sagte der Biobauer statt einer Antwort.

»Nur zu«, forderte ihn der Kriminalhauptkommissar auf, seine Überraschung verbergend, »wir hören.«

»Ich weiß, das klingt jetzt völlig unglaubwürdig, aber meine Frau und ich hatten eigentlich vorgehabt, uns heute bei Ihnen zu melden, um eine Zeugenaussage zu machen. Aber dann kam diese Unwetterwarnung, und da gingen die Sicherungsmaßnahmen auf dem Hof natürlich vor. Bestimmt wären wir aber morgen zu Ihnen gekommen.«

Langhusen unterbrach sich und sah die Kommissare offen an. Die Füße von Jansen scharrten über den Boden.

»Und, was wollten Sie uns Interessantes erzählen?«, fragte er ungeduldig.

»Tja«, Langhusen fuhr sich mit der Hand über seinen grauen Stoppelkopf. »Das ist eine längere Geschichte.«

»Fangen Sie doch einfach mal an«, drängelte Jansen. »Wir hören Ihnen gern zu.«

»Also, am vorletzten Sonnabend war genau so ein sonniger Tag wie immer in den letzten Wochen. Es war trocken und warm, ideal zum Heuernten. Ich war mit den Jungs den ganzen Tag draußen auf den Wiesen, nur zum Mittagessen sind wir zurück auf den Hof. Es gab etwas Wichtiges, worüber ich mit Kurt sprechen wollte. Und zwar allein. Aber nach dem Essen ist er mit Peggy und Holger zusammen gewesen, und es gab keine Gelegenheit dazu. Da mir die Sache aber keine Ruhe ließ, bin ich am Nachmittag noch einmal von der Heuernte weg und hierher gekommen. Ich hab ihn auch angetroffen. Sonst war keiner auf dem Hof.«

Er machte eine Pause und schien die Szene wieder genau vor sich zu haben.

»Wo haben Sie Kurt Staroske denn angetroffen, Herr Langhusen?«, wollte Angermüller wissen.

»In unserer Lagerkammer. Erstaunlicherweise war Kurt mal am Arbeiten.«

Die Beamten horchten auf. Ein verwundertes Lächeln erschien auf Langhusens Gesicht, dann wurde er wieder ernst.

»Kurt war dabei, unser Spezialmüsli zu mischen. Das war eine der wenigen Tätigkeiten, die er gern und sogar freiwillig machte. Er behauptete natürlich, das könne ohnehin niemand so gut wie er. Ich sprach ihn auf die Sache an, die ich mit ihm klären wollte. Er sah das grundsätzlich anders. Ein Wort gab das andere. Ich wurde ziemlich wütend.«

Hilflos hob er seine Schultern.

»Ich bin eigentlich kein aggressiver Typ, aber Kurt schaffte es, mich so aus der Fassung zu bringen, dass ich zugeschlagen habe. Es kam wohl völlig überraschend für ihn. Jedenfalls stürzte er um wie eine gefällte Eiche. Er fiel auf den Rücken und rührte sich nicht mehr. Ich bin fürchterlich erschrocken«, Langhusen richtete seinen klaren Blick fest auf die Kommissare, »vor allem über mich selbst.«

»Und?«

Jansen war die Spannung deutlich anzumerken, auch Angermüller verspürte eine gewisse Ungeduld.

»Ich bin weggerannt.«

Der Biobauer machte eine hilflose Kopfbewegung.

»Ich kann es nicht erklären. Es ging irgendwie automatisch. Ich sah ihn da liegen und dachte nur, nichts wie weg!«

Wieder schaute er mit seinen hellen Augen auf.

»Sie können das wahrscheinlich nicht nachvollziehen, oder? Tja, ich versteh es heute selbst nicht mehr. Ich bin jedenfalls rüber ins Haus, hab meine Laufsachen angezogen und bin einfach losgerannt.«

»Ist Ihnen jemand begegnet?«

Der Zeuge schüttelte den Kopf.

»Zumindest habe ich niemand gesehen.«

Die Kommissare tauschten einen Blick. Aber Rob Higgins hatte ihn gesehen. Als Higgins beim Matthiesen-Hof in die unbefestigte Zufahrt eingebogen war, hatte er einen Läufer links auf einem Wiesenpfad bemerkt. Daran hatte sich der Greenkeeper eben schlagartig wieder erinnert, als er Henning Langhusen mit den jungen Leuten im Laufschritt über den Hof hatte kommen sehen.

»Wohin sind Sie denn gelaufen, Herr Langhusen?«, fragte Angermüller.

»Bitte fragen Sie mich das nicht. Ich weiß es nicht mehr. Das ist wie ein Filmriss. Es mag vielleicht komisch klingen, aber beim besten Willen, ich kann mich nicht erinnern. Doch ich bin über eine Stunde, fast anderthalb unterwegs gewesen.«

Wieder hielt er inne, und es war ihm anzumerken, wie ihn das Erlebnis noch heute aufwühlte.

»Und weiter?«, trieb Jansen ihn an. »Was war dann, nach dem Laufen?«

»Das Laufen hatte geholfen. Ich war etwas ruhiger geworden. Als ich zurück auf dem Hof war, bin ich sofort in die Lagerkammer. Da war alles sauber und aufgeräumt. Das abgepackte Müsli stand im Regal.«

»Wie? Und Staroske?«

»Kurt war weg.«

»Aha«, machten die Kommissare gleichzeitig und sahen ziemlich perplex aus.

»Ja, und ich war natürlich erleichtert und dachte, na ja, dann hast du dich wohl geirrt, und er war nur kurz ohnmächtig oder so.«

»Und dass er dann die ganzen nächsten Tage nicht mehr aufgetaucht ist, das hat Sie nicht irritiert?«, erkundigte sich der Kriminalhauptkommissar.

»Ein bisschen nervös war ich schon, das gebe ich zu. Ich habe mit niemandem über den Vorfall in der Lagerkammer gesprochen. Der Kurt blieb ja oft tagelang weg, wissen Sie. Und da er sich ja auch nicht regelmäßig am Gemeinschaftsleben beteiligt hat, gab es eigentlich keinen Grund, sich darüber Gedanken zu machen.«

Bedächtig wiegte Angermüller seinen Kopf und sah Langhusen an.

»Und als Sie dann an diesem Sonntag hörten, dass Staroske tot ist, warum haben Sie nichts gesagt? Warum haben Sie uns nicht gleich diese Geschichte erzählt?«

Der Mann seufzte. Irgendwie sah er ratlos aus.

»Genau weiß ich das selbst nicht. Natürlich hab ich mich sofort gefragt, ob ich für seinen Tod verantwortlich bin. Ich war über mich selbst entsetzt, hab mich auch irgendwie geschämt.«

Er wirkte ziemlich unglücklich jetzt.

»Ich habe einfach eine Weile gebraucht, mir über alles klar zu werden. Ich musste es ja auch erst einmal Gesche beibringen.«

»Damit haben Sie sich leider keinen Gefallen getan, Herr Langhusen, dass Sie so lange mit Ihrer Aussage hinter dem Berg gehalten haben. Dass Sie uns jetzt nicht mehr nur als Zeuge, sondern auch als Verdächtiger gegenübersitzen, werden Sie selbst wissen, nehme ich an.«

»Tja, das versteh ich sogar.«

Mit gesenktem Kopf saß der Biobauer da.

»Sagen Sie, eines möchte ich noch wissen: Worum ging es eigentlich bei Ihrer Auseinandersetzung mit dem Staroske?«, forschte Angermüller nach. »Was hat Sie so wütend gemacht, dass Sie zugeschlagen haben?«

Langhusen richtete sich auf und sah Angermüller in die Augen.

»Er hat sich an unsere Tochter rangemacht«, sagte er mit fester Stimme.

»Wie, er hat sich an Ihre Tochter rangemacht?«

»Er hat versucht, sich Thea sexuell zu nähern. Thea ist zehn.«


Das Gewitter war erst einmal weitergezogen. Ab und zu konnte man es noch weit entfernt grummeln hören. Doch der Himmel war nach wie vor dunkel, es herrschte windiges Schauerwetter. In einer glänzenden, pinkfarbenen Regenjacke kam Frau Matthiesen vorbei, um Lisamarie abzuholen. Sie blieb, auf Distanz bedacht, im Flur stehen, den Tee ablehnend, den Gesche ihr angeboten hatte.

»Morgen kann Lisamarie wahrscheinlich nicht zum Spielen kommen«, erklärte die Nachbarin mit einem bemühten Lächeln. »Komm, Kind, wir wollen los. Opa wartet bestimmt schon auf dich.«

Sie hielt dem Kind eine Regenjacke zum Anziehen hin. Es war das gleiche topmodische Modell in Pink wie das ihre.

»Opa!«, rief Lisamarie empört, während sie mit den Ärmeln des Kleidungsstückes kämpfte. »Der liest immer nur Zeitung oder guckt Nachrichten! Und ich soll leise sein und nicht stören. Warum kann ich morgen nicht zu Thea?«

»Weil …«, Frau Matthiesen stockte. Ihr war diese Frage vor Gesche und vor Thea, die mit aufmerksamer Miene in der Tür stand, sichtlich nicht angenehm. Dabei war Gesche im Moment die Nachbarin und was auch immer sie über den Graswurzelhof denken sollte, herzlich egal.

»Wir wollten doch auch mal einen Ausflug zusammen machen, weißt du nicht mehr, Lisamarie? Und so lange bist du ja gar nicht mehr hier.«

»Ach ja«, antwortete das Kind wenig begeistert. Doch dann hellte sich ihre Miene auf.

»Du hast doch gesagt, wir können auch mal in den Hansapark gehen. Au ja, das wär voll geil! Da kann Thea doch mitkommen! Thea, willst du?«

Die Freude über diesen Vorschlag war Thea anzusehen. Ihre Eltern waren Besuchen dort eher abgeneigt, aber natürlich übte der riesige Vergnügungspark auch auf Thea, wie auf die allermeisten Kinder, eine große Anziehungskraft aus.

»Darf ich, Mama?«

Sie schaute gespannt zu Gesche.

»Noch ist dieser Besuch dort ja gar nicht beschlossen. Und dann muss das vor allem Lisamaries Oma entscheiden, wenn es so weit ist. Ihr könnt ja telefonieren, Thea.«

Die beiden Mädchen grinsten sich hocherfreut an. Für Lisamarie schien jetzt schon sonnenklar, dass sie ihren Willen durchsetzen würde, und auch Gesche zweifelte daran nicht im Geringsten.

Gerade als Frau Matthiesen und ihre Enkelin hinaus in den Regen traten, tauchte Tilde vor der Haustür auf. Mit einem riesigen Regencape angetan und in Gummistiefeln sprang sie von ihrem Fahrrad.

»Ja, tschüss, Frau Matthiesen, nichts zu danken! Tschüss, Lisamarie!«, sagte Gesche und verdrehte hinter dem Rücken der beiden die Augen.

»Hallo, Tilde«, begrüßte sie dann die Malerin und umarmte sie spontan. Nicht, dass es dieser direkt unangenehm zu sein schien, aber wie immer reagierte Tilde ein wenig verhalten auf die unerwartete Nähe.

»Grüß dich«, antwortete sie lächelnd und drückte sich sanft von Gesche weg.

»Bei diesem Sturm und Regen mit dem Fahrrad unterwegs! Du bist aber mutig!«

»Ich hab' ja wetterfeste Kleidung. Und als das Gewitter direkt über mir war, hab ich mich natürlich untergestellt«, wandte Tilde ein.

»Ich habe gesehen, die Polizei ist wieder hier.«

»Ja, ja«, sagte Gesche leichthin.

»Und weißt du, warum?«

»Keine Ahnung«, log die Bäuerin. »Ich glaube, wegen dieser Rauschgiftsache.«

Es war nicht auszumachen, ob Tilde ihr glaubte. Sie schien eh in ihren Gedanken ganz woanders zu sein.

»Ich komme gerade von meiner Ausstellung.«

»Ach ja, Tilde, du musst mir unbedingt noch von gestern Abend erzählen! Wir sind ja recht bald gegangen. Komm doch einen Moment rein, es muss auch noch Tee da sein«, lud Gesche sie ein, die für die Ablenkung dankbar war.

»Ich bin noch immer völlig überwältigt«, sagte die Malerin, als sie beim Tee in der Küche saßen. »Mit diesem großen Interesse hatte ich wirklich nicht gerechnet. Und die Menschen waren auch alle so offen, so ...«, sie suchte nach dem richtigen Ausdruck. »Ja, irgendwie so herzlich und persönlich, obwohl sie mich ja noch gar nicht kennen.«

Die jungen Leute hatten das benutzte Geschirr weggeräumt, sich in ihre Zimmer zurückgezogen oder waren wieder an ihre Arbeit gegangen, sodass die beiden Frauen allein an dem großen Tisch waren. Vom Erfolg ihrer Vernissage ganz erfüllt, war die Malerin, im Gegensatz zu sonst, richtig redefreudig.

»So im Einzelnen kann ich mich gar nicht mehr erinnern, was die Leute alles Schönes und Nettes gestern zu mir gesagt haben. So viele wollten mit mir über meine Bilder sprechen. Ich muss das in meinem Kopf erst einmal alles sortieren.«

»Na, siehst du! Ich habe dir doch immer gesagt, dass viele kommen und sich für deine Sachen interessieren werden.«

»Ja, und sogar von der Zeitung ist jemand da gewesen«, nickte Tilde sichtlich beeindruckt. »Das war völlig ungewohnt. In Berlin oder Düsseldorf, da war es für jemanden wie mich fast unmöglich, in den Medien ein Echo zu finden. Nur über die ganz großen Namen wird da berichtet.«

»Tja, es hat seine Vor- und Nachteile, wenn man zu einem kleineren Gemeinwesen gehört. Hier bei uns gibt es nicht das anonyme Nebeneinander wie in der Großstadt. Hier wollen die Leute übereinander Bescheid wissen. Das kann manchmal auch ganz schön nerven. Ich sage nur: Frau Matthiesen«, Gesche seufzte. »Aber damit will ich jetzt nicht deinen positiven Eindruck zerstören. Das Interesse am Einzelnen ist hier halt viel größer, im Guten wie im Schlechten. Und das Gute ist eben die Solidarität und Hilfsbereitschaft und dass die Leute wirklich Anteil am Leben des anderen nehmen.«

»Ich finde das schön. Nach einer Weile war bei der Vernissage meine Aufregung auf einmal ganz verschwunden. Die Menschen waren ja auch nicht aufdringlich oder lästig. Nein, hinter allem Interesse verspürte ich auch so einen Respekt für mich als Person und für meine Arbeit.«

Versonnen schaute Tilde durchs Fenster in den düsteren Regennachmittag.

»Nach gestern Abend fühle ich mich irgendwie angenommen von meiner neuen Heimat.«

»Das freut mich für dich, Tilde!«

»Vorhin nach dem Einkaufen konnte ich nicht anders. Ich bin zur Marina gefahren. Ich war so neugierig, ob da wohl Leute in der Ausstellung sind.«

»Und, war es voll?«

»Nun ja, es waren ein paar da. Ich hoffe, nicht nur wegen des schlechten Wetters!«

»Ach nö! Nun mach dich mal nicht klein!«, wehrte Gesche ab.

»Ich hab mich in eine Ecke gesetzt und mir angeschaut, wie die Leute meine Bilder betrachten. Ich bin ganz schön verrückt, was?«

Tilde lachte leise.

»Und stell dir vor: Ich habe sogar schon zwei Bilder verkauft!«

So lebhaft und gelöst hatte Gesche ihre Nachbarin bisher noch nie erlebt.

»Mensch, das ist ja toll! Ich gratuliere!«

Die Malerin nickte und lächelte glücklich.

»Ja, dann will ich dich nicht länger stören, du hast bestimmt zu tun. Aber mir lief einfach so das Herz über. Vielen Dank, dass du mir zugehört hast.«

»Jederzeit, Tilde. Unsre Tür steht dir immer offen.«

Tilde stand von ihrem Stuhl auf. Auch Gesche erhob sich, es fiel ihr irgendwie schwer. Sie dachte wieder an Henning, der sich nebenan der Polizei erklären musste, und spürte einen riesigen Druck auf sich lasten, so schwer, dass sie einen Seufzer nicht unterdrücken konnte. Fragend schaute Tilde sie an.

»Gesche, was hast du? Geht's dir nicht gut?«

Als ob diese Frage eine Schleuse geöffnet hätte, drang plötzlich alles, was Gesche auf der Seele lag, an die Oberfläche. Von jeglicher Energie verlassen, ließ sie sich wieder auf ihren Stuhl sinken.

»Die Polizei ist nicht wegen des Marihuanafeldes hier. Sie sind bei Henning«, sagte sie matt. »Sie verhören ihn wegen Kurt. Ach, Tilde«, es kostete Gesche eine große Anstrengung, jetzt nicht gleich loszuheulen. Auch die Nachbarin nahm langsam wieder neben ihr Platz.

»Wir wollten eigentlich zur Polizei heute, eine Zeugenaussage machen. Aber dann kam dieses Unwetter, und da mussten wir uns doch hier kümmern! Ja, es stimmt, Henning hat Kurt am Tag seines Verschwindens im Streit niedergeschlagen. Aber Henning hat ihn nicht umgebracht! Kurt hatte versucht …«, sie schaute verzweifelt auf die Malerin. »Es war wegen Thea.«

Tilde nickte und sah sie ernst an.

»Du brauchst mir nichts zu erklären, Gesche. Ich weiß sehr gut, wovon du sprichst«. Sie stockte kurz, dann sagte sie: »Ich hatte auch einmal eine Tochter.«

»Tja, Herr Langhusen.«

Sorgenvoll blickte der Kriminalhauptkommissar den Biobauern an. Es war deutlich zu spüren, wie unangenehm Angermüller diese Situation war.

»Was machen wir jetzt?«

Ausführlich hatte Henning Langhusen den Beamten geschildert, wie er Zeuge des besagten Vorfalls zwischen Kurt Staroske und seiner Tochter geworden war, wie er an jenem Nachmittag den Mann zur Rede gestellt und dieser keinerlei Schuldgefühl gezeigt hatte. Im Gegenteil, Kurt Staroske hatte sein Handeln, seine Neigung, als etwas ganz Natürliches verteidigt, das Leute wie Henning, mit ihren verklemmten Moralvorstellungen, gar nicht begreifen könnten.

Auch die ohnmächtige Wut, die ihn plötzlich gepackt hatte, beschrieb Henning Langhusen noch einmal ganz genau. Dieses übermächtige Gefühl, das sich wie rabenschwarze Dunkelheit über ihn gesenkt und alle Rationalität ausgeschaltet hatte. Und wie er danach wie in Trance davongelaufen war.

»Ich würde Ihnen wirklich gern glauben, Herr Langhusen«, versicherte Angermüller und rieb bekümmert sein Dreitagebartkinn, »aber woher wissen wir, dass Sie in diesem quasi besinnungslosen Zustand nicht noch ganz andere Dinge getan haben, an die Sie sich jetzt gar nicht mehr erinnern können?«

»Tja«, machte Langhusen und sah die Beamten an. »Da kann ich Ihnen leider auch nicht weiterhelfen.«

Von der Tür kam ein leises Klopfen. Angermüller und Langhusen riefen gleichzeitig ein Herein.

Es war die Malerin, die nebenan wohnte.

»Bitte?«, fragte Jansen ziemlich barsch angesichts dieser unwillkommenen Unterbrechung. »Was wollen Sie?«

»Guten Tag«, kam höflich die Antwort. »Ich würde gern eine Aussage machen.«

Über eine Stunde saßen die Kommissare mit Tilde Brunkhorst im Wohnzimmer auf dem Graswurzelhof und hörten ihr zu, zuerst abwartend und skeptisch, dann immer mehr gefangen von dem, was die Frau berichtete, und schließlich überzeugt, dass sie die Wahrheit gehört hatten.

Wenn ein Fall kurz vor seinem Abschluss stand – natürlich war noch einiges an Untersuchungen nötig, an formalen Abläufen, um die Aussage der Täterin rechtsgültig zu bestätigen – ,begann sich in Angermüller normalerweise ein Gefühl beruhigender Genugtuung auszubreiten. Doch dieses Mal wartete er vergeblich darauf, es wollte sich nicht einstellen. Immer wieder fielen ihm Julia und Judith ein, seine Töchter, die äußerlich schon so erwachsen geworden waren in letzter Zeit. Doch es gab so viele Momente, da waren sie immer noch die kleinen Mädchen, die den Schutz und Rat ihrer Eltern brauchten. Er dachte an die Dinge, die Astrid und er vorgestern besprochen hatten, und fühlte sich alles andere als wohl bei dem Gedanken daran, den Kindern am Wochenende ihre Entscheidung vermitteln zu müssen. Er schwor sich, ihnen auch in Zukunft nach Kräften zur Seite zu stehen, wann immer sie ihn brauchten. Die Kinder sind einfach das Wichtigste in unserem Leben, dachte er.

Er sah zu der Malerin, die aufrecht, mit in die Weite gerichtetem Blick, den Beamten gegenüber auf dem Sofa saß. Angermüller konnte nicht anders, er empfand ein tiefes Mitgefühl für Tilde Brunkhorst. Natürlich musste sie für ihre Tat verurteilt werden, natürlich musste sie bestraft werden, aber er spürte ihn wieder einmal deutlich, den schmalen Grat, auf dem ein Mensch sich bewegte, und den Zufall, der darüber entschied, ob er zum Täter wurde oder nicht.

# EPILOG

*Glauben Sie an so etwas wie Schicksal, Vorsehung?*

*Ich bin schon oft umgezogen in meinem Leben, immer von Großstadt zu Großstadt. Am Ende bin ich irgendwann aber immer wieder in Berlin gelandet. Dort bin ich geboren, dort ist meine Tochter geboren, dort habe ich den größten Teil meines Lebens verbracht – und das Wichtigste davon verloren.*

*Nach einiger Zeit wurden die dunklen Erinnerungen immer so stark, so erdrückend, dass ich wieder aus meiner Heimatstadt geflohen bin. Die Bilder ließen mich irgendwann einfach nicht mehr los, und ich wollte nur noch weg. Ich war in München, Paris, Düsseldorf, Frankfurt, London, nirgends wurde ich richtig heimisch, kehrte stets nach Berlin zurück, und dort brachen mir die Erinnerungen regelmäßig wieder das Herz.*

*Im Frühjahr dieses Jahres bin ich hierher aufs Land gezogen. Ich sehnte mich nach Ruhe. Ich wollte endlich irgendwo ankommen, bleiben. Der Ort hier gefiel mir auf Anhieb. Ein Platz weitab von jeglichem Trubel, und durch den benachbarten Hof trotzdem nicht ganz abgeschieden. Ein kleines Haus nur für mich, Raum für mein Atelier, ein Garten, alles mitten in der Natur. Das war nach meinem Großstädterleben ganz neu für mich, aber schon in den ersten Tagen ahnte ich etwas von dem großen, friedlichen Gefühl, das sich in mir auszubreiten begann. Ich schöpfte Hoffnung, endlich am richtigen Ort angekommen zu sein.*

*Bis ich ihn sah.*

*Erst zweifelte ich. Vielleicht war er es ja gar nicht, vielleicht war das nur wieder meine überspannte Wahrnehmung, die mir ab und zu schon mal einen Streich gespielt hatte. Nach all den Jahren sollte mich mein Weg direkt zu ihm geführt haben? Das konnte doch nicht sein. Ich beobachtete ihn heimlich, schlich in der Dunkelheit ums Haus herum, spähte durch seine Fenster, fuhr ihm nach. Als ich ihn in diesem Laden erlebte, gab es keinen Zweifel mehr. Er war es. Er war der Mittelpunkt, um den sich alles drehte, die Menschen um ihn herum dienten nur als Publikum, sie selbst interessierten ihn nicht.*

*Nach dieser Erkenntnis wollte ich sofort wieder von hier weg. Der Gedanke, diesen Menschen als nächsten Nachbarn zu haben, ihm womöglich des Öfteren zu begegnen, erschien mir unerträglich. Bis ich ihn mit den kleinen Mädchen hier auf dem Hof spielen sah. Da wurde mir klar, dass mich das Schicksal nicht ohne Grund hierher gesandt hatte. Ich hatte eine Aufgabe zu erfüllen. Mir war es in die Hand gegeben, die Sache zu einem gerechten Ende zu bringen.*

*Und dann kam dieser Sonnabendnachmittag. Ich wollte gerade mit dem Fahrrad auf eine Trainingsrunde gehen, da hörte ich laute Stimmen aus der Kammer hier am Haus. Seine und die von Henning Langhusen, höchst erregt. Aus den Wortfetzen, die ich mitbekam, konnte ich schließen, um welches Thema es ging. Es war das altbekannte. Ich lugte durch die angelehnte Tür und sah ihn fallen. Langhusen war entsetzt, er wirkte völlig kopflos und rannte weg.*

Vorsichtig ging ich zu dem am Boden Liegenden hin. Er war nicht tot, er atmete.

»Hallo, Kurt«, sagte ich zu ihm. Langsam kam er wieder zu sich, schlug die Augen auf. Er erkannte mich nicht. Natürlich, es war 25 Jahre her, dass wir uns zuletzt gesehen hatten. Aber auch wenn ich mich seit damals überhaupt nicht verändert hätte, er hätte mich trotzdem nicht erkannt. Andere Menschen waren in Kurts Kosmos nichts als umgebende Dekoration für sein Ego. Das einzelne Individuum nahm er nicht wahr.

»Ich bin Matta«, nannte ich ihm den Namen, unter dem er mich damals kennengelernt hatte.

»Erinnerst du dich?«

»Matta?«, fragte er gleichgültig. »Sollte ich dich kennen?«

»Ich gebe dir einen Tipp: Es war in Berlin.«

»Wenn du schon mal hier bist, Matta, kannst du mir ja wenigstens hochhelfen, statt hier ein fröhliches Ratespiel zu veranstalten!«, forderte er unwirsch, ohne sich für mich in irgendeiner Form zu interessieren.

Ich packte ihn unter den Armen und zog ihn hoch. Er war ziemlich unsicher auf den Beinen.

»Sarah«, sagte ich und sah ihm in die Augen. Ob ihm in diesem Moment klar wurde, wer ich war, kann ich gar nicht sagen.

»Ach, die niedliche kleine Sarah«, sagte er nur gedehnt und sah mich mit einem widerwärtigen Grinsen an. »Wie geht's der denn so?«

»Sie ist tot.«

»Ah ja?«, fragte er ohne großes Interesse.

»Sie hat sich das Leben genommen, als sie zwölf war. Sie hat nie verwunden, was du ihr damals angetan hast.«

»Ich ihr angetan? Was soll das denn heißen?«

*Verständnislos schüttelte er seinen Kopf.*

*»Ihr Spießer wollt einfach nicht kapieren, dass die kleinen Mädchen das gern mögen, wenn sich der liebe Kurt um sie kümmert.«*

*Er warf mir einen verächtlichen Blick zu. Jetzt war ich mir sicher, er wusste, wen er vor sich hatte.*

*»Auch die hübsche Sarah hatte immer ihren Spaß.«*

*Ich machte einen Schritt hinter ihn und versetzte ihm einen Stoß. Es war ganz leicht. Wacklig, wie er noch war, landete er mit dem Gesicht in der Müsliwanne. Ich legte meine Hände um seinen Hals und drückte zu, bis er sich nicht mehr bewegte. Da erst hab ich meine Hände von seinem Hals gelöst. Er rutschte schlaff auf den Boden. Als ich Schritte hörte, habe ich mich schnell draußen hinter die Tür gestellt. Durch einen Spalt sah ich einen jungen Mann, der erschrocken auf den toten Kurt schaute und dann sofort wieder verschwand.*

*Ich hab' eine von den großen Decken geholt, in die ich meine Bilder packe, die Leiche damit eingewickelt und in meinen Bus geschleppt. Dann habe ich das Müsli fertig abgepackt und die Kammer sauber gemacht. In der Dunkelheit habe ich die Leiche später zum Golfplatz geschafft. Eigentlich wollte ich sie dort in dem Wäldchen vergraben. Aber ich wurde gestört. Eine Horde Wildschweine tauchte plötzlich auf, und ich zog nur noch die Decke von Kurt weg. Dabei ist er ein Stück die Böschung zu dem kleinen Teich hinuntergerutscht. Ich lief so schnell wie möglich zu meinem Auto und fuhr hierher zurück.*

*Die Vorstellung, dass die Wildschweine sich um ihn kümmern würden, fand ich irgendwie tröstlich.*

# ANHANG

An einem Sommerabend auf der Terrasse
bei Steffen und David
Fisch wie am Mittelmeer

*Zutaten für 4 Personen:*
*4 Doraden*
*einige Zweiglein frischer (notfalls getrockneter) Thy-*
*mian*
*einige Zweiglein frischer (notfalls getrockneter) Ros-*
*marin*
*1 unbehandelte Zitrone, heiß abgespült, geviertelt*
*500 g Kirsch-/Datteltomaten*
*1 Gemüsezwiebel in dicken Scheiben, in Öl leicht*
*angeschmort*
*8 Knoblauchzehen*
*1 großes, frisches Lorbeerblatt*
*Weißwein*
*Olivenöl*
*Salz*

*Die Fische unter fließendem, kaltem Wasser innen und*
*außen abspülen, und in jeden ein Zweiglein Thymian und*
*Rosmarin stecken. Dann in eine große Auflaufform geben*
*zusammen mit den Zitronenvierteln, den gewaschenen*
*Tomaten, den angeschmorten Zwiebelscheiben, den gan-*
*zen Knoblauchzehen und dem Lorbeerblatt.*

*So, nun gießen Sie bis zu einem halben Liter Weißwein über das Ganze, reichlich von einem feinen Olivenöl, und streuen eine gute Handvoll Salz darüber. Dann schieben Sie die Auflaufform in den auf ca. 200°C vorgeheizten Backofen. Nach 10 bis 15 min gießen Sie hin und wieder etwas von der köstlichen Flüssigkeit, die sich in der Form zusammenbraut, über die Fische. Es dauert insgesamt etwa 30 min, bis die Doraden serviert werden können. Sie sind gar, wenn sich das Fleisch leicht von der Gräte löst.*

*Und nun bekommt jeder eine Dorade auf den vorgewärmten Teller, daneben etwas von den Gemüsen, und den Jus »stippt« man am besten mit einem frischen, knusprigen Weißbrot auf. Dazu einen schönen trockenen Weißwein, gut gekühlt, und Sie fühlen sich versetzt an die Gestade des Mittelmeers.*

*Tipp: Manchmal gebe ich außer den Tomaten auch noch ein paar Möhrenspalten und/oder Fenchel- und/oder Zucchinischeiben zu den Fischen, alles kurz in Olivenöl angedünstet – dann ist die Gemüsebeilage etwas großzügiger. Und natürlich können Sie auch andere Fischsorten verwenden z. B. Makrelen, Wolfsbarsch, Seeteufel.*

*Verwenden Sie frische Lorbeerblätter in Ihrer Küche, die im gut sortierten Lebensmittelhandel angeboten werden, denn das ist vom Aroma her zu den getrockneten ein Unterschied wie Tag und Nacht! Ich habe seit einigen Jahren einen – wirklich – kleinen Lorbeerbaum im Topf und so dieses Gewürz erntefrisch ganz neu entdeckt.*

✳

## Steffens köstliche »Zabaione del medico legale« (Weinschaumcreme nach Art des Rechtsmediziners)

*Zutaten für 4 Personen:*
*5 Eigelb*
*5 EL Zucker*
*10 EL Wein (Marsala oder Weißwein)*
*1 Schnapsglas Brandy*

*In einem ausreichend großen Topf die Eigelb und den Zucker bei mittlerer Hitze mit dem Handrührgerät zu einer schaumigen, weißen Creme rühren. Auf kleine Flamme reduzieren, den Wein zugeben und so lange weiterschlagen, bis die Mischung nach oben steigt. Vorsicht, nicht kochen, das gibt Rührei! Ganz zum Schluss den Brandy hinzugeben.*

*Dieses wunderbar leichte Dessert können Sie pur und warm genießen, dazu ein paar Cantucci oder Amaretti reichen, oder – wie es der Rechtsmediziner Steffen seinem Freund Angermüller serviert – mit einem dunklen, herben Schokoladeneis. Aber auch abgekühlt, mit Vanilleeis oder Fruchtsalat – typisch italienisch! – schmeckt es ganz hervorragend. Buon appetito!*

*

## So schmeckt's bei Kommissar Angermüller: Fegato alla Veneziana – Leber auf venezianische Art

*Zutaten für 4 Personen:*
*800 g frische Kalbsleber*

*5 EL Olivenöl*
*Mehl*
*2 EL Butter*
*4 – 5 kleine Zwiebeln in dünne Scheiben geschnitten*
*1 frisches Lorbeerblatt*
*125 ml Weißwein*
*Salz*
*frisch gemahlener, schwarzer Pfeffer*

*Die Leber in dünne Streifen schneiden, bemehlen und im heißen Olivenöl 2 – 3 min braun braten, dabei häufig wenden. Nun aus der Pfanne nehmen und warm stellen. Die Butter zum verbliebenen Olivenöl in die Pfanne geben und die Zwiebeln darin glasig dünsten, den Wein und das Lorbeerblatt hinzufügen und bei großer Hitze die Flüssigkeit fast gänzlich verdampfen lassen, dabei ab und zu umrühren. Die gebratene Leber dazugeben, mit Salz und Pfeffer abschmecken.*

*Dazu passt Polenta, kinderleicht herzustellen in der Instantvariante aus dem Bioladen, oder auch Kartoffelpüree.*

*

## Angermüllers schnelles Kartoffelpüree

*Für 1 Portion 2–3 Kartoffeln schälen und in Wasser gar kochen, ca. 100/150 ml Milch zum Kochen bringen. Das Kochwasser bis auf ein Viertel abgießen. Anschließend die Kartoffeln gleich im Topf mit einer Kartoffelquetsche zerdrücken, salzen und einen Stich Butter zufügen, wer möchte, auch noch etwas Curry- oder Korianderpulver und so viel von der heißen Milch zugeben, bis die*

*gewünschte Konsistenz erreicht ist. Bis zum Servieren*
*warm halten.*

＊

## Halbgefrorenes mit Aprikosen

*Zutaten für 4–6 Personen:*
*400 g süße Aprikosen*
*1 Schnapsglas Orangenlikör*
*3 EL Ahornsirup*
*250 ml Sahne*
*50 g kandierte Orange in kleinen Würfeln*
*70 g in der Pfanne angeröstete Mandelblättchen*

*2 Aprikosen beiseite legen, die restlichen mit kochendem*
*Wasser übergießen und eine Minute darin liegen lassen.*
*Anschließend die Haut abziehen, entkernen und pürie-*
*ren, den Orangenlikör und den Ahornsirup darunter*
*rühren. Die Sahne steif schlagen und vorsichtig mit dem*
*Aprikosenpüree mischen. Eine gefriergeeignete Form mit*
*Frischhaltefolie auskleiden. Die Mischung da hineinfüllen*
*und die kandierte Orange sowie vier Fünftel der Man-*
*delblättchen unterziehen, mit Frischhaltefolie bedecken*
*und für mind. 3 Stunden in den Tiefkühler stellen. Wenn*
*die gewünschte Konsistenz erreicht ist, mithilfe der Folie*
*aus der Form holen und auf Portionsteller verteilen. Die*
*2 Aprikosen waschen, halbieren, fächerartig einschneiden*
*und zusammen mit dem Rest Mandelblättchen als Deko-*
*ration verwenden.*

＊

## Angermüllers unwiderstehliche Nusstorte – so einfach wie köstlich

*Zutaten:*
*6 Eier, getrennt*
*250 g Haselnüsse*
*250 g Zucker*
*1–2 EL Mehl*

*Eiweiß steif schlagen, Eigelb mit dem Zucker zu einer schaumigen Creme rühren. Das Eiweiß auf die Creme geben, ebenso Nüsse und Mehl und alles sehr vorsichtig miteinander vermengen. In eine gefettete, bemehlte Tortenform füllen und bei ca. 160°C zwischen 30 und 45 min backen.*

*Und nun hat man verschiedene Möglichkeiten mit diesem herrlich saftigen Tortenboden: Bei uns zuhause wurde er horizontal in 2 Hälften geschnitten, geschlagene Sahne zwischen die beiden Böden gefüllt, die ganze Torte noch mit Sahne umhüllt, ein Kranz aus gerösteten Haselnüssen darauf dekoriert – fertig.*

*Manchmal kam auch noch ein feiner Mürbeteigboden darunter (max. 5 mm), der dünn mit Johannisbeergelee bestrichen war.*

*Man kann auch die Nusstorte einfach mit einem Schokozuckerguss überziehen. Dafür 200 g Puderzucker mit 3 EL Kakao und 4–6 EL Rum gut vermischen und mit einem breiten Messer auf die Torte streichen. Nach Belieben mit ganzen oder gehackten Haselnüssen verzieren.*

*

# Schwiegermutter Johannas Grießflammeri

*Zutaten für 6 Portionen:*
*1 l Milch*
*4–6 EL Zucker*
*Prise Salz*
*2 ca. 5 cm lange Streifen von der Schale einer unbehandelten Zitrone*
*2 TL Butter*
*70 g Weichweizengrieß*
*1 Päckchen Mandelpudding*
*2 Eier zimmerwarm, getrennt*

*Die Milch bis auf 6 EL mit Zucker, Salz, Zitronenschale und Butter zum Kochen bringen. Unter Rühren den Grieß hineinrieseln lassen und bei kleiner Hitze 3 min quellen lassen. Das Puddingpulver mit den 6 El kalter Milch vermischen, zum Grieß geben und unter Rühren 2 min köcheln. Die Eiweiße zu festem Schnee schlagen. Den Topf vom Feuer nehmen, zuerst die Eigelbe unterziehen, dann den Eischnee unterheben, in eine große Schüssel oder in kleine Portionsschälchen füllen und erkalten lassen, eventuell stürzen.*

*Schwiegermutter Johanna reicht dazu Kirschsoße. Aber je nach Geschmack und Jahreszeit können Sie auch Roten Johannisbeersirup oder frische Himbeeren dazu servieren. Auch frische Erdbeeren passen gut, oder ein Pflaumenkompott und wer es ganz üppig mag, kann auch noch Schlagsahne dazu essen.*

*

# Schnelle Kirschsoße

*Zutaten:*
*1 Glas Kirschen*
*½ Päckchen Vanillepuddingpulver*
*1–2 EL Zucker*

*Die Kirschen zum Kochen bringen, das mit etwas Kirschsaft und Zucker angerührte Puddingpulver dazugeben, kurz aufkochen, kalt oder warm zum Grießflammeri reichen.*

*

## Aus Gesches Küche vom Graswurzelhof
## Bunte Gemüseplatte zum Dippen

*Zutaten:*
*Salatgurke*
*Stangensellerie*
*Tomaten*
*Radieschen*
*Paprika*
*Fenchel*
*Kohlrabi*
*Lauch*
*Lauchzwiebeln*
*Karotten*
*Champignons*

*Diese Gemüsesorten sind nur als Anregung gedacht. Sie müssen nicht alle verwenden, können aber auch andere hinzufügen. Alle Zutaten waschen, ggfs. schälen und in* mundgerechte, schöne Stücke schneiden und in bunter Vielfalt auf einer großen Platte verteilen. Pro Person würde ich als Vorspeise ca. 200 g Gemüse rechnen.

Wenn man nicht alle Gemüse als Rohkost verwenden will, können z. B. Möhren, Lauch und Kohlrabi bissfest gedämpft werden. Soll das Ganze etwas sättigender sein, nehmen Sie einfach gekochte Kartoffeln und Eier dazu. Und nun kommen wir zu den Soßen oder Dips.

*

## Erdnusssoße

Zutaten für 4–6 Portionen:
200 g grobes Erdnussmus, ungesalzen
50–100 ml Wasser
1 Prise Cayennepfeffer
1 Knoblauchzehe (nach Geschmack auch mehr)
Zitronensaft
Ahornsirup
Kräutersalz

Das Erdnussmus mit so viel Wasser verrühren, bis die gewünschte, dickflüssige Konsistenz fast erreicht ist. Nun mit Cayennepfeffer, der zerdrückten Knoblauchzehe, Zitronensaft, Ahornsirup und Kräutersalz abschmecken. Wer es ein bisschen schärfer mag, kann noch 1–2 Löffel Chilisoße hinzufügen.

*

## Grüne Kräutersoße

*Zutaten für 4–6 Portionen:*
*1 dickes Bund gemischte Kräuter wie*
*Borretsch*
*Dill*
*Estragon*
*Kerbel*
*Petersilie*
*Schnittlauch*
*Zitronenmelisse*
*oder was der heimische Kräutermarkt sonst noch zu bieten hat.*
*150 g saure Sahne*
*4 EL Mayonnaise*
*Zitronensaft*
*Kräutersalz*
*nach Geschmack auch eine Prise Zucker oder Ahornsirup*

Die Kräuter waschen, abtrocknen und pürieren. Nun mit der Sahne und der Mayonnaise verrühren und mit einem Spritzer Zitronensaft und Salz abschmecken, ggfs. auch Zucker oder Ahornsirup. Diese Soße schmeckt auch gut zu kaltem Fleisch.

※

## Scharfe rote Soße

*Zutaten für 4–6 Personen:*
*2–3 fleischige, rote Paprikaschoten, nach dem Putzen ca. 500 g*

*1–2 rote Chilischoten, nach Geschmack*

*1–3 Knoblauchzehen, geschält*

*1 TL Paprikapulver, süß*

*½ TL Kreuzkümmel, gemahlen*

*Salz*

*Essig*

*Zucker oder Ahornsirup*

*3–4 Scheiben Weißbrot ohne Rinde*

*Olivenöl*

*Die Paprikaschoten waschen, putzen und in kleine Stücke schneiden. Die Chilischoten ebenfalls waschen und entkernen (Vorsicht – dazu besser Gummi/Latexhandschuhe anziehen), und beides zusammen mit den Knoblauchzehen im Mixer pürieren. Die entsprechende Menge zerkrümeltes Weißbrot mit pürieren, damit die Konsistenz nicht zu wässrig ist. Mit Paprika und Kreuzkümmel würzen, Salz, Essig und Süßungsmittel nach Geschmack hinzufügen und mit einem Schuss Olivenöl aufgießen. Auch diese fruchtige Soße schmeckt nicht nur zum Gemüse – besonders gut zu Pell- oder Ofenkartoffeln – sondern passt auch prima zu gebratenem Fleisch oder Fisch.*

*Diese bunte Gemüsekollektion ist als Vorspeise oder für ein Buffet gut geeignet, aber auch als leichte und recht preiswerte Mahlzeit.*

✳

# Svenjas Lauch-Käse-Pfanne

*Auch dieses schnelle Gericht ist eine kostengünstige Mahlzeit und eine gute Gelegenheit, um Käsereste aufzubrauchen – ob Schnittkäse oder Weichkäse, fast alle Käsesorten sind hierfür geeignet.*

*Zutaten für 4 Personen:*
*1 kg Lauch*
*1 große Zwiebel*
*Öl*
*div. Käse (z. B. Camembert, Mozzarella, Bergkäse, Gouda – Sie können, bis auf Frischkäse, fast jeden Käse dafür hernehmen), die in Scheiben geschnitten die Pfanne bedecken sollen*
*Semmelmehl*
*3 Eier*
*¼ l Milch*
*1 gehäufter TL Kräutersalz*
*1 gehäufter TL Rosenpaprika*

*Den Lauch putzen, waschen, in ca. 1 cm dicke Ringe schneiden und bissfest dämpfen. Ich empfehle einen ausklappbaren Dämpfeinsatz, der sich der Topfgröße anpasst und mit dem Sie mit wenig Wasser die meisten Gemüse garen können.*
*Die Zwiebel würfeln und in etwas Öl in einer ausreichend großen Pfanne auf dem Boden verteilen und anschwitzen. Den gegarten Lauch darauf geben und mit einer gleichmäßigen, dünnen Schicht Semmelmehl bestreuen. Eier und Milch verrühren, mit Kräutersalz und Rosenpaprika würzen und gleichmäßig darüber gießen. Den Käse in nicht zu dünne Scheiben und Stücke schneiden und über dem*

*Pfanneninhalt verteilen, sodass die ganze Oberfläche mit Käse bedeckt ist. Einen ausreichend großen Deckel darüber legen und bei mittlerer Hitze so lange auf dem Feuer lassen, bis der gesamte Käse geschmolzen ist. Heiß servieren. Wer mag, isst dazu einen grünen Salat.*

*❖*

## Broccoli-Auflauf

*Zutaten für 4 Personen:*
*Ca. 800 g Broccoli*
*Salz*
*3–4 geschälte Pellkartoffeln pro Person*
*2 EL Olivenöl*
*1–2 Knoblauchzehen*
*1 Becher Sahne*
*Kräutersalz*
*Frisch gemahlener schwarzer Pfeffer*
*mind. 100 g geriebener Käse*
*1 Handvoll Mandelblättchen oder magere Schinkenwürfel*

*Den gewaschenen, geputzten Broccoli in Salzwasser (oder in einem Dämpfeinsatz) bissfest garen. Anschließend Broccoli und Kartoffeln in eine feuerfeste Form (mit Deckel) geben. Die Knoblauchzehen im heißen Olivenöl in einem Topf goldbraun werden lassen, Sahne hinzufügen, etwas Kräutersalz und kurz aufkochen. Vom Feuer nehmen, den geriebenen Käse – auch hierfür sind Käsereste gut geeignet – einrühren und mit Pfeffer aus der Mühle würzen. Knoblauch entfernen. Die Mischung über das Gemüse und die*

Kartoffeln geben, mit Mandelblättchen (oder Schinkenwürfeln) bestreuen, Deckel auflegen und 20–30 min bei 200°C im Backofen backen. Anschließend noch 5–10 min ohne Deckel goldbraun überbacken.

Statt Broccoli können Sie auch Blumenkohl oder Rosenkohl nehmen und die Soße mit 1 TL Curry würzen. Wer es weniger üppig mag, kann statt Sahne auch Gemüsebrühe verwenden. In diesem Fall die Form mit ein wenig Öl einpinseln und den Käse nur oben über die Gemüse streuen.

✳

## Tofupfanne mit Chinakohl

*Zutaten für 4 Personen:*
*500 g Tofu natur, grob gewürfelt*
*1 EL frischer, geriebener Ingwer*
*3 Knoblauchzehen, fein gehackt*
*3 EL Sojasoße*
*Erdnussöl*
*1 große, rote Zwiebel in Scheiben*
*500 g Chinakohl, gewaschen und quer in schmale Streifen geschnitten*
*3 EL Sojasoße*
*1 EL Zucker*
*2–4 EL asiatische Chilisoße, nach Geschmack*
*3 EL Sesam, geröstet*

*Den gewürfelten Tofu mit dem Ingwer und dem Knoblauch mischen und in 3 EL Sojasoße ca. 30 min marinieren. Erdnussöl im Wok erhitzen und die Zwiebel 2–3 min unter Rühren darin andünsten. Den Tofu aus der Mari-*

nade nehmen, zur Zwiebel geben und auf großer Flamme ca. 3 min anbraten. Nun Tofu und Zwiebel herausnehmen, bis man den Chinakohl im Wok 2–3 min gedünstet hat, anschließend wieder unter das Gemüse mischen und die restliche Marinade beigeben. Mit weiteren 3 EL Sojasoße, dem Zucker und der Chilisoße abschmecken und vor dem Servieren mit geröstetem Sesam bestreuen.

Servieren Sie dazu einen körnigen Duftreis. Aber auch chinesische Nudeln passen gut als Beilage.

❊

## Apfelreis

*Zutaten für 4–6 Personen:*
*125 g Rundkorn/Milchreis*
*½ l Milch*
*100 g Zucker*
*1 MSP Vanillepulver*
*100 g zimmerwarme Butter*
*2–3 Eier, getrennt*
*abgeriebene Schale einer unbehandelten Zitrone*
*500 g Äpfel, geschält, in kleinen Stückchen*

*Den Reis in der Milch bissfest kochen. Butter, Zucker und Eigelb schaumig rühren, Vanille und Zitronenschale dazugeben und alles mit dem abgekühlten Reis mischen. Die Apfelstückchen daruntermischen und zum Schluss vorsichtig das steif geschlagene Eiweiß unterziehen. In eine gebutterte, feuerfeste Glasform füllen und im Ofen bei 160–180°C ca. 30 min backen, bis die Oberfläche eine goldbräunliche Färbung annimmt.*

*Schmeckt gut als Nachspeise warm oder kalt, pur oder mit Vanillesoße, mit Sahne oder Vanilleeis.*

✳

## Tante Birthes Friesentorte

*Zutaten:*
*2 runde Fertigblätterteigböden*
*2–3 EL Zucker*
*1 Glas (450 g) gutes Pflaumenmus*
*¾ l Schlagsahne*
*4 Päckchen Sahnesteif*
*1 Päckchen Vanillezucker*
*Puderzucker*

*Einen der Blätterteigböden mit Wasser bestreichen und mit Zucker bestreuen. Mit einem Glas einen Mittelkreis von ca. 4 cm Durchmesser ausstechen und den restlichen Teigring in 12 Tortenstücke schneiden. Nun den geteilten und den kompletten Boden nach der Anleitung auf der Packung im Ofen backen. Nach dem Abkühlen den kompletten Boden auf eine Tortenplatte geben und das Pflaumenmus auf dem Blätterteig verteilen. Die Sahne mit Sahnesteif und Vanillezucker steif schlagen, den Ring einer Springform um den Blätterteigboden legen und die Sahne auf das Pflaumenmus streichen. Nun den ausgestochenen Mittelkreis auf die Sahne legen und die vorgebackenen Blätterteigdreiecke fächerförmig drum herum, sodass sich die Form einer Windmühle ergibt. Puderzucker darüber stäuben, vorsichtig den Tortenring abnehmen und die Torte bis zum baldigen Verzehr kühl stellen.*

*Weitere Titel finden Sie auf den*
*folgenden Seiten und im Internet:*

**WWW.GMEINER-VERLAG.DE**

# Kommissar Angermüller ermittelt:

SPANNUNG

GMEINER

WWW.GMEINER-VERLAG.DE
*Wir machen's spannend*

# DIE NEUEN Lieblings-plätze

ISBN 978-3-8392-0154-1 — AM INN

ISBN 978-3-8392-2730-5 — AUGSBURG UND BAYERISCH-SCHWABEN

ISBN 978-3-8392-0155-8 — FÜNFSEENLAND

ISBN 978-3-8392-0158-9 — HARZ

ISBN 978-3-8392-0160-2 — mit Hund NORDSEEKÜSTE NIEDERSACHSEN

ISBN 978-3-8392-0159-6 — LÜNEBURGER HEIDE

ISBN 978-3-8392-0161-9 — NIEDERRHEIN

ISBN 978-3-8392-0163-3 — OSTSEE MECKLENBURG-VORPOMMERN

ISBN 978-3-8392-0164-0 — OSTSEE SCHLESWIG-HOLSTEIN

ISBN 978-3-8392-2626-1 — SACHSEN

ISBN 978-3-8392-0156-5 — für Senioren BODENSEE

ISBN 978-3-8392-0157-2 — für Senioren NORDSEE SCHLESWIG-HOLSTEIN

ISBN 978-3-8392-0166-4 — SÜDLICHE WEINSTRASSE UND PFÄLZERWALD

ISBN 978-3-8392-0166-4 — SÜDTIROL

ISBN 978-3-8392-2838-8 — USEDOM

ISBN 978-3-8392-0168-8 — WIESBADEN RHEIN-TAUNUS RHEINGAU

GMEINER KULTUR

**WWW.GMEINER-VERLAG.DE**
*Mensch, Kultur, Region*